坍塌的樂園

陳麗儀——著

目錄

序一　甘綺玲

這是一本一旦開始閱讀便不能放下的書。我作為社工多年，書中提及到的事情確是屢見不鮮，但作者文筆流暢細膩，把書中主角的心路歷程和感受描繪得淋漓盡致，令人很快便會代入書中主角，就像是自己親歷其景一樣！

每個人初出娘胎都只是白紙一張，我始終相信人的性格、行為或情緒問題，跟其成長過程有直接關係，而成長環境包括家庭、學校、社會，以及其密切接觸者包括父母、兄弟姊妹、老師、朋輩等，對每個人的影響，都是相當大且深遠的！就如書中主角的成長路上，如果父母可以對所有子女都給予同等的關愛和信任，與子女多溝通，盡早察覺及介入子女成長期間所出現和遇到的問題，相信不會為她長大後帶來那麼多痛苦的回憶！

這書亦引發我有兩個反思：第一，作為父母、老師、社工、或甚成年人，是否就有權利為他們的子女、學生、受助者、未成年者作出決擇？他們又是否有足夠知識、能力、遠見，以及對當事人有足夠的認識及了解，從而作出明智的選擇呢？有沒有認真考慮過當事人的想法、個人意願和喜好？

當然，那未成年者的年歲、認知能力、成熟程度等等都是首要考慮。隨著小朋友的成長，他們的性格及喜好亦漸形成，而成長過程中，周圍環境、所遇到的際遇、家人朋輩的影響等，都會令他們開始有自己的想法。很多家長可能在生活及成長過程中為他們的子女作出很多決擇，但他們究竟有沒有考慮過子女的意願和想法呢？

套在現今的虎爸虎媽，為著子女要贏在起跑線，老早便為他們安排很多很多的興趣班，放學後和假日子女們都忙得透不過氣來……然而，那些活動是否適合孩子呢？若然那不是子女所想所好，他們是否一定得益呢？若然他們無心學習，又是否只是浪費金錢和時間呢？有否考慮過他們的實力和潛能是否合適？而一些活動在父母角度和認知範圍內是沒有益處或容易學壞的，就會被二話不說禁止參加，就如書中主角的情況一樣……其實她很主動地多次想透過參與課外活動來擺脫心靈創傷和自殘行為，可惜機會卻被父母一次又一次的抹煞了！

我們應該怎樣在為保護未成年者及為他們福祉著想和尊重他們的意願及人權之間取得平衡？除了作為父母需要認真小心處理，作為老師和社工，又會否只顧及專業上考慮，卻沒有從學生及受助人的角度去思考問題，更沒有尊重他們個人的權利和顧慮到他們的感受，而為他們作出一些可能帶來更大傷害的決擇？就如書中主角的中學老師和社工，她們就一些事情的處理，如果能夠先和當事人討論一下，了解她問題背後原因，聆聽她的想法和感受，尊重她的意願和自我尊嚴，她可能可以避免很多不幸和痛苦的遭遇，而書中主角的成長路或許不會有那麼多的荊棘，對她身心造成莫大的傷害！

第二個反思，是家庭性侵的問題，時至今時今日的香港，久不久就聽聞，令人發指！就算侵犯者最終被判刑，在各方的處理過程中，對受害人的傷害仍然很大！最令人痛心的是有很多受害者不敢、不能或不被批准作出任何控訴，她們只能夠逃避或啞忍！是否中國人的重男輕女、家醜不出外傳等觀念而把問題看輕了，甚至掩蓋起來呢？而在處理過程當中，各方相關人士包括警察、家人、朋友、學校等若以懷疑、怪責、輕蔑眼光去看待受害人，對受害人的傷害也是很大的！我認為學校在這一環上的角色很重要，必須肩負重任，除了有效推行性教育之外，還得教導孩子從小就認識什麼是性侵犯，以及怎樣去保護自己，如果有類似事件發生，可以怎樣去處理，而最重要的訊息，就是要肯定這不是他們的錯，作出性侵行為的人，必須承擔責任及受到懲罰！

最後，我要藉此機會向作者的積極人生態度及勇氣致敬！很多人對自己不幸和痛苦的遭遇都只想逃避，以為不再去想去提就可以永遠把他們埋藏起來……但實情是這些痛苦的回憶卻經常浮游在腦海中，不時就會出來，令人困擾！作者現在已是學業有成，而且有一份崇高的職業，她深知要將過去的不幸作一個終結，選擇把她痛苦的成長經歷寫成書本，我相信這個過程必定給她帶來莫大的痛楚，因為一字一句都會將那些痛苦的經歷重現眼前。但是，她竟然做到了！在此祝願作者把握過往痛苦經歷給她帶來的磨練和得着，化成力量，正面勇敢積極面對人生挑戰，為自己創造美好前途！

前東華三院區域主任
甘綺玲

序二　盧慧貞

《坍塌的樂園》是作者以第一身的身份，回望過去，檢視在成長過程中家庭及周邊重要社會系統對她的影響。

作者用她敏銳的筆觸，把她的傷、她的痛、她的苦、她的困，活靈活現地程現在讀者面前。我雖然曾從事青少年外展及院舍服務的社工，亦有多年社工教學經驗，近年更投入兒童遊戲治療，曾直接或間接處理不少兒童、青少年及家庭案例；但在閱讀過程中，被作者的經歷深深打動，內心深處久久未能平復！

很欣賞作者在面對不斷的困局時，她能作出回應。雖然回應未必有成效，而作者亦由反抗、到短暫放棄、麻木、自殘；但她的生命力，令她能倖存，現在更能面對過去（及現在）踏出自療的步伐！

作者細緻的描述，令《坍塌的樂園》可成為一本案例，讓我們從例子中掌握不少與家庭、成長、管教等相關概念，例如：原生家庭、內在小孩、依附關係、家庭動力、教養方式、自我概念、性別定型及兩性關係等等，每一個概念均可獨立成章。但我更希望大家能從「人」的角度去感受作者的一切。

我欣賞作者的勇氣，希望在自療中能和自己和解、修和，達至自癒，從而開展另一段歷程！

我亦希望各位「成人」能坦誠面對我們在「自以為是」無意地或「自覺無力」逃避時，對孩子們做成即時的困擾，甚或長遠的傷害！讓孩子在支持及尊重中成長！

香港伍倫貢學院
社會科學院首席講師
盧慧貞

自序

童年本應是最無憂無慮、最單純快活的時期，對我來說卻是一個坍塌的樂園。沒有幼稚園老師說的「我愛爸媽、爸媽愛我」，只有一次又一次的心碎。

這本書寫的是過去二十五年真實發生在我身上的事情。我寫這本書是想在二十五歲這個年紀整理一下混沌的人生，讓我徹底擺脫過去的羈絆，開展一段真正屬於自己的未來。然而，在寫作期間也很想讓故事中有心或無意傷害我的人知道，他們在我身上帶來了怎樣的創傷。我一直很想在書本出版以後親手把書本交給他們，不是要追究責任或延續仇恨，坦白說，寫完這本書後，恨意也隨風飄散，我只想讓他們知道他們輕輕拍了拍翅膀，引起了甚麼樣的龍捲風。

這本書更想寫給孩子的父母，讓他們明白發生在家庭的侵犯、縱容、不公對一個小孩帶來怎樣的傷害；寫給學校的老師，讓他們了解他們無邊的權力如何粉碎學生的信任與自尊；寫給他們身邊的每一個人，讓他們意識到自以為正在幫忙，對他來說可能是另一種傷害；更要寫給心靈受創的你，讓你相信，你不是孤單一人，創傷亦不會跟你一輩子。無法置你於死地的傷痛會使你變得更強大——你要活得更好，要把自己變成一個更完整的人。

我曾以為創傷放著放著，就會被時間治癒，就會慢慢被遺忘。然而，它們只是妳肺部變異了的癌細胞，會悄悄擴展至五臟六腑，隨時發作，讓你一呼一吸都生不如死。要把癌細胞移除，就必須一次又一次地割開胸膛，檢視傷口最痛處，才能從肋骨間抽出變壞的細胞組織。這個手術留下的傷疤會成為了你身體的一部分，你無法否認，但至少癌細胞已經不復存在。

奧地利精神病學家阿德勒說：「幸運的人一生都被童年治癒，不幸的人一生都在治癒童年。」雖然我生來不是一個幸運的人，但我相信，只要我努力就能改變現況、就能治癒童年、就能成為一個幸運的人。

一

幼稚園的離家出走

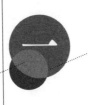

早上十點半，我坐在我專屬的小紅塑膠椅子上一眼不眨地觀看我最喜愛的卡通片——多啦A夢。「咻」的一聲，電視熒幕突然在半秒間轉黑。我馬上轉過頭來，看見大哥哥手執電視的遙控對著我奸笑。我一下子氣上心頭，從椅子彈起來搶他手上的遙控。可是，他一高舉手臂，遙控已超出我能觸及的範圍，任憑我如何用力往上跳，也絲毫碰不到遙控的尾部。這時，媽媽從黑暗中走出來，我以求救的眼神看著她。她走近我們身旁，接過大哥哥手裏的電視遙控，把它藏起來，嘴上咧出同樣的奸笑。

我氣餒地坐回自己的小紅膠椅，拿出完成了一半的幼稚園功課，放在桌子上，準備動筆。大哥哥把我桌上的功課以同樣的招數遞得高高，讓我無法觸碰。我從椅子上跳起來，張開喉嚨，發出人類所能達到最高分貝的尖叫聲，扒他的上衣的衣角、抓他的前臂，卻不得要領。我放棄跟他糾纏，從書包拿出另一份功課，提起手上的筆，才寫下一筆，媽媽卻又以同樣的方式高舉我的功課。我無法對抗，只能生氣地從書包拿出另一份功課，二哥哥也從黑暗中走出來，無聲無息地搶過我面前的功課。我還沒來得及反應，大哥哥更從我手上奪下鉛筆。他們三人一列站在我面前，擺出同樣奸狡的笑容，以勝利者的姿態俯視著我。我瞪著大哥哥，張開喉嚨，從肺部深處發出絕望的尖叫聲。這如雷貫耳的尖叫把我從恐懼的深淵喚醒。

我擦著魚貫流下的眼淚，竭力把半夜寒冷的空氣抽進肺部，希望能壓抑內心的憤怒。可是這份怒氣卻一直縈繞在我心頭，久久未能散去，於是我提起拳頭向睡在我身旁的姐姐揮去，一拳接一拳，把心裏的委屈往姐姐身上打去。

「怎麼了？你為甚麼打我？」姐姐睡夢惺忪卻驚訝地說。

我沒有答話，但心裏的怒火已經被姐姐無辜的神情澆熄了，我合上眼睛靜靜地睡去。

「兩個大兒子，加上兩個小女兒，我們家組成了兩個『好』字。」爸爸看著我們四個孩子，滿意地點點頭。

從我有記憶以來，爸爸就一直強調我們這個家庭有多麼幸福，是一個模範家庭，我們應該多珍惜我們擁有的一切，他的再三強調為「幸福家庭」這個名詞抹上了一層厚厚的水泥，令爸爸的這個想法變得更牢不可破。

曾經，我也以為我很幸福，我也相信自己生於在一個多麼令人羨慕的家庭裏。腦海中一直有一個很深刻的片段，是我剛學會走路的時候，我們一家六口在星期日的下午前往位於杏花村的家樂福。當時家附近有接駁巴士到杏花村，所以我們向巴士站的方向走去。我很努力地想要跟上大家的步伐，可是我跟哥哥、姐姐的距離愈拉愈遠。於是，爸爸把我扛起來，放在肩上，就像抬大米一樣把我抱著。我看著後面自己走路的哥哥姐姐，就覺得自己是世界上最幸福的了。可是，那種幸福的感覺就只有這麼的一次。

媽媽曾經告訴我，爸爸覺得我的「腳頭」不好，一出生便累他輸了錢，更何況我來到這世界上只是一個意外，所以他從小就不抱我。爸爸曾經說過，如果你遲一年出生，你就會是個男孩子。我知道，兩個「好」字只是爸爸安慰自己的說話，他從來都不是想要兩個「好」字，而是一顆掌上明珠及三個男丁，所以我經常想像自己是個男孩。

我三歲的時候，曾經站在馬桶前面，脫下褲子，假裝自己是男生，向著馬桶小便。我以為只要我站著小便就能變成男生，可是奇跡沒有發生，只有滿地、滿褲子的尿液。

我是家裏最小的女兒，當媽媽每次帶我們四兄弟姐妹出巡時，街上的叔伯兄弟、姨媽姑姐總會對媽媽說：「哇，生四個孩子啊，真不簡單！」

「她們是孿生的嗎？」拿著大袋小袋的肥姨姨伸出手指指著我和姐姐。

「才不是呢，她們相差一年呢。你猜猜哪個是姐姐！」媽媽開心得合不攏嘴。

也許我的出生對媽媽來說，只是逗樂罷了。

「你知道嗎，你不是我親生的，只是我帶姐姐去醫院時看到有一個可憐的寶寶，於是抱了回家。你再不聽話，我便把你扔回醫院。」這個「玩笑」我從小就聽媽媽說，一直到現在，我仍不相信這只是一個玩笑。

姐姐是大家眼中的模範生，從小老師就對她讚不絕口，因此，她總深得父母的疼愛。而我，似乎做甚麼都不符合爸媽的期望。他們總是叫我向姐姐學習學習。可是，我也很努力，卻永遠做不到他們心中的乖寶寶。

姐姐在家裏總是備受疼愛，大家都認為姐姐很柔弱；而我就是橫行霸道的妹妹，只懂得欺負姐姐。

我還未上幼稚園時，我很討厭我的姐姐，我不明白為甚麼爸爸媽媽都只疼她，就像她是他們唯一的女兒，而我，只是投錯了胎的搗蛋鬼。

每天晚上，吃過晚飯後，媽媽便會洗碗、為我們準備飯後果。媽媽從冰箱裏取出一顆蘋果、一顆梨子和兩顆橙。她先把水果洗乾淨，再精準地把每一顆水果切成六等分。我一直都覺得這項技能很了不起，但等我長大了一點，每天切水果的工作分配到我身上，我才知道那只是熟能生巧而已。

這天，媽媽如常地切好水果，並把牙籤插在水果上，方便我們吃用。我們幾個小孩便一窩蜂伸手往水果盤去搶。這時，一個邪惡的念頭驀然誕生——我用力拍打姐姐懸在半空的手腕，她的手掌往下墮，果盤上的牙籤直插進她的手腕。姐姐大叫了一聲，本能地縮回自己的手。可是牙籤已在她的手上造成一個小孔，血液慢慢從孔中滲出。

「牙籤刺穿了大動脈，她大概要死了！」二哥哥激動地說。那鮮紅的血液填滿了我雙眼，看著姐姐的生命隨著血液慢慢地流逝，我才知道其實自己一點也不討厭姐姐，絲毫不希望她就此死去，只想她能一直陪伴我。我嚇得臉色煞白，眼淚悄悄落下，手足無措；爸媽卻處之泰然，慢條斯理地抽出面紙，印掉了姐姐的血。當然，這牙籤沒有奪去姐姐的生命，不然我怎能一直欺負她呢？

洗澡從來都是我討厭的例行公事，長大了也不例外。總要媽媽三催四請才不情不願地踏在浴室的地板上。為了方便女傭，我和姐姐總是一起洗澡的。

我四歲時，難得爸媽都外出了，我和姐姐還不乘機造次？是時候證明給大人看我們長大了。我們跳進浴缸，先來一輪水花攻勢，把女傭趕出浴室。接下來，洗澡這項艱巨的任務就得靠自己了。我和姐姐把肥皂擦勻全身，再將自己浸入浴缸，身上的皂液隨水消散——第一個任務順利完成。接著便是重頭戲了——洗頭。我從來都不明白別人是如何為自己洗頭的，眼睛又沒有生在腦勺。我跟姐姐對望了一眼，決定幫對方洗頭。

「洗髮水要擠多少呢？」我疑惑地按了洗髮液的按嘴一下，瞪著手上的一小坨洗髮液。

「我也不清楚。」姐姐也擠了一小坨洗髮液，並把手上的洗髮液抹到我頭上。可是搓了一會兒也不見任何起色，於是她便擠了一大坨洗髮液往我頭上擦。頃刻間，白色的泡沫像核子反應堆般連環爆破。我也不甘示弱，把洗髮液擠滿雙手，看到洗髮液沿著手掌邊沿滴到浴缸裏才罷休。我小心翼翼地把洗髮液盛到姐姐的頭上，同樣地搓得姐姐滿頭泡沫。當我們玩得不亦樂乎時，叮叮的鑰匙聲伴隨著爸媽的叫喊聲從大門傳來。我和姐姐對望了一眼，便急忙從浴缸中爬出來，穿好衣服，跑出大廳。

女傭早已先我們一步，抱怨著我們的不合作。媽媽睨著早一步跑出來的姐姐，摸摸她的頭，表情古怪地說：「你的頭髮仍沾滿洗髮水，你還沒有沖洗乾淨呢！」

姐姐馬上對我怒目而視：「我可有幫你沖洗乾淨呢！」我也只好傻笑回應。

我才不是故意的呢，只是我真的不知道洗髮後還要沖水而已。況且當時情況危急，她急忙穿衣出去才令自己滿頭洗髮精罷了。然而，我倆相處時，更多的是我故意的。

作為只差一年的妹妹、擁有一個經常被讚的姐姐，當然是以她為「榜樣」，事事模仿了。姐姐上廁所，自然要跟著了。不止要跟著她，更要阻止她。當她脫了褲子，坐在廁板上準備小便時，這個好勝心強的妹妹也馬上脫下自己的褲子，以屁股的撞擊力把姐姐撞開，然後得意洋洋地坐在馬桶上，徐徐地鬆開尿道的括約肌，讓暖和的液體流出。淅瀝淅瀝的聲音為我的勝利伴奏。姐姐看著我，氣急敗壞了。她只好拉上褲子，哭著跑去找媽媽。

對，哭就是她最厲害的伎倆了。每次她一哭，大家都說是我錯了。

「細妹打你嗎？」

「別哭了，她最刁蠻，我們別理會她。」

「一定又是細妹弄得姐姐哭了。」

你一言、我一語，大家都把矛頭指向我，哪怕不是我錯。不，又怎會不是我錯呢？姐姐那麼乖、那麼懂事、那麼得人喜愛。

還在讀幼稚園高班的我，晚上九時便準時上床睡覺，然而小一的姐姐的法定上床時間為十點半，所以當我正酣睡時，她還逍遙在外。也許沒有了我這個淘氣的妹妹陪她，她悶慌了，於是她便走到我床邊，拿著紙條把我從夢鄉中拉出來。紙條在我半夢半醒之間在我鼻子附近徘徊，惹得我惱怒了。我伸出我的右手，往她頭上一擊，她的哭聲恢復了我的寧靜。當然，她必定往爸媽哭訴了。當然，錯的也必定是我。

縱然我只是幼稚園高班的學生，但我也清楚家裏的權力分佈，我知道自己從來都不受到重視。於是，我拿出全校學生都擁有相同的的紅色格仔書包，清空裏面的書本，把我最愛的麥兜公仔、每晚都蓋著才能安睡的小被子、牙刷及我在超級市場求了媽媽很久才獲准買的 $29 元銀包。我再三確定銀包裏的現金——$36 元 3 角。然後坐在窗臺上，看著樓下的大馬路盤算一下離家出走後的生活。假如我每餐吃樓下麵包店裏五塊錢的麵包，我也能挨上幾天；晚上就睡在屈臣氏門前的小地臺上。如果有人問起，我的爸媽呢？那麼我就告訴他，我離家出走了。如果他非要我回家不可，我只好哭著求他別迫我回家。如果他要報警，我也只好告訴警察叔叔我不喜歡我的家人。我的計劃非常完美，我知道只要等午飯過後，爸媽午睡片刻，就是我實行計劃的最佳時機了。

下午二時，爸媽都進了房間，我的時機到了。我背上了背包，走到大門口，看著複雜的門鎖，才突然發現自己不懂得打開。我左按按、右扭扭，擾攘了一會，大門還是沒有為我打開。為免被哥哥姐姐發現，我只好打退堂鼓，默默地坐在窗臺上，在腦袋裏一遍又一遍地重溫離家出走的計劃。這計劃一直在我的腦海裏等待實現。

二

公平從不存在

今天是七月一號，這天永遠是假期，電視機裏會慶祝，我家裏也會慶祝。這個假期彷彿是為我們家而存在的。爸爸說，因為這天是二哥哥的生日，所以大家都為他慶祝，爸爸更叫他「回歸寶寶」。在這個多麼特別的日子，媽媽早幾天就開始預備慶祝活動——買一份哥哥喜愛的禮物、把雞蛋染成紅色、把蛋糕預早放進冰箱。當天早上，她比平日早一小時起床，煮一頓豐盛的早餐，紅雞蛋便在這個時候出場了。生日的二哥哥有兩顆雞蛋，而其他人則各得一顆。這一場盛宴彷彿要從早上就提醒大家今天是哥哥的生日。吃過早餐後，哥哥的高達模型登場，他開心地抱著自己的禮物走進房間，與高達大戰。不消一個上午，他的高達便長得「婷婷玉立」了。

在這個特別的日子，二哥哥是特權人士，他能享有犯了「媽媽法」而不受懲罰的權利。於是，整個下午，他便與電腦搏鬥，不打死電腦不罷休。聽著連綿不斷的噠噠聲，大概電腦的生命值也所剩無幾了。

視財如命的爸爸難得在這一天鬆開勒緊的錢包，帶一家人到附近的酒樓吃一頓半席的中菜。當頭盤乳豬上桌時，爸爸一定會嫌乳豬的皮烤得不夠脆。

「叫你們的經理來。」

「你們的菜今天做得不好，我以前來的時候都不是這樣的。」

「哎呀，也許邊旁的皮烤得不太好，不好意思啊陳生！」經理滿面歉意地說。

當石斑上桌時，又到食家爸爸出聲的時候：「這條石斑不新鮮，魚肉很鬆散。鄰桌的石斑也不是這麼小。」

「經理，今天的魚很曳，我們經常來，你不是給我們這樣的魚吧？」爸爸一副大老闆的氣焰逼使經理馬上把魚換掉。

哇，爸爸真厲害，每次到酒樓，經理都像他的下屬般唯唯諾諾的，還送上果盤和壽包呢。可是明明大家都已經飽得托著肚子走了，嘴巴都裝不下壽包，卻定要經理送上壽包才罷休。

雖然食物還沒開始消化，但晚上還有雜果蛋糕等著我們呢。客廳的燈熄滅，蛋糕上插著燃點著的九枝蠟燭，爸爸領著大家一起唱生日歌。二哥哥在一片歌聲中雙手合十、合上雙眼、低下頭，默默地許願。等歌聲完結，他睜開眼睛，深深地吸一口氣，胸前鼓鼓的裝滿了空氣，再用力把胸腔裏的空氣擠壓出來，向蠟燭上的火焰發射空氣炮。九支蠟燭上的火焰一下子熄滅了，燈也再次亮了起來。媽媽為二哥遞上切蛋糕的膠刀，他主宰著蛋糕的生死大權，並在完美的忌廉上劃下一道疤痕，把它分割得體無完膚。

這一口蛋糕是我整天下來最期待的時刻，只有家人生日的時候才可以吃到生日蛋糕的呢。每年只有四次機會，爸爸生日、兩個哥哥生日和姐姐的生日。媽媽經常說，她不喜歡吃蛋糕，所以她生日也沒有為自己買蛋糕。

我呢？我也不知道自己有生日，只知道街上的姨姨問我多少歲時，我回答三歲，媽媽就會糾正我：「不對，你現在四歲了。」過了一陣子，她又說我錯了：「你五歲了，怎麼還跟人家說四歲呢？」

我只知道，我是有六歲生日的，因為我哥哥告訴我，我的生日是六年一次的，就像二月二十九號一樣，不是年年都有。

「你生日剛好在過了農曆新年後不久，忙了一大輪後，經常也忘記了。」媽媽不好意思地說。

因此，當姐姐生日時，我總會跟姐姐一樣，穿上一條漂亮的裙子，站在生日蛋糕後面，假裝今天是我的生日，對著鏡頭，擠出一個看起來很高興的笑容，分享著姐姐生日的喜悅，卻沒有分享到她的禮物與特權。

「今天是大妹七歲生日，你想要甚麼作為生日禮物？」爸爸在飯桌上問姐姐。

爸爸從來不買東西給我們，有的都是媽媽買的。他竟然提出要為姐姐買生日禮物，真是羨煞旁人。

我吞下梅子扣肉的梅子，心裏有說不出的酸。

「我要萬字夾。」姐姐興奮不已。她很喜歡一些漂亮的文具，最近老師送她一盒特殊形狀的萬字夾讓她愛不惜手。

「好，等會兒出門給你買回來。」爸爸滿意地說。

「不，我還是要橡皮圈。最近我跟同學一起玩跳直繩子，我也想自己編織一條。」

「也好，就兩樣都給你買回來吧。」爸爸還是那個笑容。

早餐過後，她瞧見電視劇裏的主角在玩呼拉圈，她又想要了。

「爸爸，爸爸！我想要呼拉圈，我不要萬字夾、不要橡皮圈了，我要呼拉圈作為生日禮物。」姐姐向爸爸撒嬌。

「你啊，一時一樣的，真不知道你想要甚麼。好了，看在你生日份上，給你買吧。」爸爸調謔姐姐。

「我也要！」我大聲喊道。

「今天不是你生日，你生日才說吧。」爸爸說。

「爸爸買回來，我跟你一起玩。」姐姐安慰我道。

爸爸就像阿拉丁的神燈一樣，從外頭回來，就為姐姐達成三個願望——萬字夾、橡皮圈及呼拉圈都給她買了回來。

姐姐樂翻了，她拿起呼拉圈，在客廳轉起來了。爸爸看到她天真的笑容也不自覺笑了。

為甚麼姐姐有那麼多生日禮物的呢？是因為她讀小學所以有生日禮物？所以我明年也會有生日禮物嗎？我也很喜歡她的萬字夾，我也喜歡跳直繩子，我也想玩呼拉圈，我不要姐姐的施捨，我要自己擁有，我想要自己的生日禮物。為甚麼只有我沒有生日，為甚麼只有我沒有生日禮物？

想著想著，眼淚不斷落下，鼻水也流出來了。我不想讓別人看到，他們一定覺得我心胸狹隘，我不想讓他們知道我妒忌姐姐。我抽了幾張面紙，躲在客廳的書桌下，在自己的小天地啜泣。

姐姐循聲來到客廳，走進書桌底，我馬上擦乾眼淚及鼻水。

「你怎麼了？」

「我流鼻水。」

「你不是在哭吧？」

「沒有。」我不用姐姐貓哭老鼠，她擁有所有我羨慕的東西，她有爸媽疼愛，我甚麼都沒有，我才不要在她面前示弱。

到了七歲的生日，這是我升上小學後第一個生日，我的家人一貫忘記了。但在三月的這一天，我竟然收到一張來自同班同學的生日卡，我感到很詫異，連我也不知道這是我的生日呢。

或許作為最後一個孩子，就要接受被遺忘。父母都因為重重複複地為孩子奔波，到後來大家都累了，所以他們遺忘了也很應該被體諒。

幼稚園挑選了一些高班的孩子參加一場舞蹈比賽，舞蹈的名稱為「雪之舞」。我們在放學前的遊戲時間便會被抓進舞蹈室，學習這支舞。

「一、二、三、四，叉腰；一、二、三四，踏步；一、二、三、四，穿過洞穴……」多麼簡單的舞步，我也不明白為甚麼總是有同學做錯，於是老師又從頭開始。

經過一個多月的練習，我也終於學會了一支舞。這是我人生第一次比賽，可是我還未懂得甚麼是緊張，也不知道為甚麼大家都神經兮兮的。我只知道比賽的日子是星期六，大家的爸爸媽媽很早就把他們的孩子帶到學校化妝，有些家長更擔任義工為孩子們化妝。我也很早到了，可是我的媽媽沒有像他們一樣留下來看他們的兒女化妝後的模樣，我也不知道媽媽是甚麼時候離開的。

這是欣兒的媽媽，她把女兒的妝容化得特別漂亮。我就像其他同學一樣，像人球一樣，被推到這個家長面前，上了粉；推往那個面前，畫了眼線；推到下一個上腮紅……妝容完成，其他的家長都忙著為自己的孩子拍照，我卻自己一人坐在一旁靜靜地等待上校車。

比賽完結，我只知道，我們得到了第二名，很多同學都在比賽場地跟著父母離開了。我跟餘下的同學和老師一起乘坐校車回到學校。他們的父母很早就在學校等著他們，興奮地問著他們比賽的情況。

「比賽怎麼了？」

「我們得了第二！」

「哇，真了不起！」

同學一個一個離開，媽媽還未到。

「我們得了第二！」我想好了一會兒的臺詞，要表現得跟其他同學一樣興奮。

我等著媽媽來接我，等著要告訴她我拿了第二。可是我等了又等，等了又等，所有同學都離開了，我還在等。我終於等到了，是大哥哥來接我，我安靜地跟他回家。

哥哥剛上小學的時候，媽媽還會參加一些學校舉辦的家長講座。這天，她帶著兩個幼稚園女兒到哥哥小學的禮堂出席家長講座。我們坐在講者面前的第二排。椅子很高，我勉強能爬上去。可是，木椅就像長了倒刺一樣，屁股總是不能安然坐在上面。我又爬了下來，忙著把椅子上的宣傳單張塞進前座的椅背及鐵框中間的縫隙。紙張太闊了，進不了。我把單張對折，專心致志把單張的角落塞進去。

突然場上的家長起哄，我立刻放下單張，四處張望，只見一些小朋友舉高手，家長卻一臉尷尬的。

「他們幹嘛？」我好奇地問姐姐。

姐姐指著臺上講者：「她叫我們覺得媽媽偏心的舉手。」

我聽見了，馬上把手舉得高高的，高得要摘下禮堂的天花。姐姐看到我高舉的左手，也不甘示弱，把她的右手舉起，跟我的左手一較高下。我踮起腳尖，把手再伸長一點，姐姐也以同樣的姿勢回應。

「你們真是的，你覺得我偏心嗎？」媽媽企圖以笑容化解這個尷尬的場面。

「對。」我跟姐姐異口同聲地回答。我們的手還是爭持不下。

「你們可以放下手了。」臺上的講者說。

我和姐姐掃興地放下手，我再次撿起掉在地上的傳單，繼續我剛丟下的工作。

回家後，媽媽突然認真嚴肅地問我和姐姐：「你們覺得我偏心嗎？」

我還是一貫的答案，姐姐卻猶豫了頃刻說：「也不是的，只是有時候而已。」

媽媽再問一次：「你們真的覺得我偏心嗎？」

姐姐爽快地回答：「不是。」

媽媽點點頭，頭側側地瞪著我。

我學著姐姐那樣，輕聲地回答：「不是。」

媽媽滿意地回到廚房，準備晚餐了。

原來說媽媽偏心是一種禁忌，這種不公的感覺只能一直放在心頭，堆砌成小山丘，讓山脈長成珠穆朗瑪峰的模樣，遮擋了童年最美麗的風光。

小學的時候，除了家長日外，我從未試過拖著爸媽的手離開學校。小一的懇親會表演後沒有，小六的升中派位也沒有。

我還是小一的時候，家裏經歷了第一次升中派位——大哥哥的升中。大哥哥還在讀小五時，爸媽已經嚴陣而待，特地搬到名校區，西面有皇仁書院、東面有張祝珊英文中學（他們後來才知道兩間學校不是在同一個學校網絡的）。每次考試、家長日他們就幾乎精神衰弱，一旦哥哥的名次退了，他們便怪責到電腦頭上。每天在家裏聽到的都是哥哥要考入皇仁，不然就是張祝珊。

到了學校開放日，我們便全家總動員，一行六人浩浩蕩蕩地走進皇仁書院。我們跟著大哥哥先到不同的實驗室參觀，他們手忙腳亂地把水倒進漏斗，水便一滴一滴地從漏斗底下滴出來，他們好像問了一些我聽不明白的問題，我只知道我在那個實驗室裏拿到了一顆士多啤梨香草糖。我們好像還進了幾個房間，我仍是不知道他們在搞甚麼鬼，我只知道我又可以多拿一顆糖果了。轉了幾個圈，還差點兒沒頭暈，便轉了出一塊大草地。

那裏有很多的攤位，我看到遠處有一個哥哥在畫畫。

「只要五分鐘便能畫出你的樣子。」他說。

我聽了很雀躍，很想看看他畫我畫得怎麼樣。我在旁邊站著，看到椅子上的女人離開，便一屁股坐在上面，面容綳緊、眼睛也不敢眨地坐直身子，等候他為我作人像素描。

時間過了很久很久，久得我滿口唾液也沒有吞下，他終於畫好了，媽媽也正從遠處呼喚我們，於是我接過畫像便奔向媽媽。我跑到媽媽身旁停下來，才仔細看一下自己的畫像。

「這不是我，那個哥哥根本不懂得畫畫！」我皺著眉頭、撐起兩個鼻孔，大聲地抱怨。

他怎麼會畫得我的鼻孔那麼大、眼睛那麼小，我再看看姐姐手上的畫像——他根本是不喜歡我，不然怎會這樣醜化我呢？我帶著怨恨跟著大家走回家的路。

回家後，我拿出鉛筆在畫紙上稍作改動——把鼻孔改小一點、眉毛畫深一點、眼睛修大一點，耳朵改精緻一點。可是，我愈改，畫紙上愈不像一個真人。這都是畫畫哥哥的錯，我只好撕掉畫紙泄憤。

後來聽爸爸說這是一間男校，我才舒一口氣——他們的學生都不懂得畫畫，我才不要進這所學校呢！我們家裏也沒有人考進這所學校，所以我對她的印象一直就是教不好畫畫的學生。

大哥哥升中放榜前的一個月，爸爸總是在餐桌上提著哥哥要考進的那兩所學校，他更於放榜的那個星期失眠，晚上起來算一算哥哥的命數。我從未見過爸爸如此著緊我們的事務——從來孩子的大小事均由媽媽負責。看到爸爸如此緊張，我也默默希望大哥哥能考進爸爸心中的學校。

放榜的早上，爸爸媽媽一早起床，爸爸穿上一套香檳金的西裝，媽媽穿了飲宴的黑裙子。他們帶上為哥哥準備的叩門文件，懷著緊張的心情坐上一輛的士，前往小學去。雖然爸媽、大哥哥都不在家，可是家裏的氣氛仍是怪怪的，我們都不約而同地乖乖坐在客廳，等待爸爸打來的電話。

「鈴、鈴、鈴。」這通等了很久的電話終於打來了。二哥馬上扔下手上的電視遙控，跑到書桌的電話前，抓起電話筒放在自己的耳旁。他一面仔細地聽著對面傳來爸爸的聲音，一面神色凝重地點著頭。我和姐姐看著哥哥緊閉的眉頭，都有默契地對望了一眼，閉著剛吸進肺部的一口氣。終於，二哥放下了聽筒，迅速地換了外出的服裝，拿了大哥哥的個人檔案副本及爸爸留下的應急錢，乘的士到一間我也記不住名字的學校排隊拿叩門的籌。

家裏只剩下女傭、姐姐與我。女傭漠不關心地繼續清潔家居，而我和姐姐都知道事情不太順利，但我們除了繼續看電視外，也沒甚麼可幫忙的，只好靜觀其變。

下午五時多，咔嚓，爸爸媽媽和兩個哥哥終於回來了。爸爸的臉比烤焦了的鑊還黑，根據我多年的經驗，還是保持安靜為妙。

「你們的表哥真是的，他作為張祝珊的學生怎麼一點也不願幫自己的表弟呢？只要他跟老師美言幾句不就行了嗎？」

「你們留意著家裏的電話，可能是中學來電，別錯過了好消息！」

於是我靜靜地守在電話旁邊，希望我也能在這個艱難的時刻出一分力。整整兩天，家裏的電話睡得香甜，一聲不響。

「一定是你面試表現太差，說話不夠體面；你這幾天沒有溫習，難怪你即場筆試考得不好；早吩咐你考試前多努力，現在就不用那麼辛苦了……」爸爸很是惆悵，他開始責怪大哥哥了。

後來，他還是進了派位紙上寫的那一所中學。

兩年後，家裏經歷第二次升中派位。爸爸再次率領大家到學校參觀：「二哥要考進張祝珊，大妹你也一起來參觀吧，兩年後也到你了。」

於是，爸爸媽媽、二哥和姐姐一行四人向著山上的方向走去。而我呢？我就跑到主人房的小露臺，坐在放盆栽的壆上，把雙腳伸到兩條鐵欄的中間，懸空在外。雙手抓緊鐵欄，看著一大片的樹林裏一幢橙橙白白的小盒子——哥哥說，那裏就是張祝珊了。我想像哥哥和姐姐在裏面，一些大哥哥、大姐姐把一顆士多啤梨香草糖交到姐姐的手上；想像草地上的嘉年華，有遊戲、爆谷，還有更好的人像素描師。想著想著，也想不明白，我也只比姐姐小一年，難道我不用考中學嗎？

今年的升中放榜終於不需要左撲右撲，撲來一臉灰，爸爸終於寬心了一點。爸爸的心臟坐了兩次過山車，大概也不能再承受了，所以孩子升中選校的重任又落到媽媽身上了。姐姐的升中派位也不如意，所以媽媽又陪了姐姐到兩所學校叩門。結果，她還是上了教統局派到的學校。

又過了一年，我把學校派發的選校志願表珍而重之地交到媽媽手上，期待著媽媽像去年一樣，深思熟慮後填上學校。媽媽卻指著中學概覽對我說：「對著它填就可以了，你自己選你喜歡的吧！」

小學三年級時，我已知道爸爸每天到股票行捕捉股票每一個變動，很忙；媽媽每天到菜市場搶最實惠、新鮮的餸菜，也很忙。所以學校的通告是給學生看的，家長的職能只是在上面畫龜。可是老師千叮萬囑，說這份選校志願表很重要，一定要交到媽媽的手上。

但是也許是因為媽媽已經填了三次一模一樣的表格，她真的厭倦填表了。老師說今年的表格跟以往不同，甲部要先選兩間中學。既然我的朋友都選了我家附近的女校，老師都說是好學校，那麼我也選她吧；另一間就選二哥哥的學校了。到了乙部才是正真的挑戰。校網裏有五十多所中學，要怎樣選出三十個志願呢？於是，我認真地閱讀中學概覽裏的學校資料：學校的宗教背景、面積、開辦的科目、授課語言、收生人數……終於選出了三十間學校。

才過了一關，下一關就更難了——填寫自行收生表格。除了一般個人資料及今年的成績外，最難的部分莫過於課外活動及獎項了。我從文件櫃裏拿出六年小學所取得的所有證書，先根據年份，由近至遠排列，權衡重要性，才能選出填下表格的十個項目。再把高小以來的所有證書在家裏的老爺影印機上影印兩份，申請表便大功告成了。

下一關，是要把表格交到學校。雖然兩所學校離我家不遠，步行的距離可以達到，可是我從未向上山方向走過，對於路痴如我來說真是一大難題。我曾哀求媽媽幫我交上去，可是媽媽總是說她要買菜，沒空，我只好懷著戰戰兢兢的心情出門了。

我拿著兩份申請表便往山上的方向走去。女校的位置不難找，只要沿著上山的道路直走，不消五分鐘便抵達了。可是最大的難處還是心理關口，一個小學生獨自走進一所毫不熟悉的中學，腳還是會不自覺地發抖。躊躇了一會兒，剛好有一個女人拿著一份申請表——我知道她跟我來的目的一樣，所以我馬上跟在她身後。她走到了一塊大玻璃前，把手上的表格及一個硬皮文件夾放在桌子上。那個文件夾印有彩色封面，上面有不同的樂器、運動的圖案，正中間是以王漢宗仿宋體印著「劉櫻韻」三個大字。她翻了翻文件夾，為文件夾裏彩色印刷的證書副本作臨別前的最後檢驗，便把文件夾及申請表格往前推。玻璃後的人接過後跟她說了幾句話，遞上一張 A5 大小的白紙，女人便轉身離開了。我俯視手上單薄的透明文件夾夾著一張張黑白的證書副本，便有轉身逃跑的衝動。

「下一位。」校務處的職員不耐煩地叫著我。我只好踏前一步，站在大玻璃前，接受她眼神的羞辱，並跟剛才的女人一樣遞上手上的文件。她在我的表格上寫了幾個數字，便把它放到一個膠箱裏，再向我遞上一張同樣的白色紙張——第一個交表任務完成。

離開女校，我便向著二哥哥的學校進發。根據哥哥的指示，我要先過馬路對面，再沿著上山的路直走，看到右邊有一條長得看不到頂的樓梯就對了。我氣喘吁吁地站在樓梯頂仰望這個放大了的橙橙白白盒子，這就是我天天坐在小露臺上看到的張祝珊了。我走過 45 度的斜路，終於第一次踏進這所學校的大門了。沿著樓梯往上走一層，白色的汗衣已緊緊貼在我的背上。我又重複了一次遞交表格的程序，今天的任務便完成了。原來這裏沒有舉辦嘉年華的青青草地，也沒有修讀藝術的人像素描師，只有掉了紙皮石的樓梯、石灰剝落的天花與門鎖壞掉的廁格。

放榜前一天，媽媽跟我說，叩門實在太累了，進了哪一間學校也沒甚麼所謂的，我們去學校交文件就是了。可是，經過家裏三次中學放榜的經驗，我為自己準備了叩門文件，把身份證、成績表、證書都影印了兩份，心裏渴望如果放榜結果不理想，媽媽還是會帶我去其他學校叩門。

放榜當天，我就像平時上學一樣自己回到學校，根據老師的指示走到班房，安靜地坐在自己的座位上，等著班主任順著學號派發放榜結果。

「張祝珊英文中學。」我知道我的叩門文件用不上了，我也知道，就算沒有派進這所學校，叩門文件也不會用得上。

當全班同學都取了派位證，大家都打聽了朋友們派到的學校及未來的中學同學後，我們便跟著老師到禮堂找回自己的家長。同學們都跑到自己的父母跟前，迫不及待地告訴他們派位結果。大多同學的家長面露笑容，滿意派位結果；少數家長急忙拖著孩子離開學校；部分家長跟老師寒暄，感謝他們多年的付出。

「你派位的結果如何？讓我看看。」也許只有吳副校長留意到我兀突的存在。

「張祝珊英文中學。那你一定很開心了。你的媽媽呢？」他拿著我的派位證，讀出了上面寫著的學校名稱。

「她沒有來。」

「她可能很忙，那你快點回家告訴她吧。」吳副校長尷尬地說。

對啊，他們很忙，因為這一年剛好也是大哥哥會考放榜，他們都分身不暇去處理我升中的事宜。這是家裏第一個孩子考公開試，所以爸爸又出動，親自關顧孩子的事務了。從大哥哥升上中學以來，爸爸就很緊張他的學業，很驚訝他竟然沒有考進精英班，所以他升上高中後，更要加倍催促。

那時候很流行報讀大型補習社，於是，爸爸便為哥哥報讀了六科的補習班，希望他能奪得六科A。那陣子的周日早餐時段，爸爸總是發表偉論，去鼓勵哥哥考取好成績。他說，如果哥哥高中狀元，取得十科A，爸爸會送他一間房子；如果哥哥成為尖子，取得六科A，那麼爸爸會送他一輛車子。

這是多麼不容易的承諾啊，爸爸平時一毛不拔，每次問他拿錢交費，都得天時、地理、人和配合，才能從他的錢包裏拿取一毫半分。

每年開學初期就是最令人苦惱的時候：冷氣費、簿費、堂費、雜費……一大堆記不住的費用。我們兄弟姐妹幾人都很有默契地等到上學的第三天，集齊所有要繳費的通告一次過交給媽媽，她就會幫我們向爸爸施壓，盡快讓我們把錢交到學校。有媽媽的幫助，加上四人合力，總算能順利把錢交到老師的手上。

可是，任性的我讀中一時哀求了爸爸很久，他終究讓我在學校學習小提琴。往後每一年的九月下旬便是噩耗。當我從老師手上接過樂器班的繳費通告，心裏不禁嘆了一口氣。我把通告交給媽媽，媽媽說：「是你自己要學樂器的，你自己問爸爸拿錢吧。」

從過往的經驗所得，不能平日問爸爸，因為平日爸爸回來後便洗澡、吃飯，到了晚上問爸爸拿錢，他就會板起臉，說太晚了，明天才給你吧。可是如果他沒有馬上寫支票，明天大概就忘記了。除非你能把握他從股票行回來後及開始放水準備浸浴之間的二十分鐘，加上剛好那天他的股票賺了錢，心情大好，而那天不是星期三，否則平日問他拿錢是吃力不討好的。星期三及星期日是萬萬不能問他拿錢的，因為那是他最重視的賽馬日。

賽馬日前兩天，爸爸就會從樓下的報紙攤買一份馬經，然後閉門研究馬兒的身體狀況、練馬師、不同的投資組合等，是一門專業的學術研究，並於賽馬日實踐他的研究成果，絕不容許任何人騷擾。因此，一星期下來，只有星期六的早上是最適合的時機。如果一不小心錯失良機，只好下星期再努力了。為免再次遲了兩星期才繳交學費，並裝作是自己忘記了，星期一接下繳費通告，接下來的五天的心裏都要記掛著星期六要問爸爸拿錢繳費這件事。終於到了期待已久的星期六了，要把在心裏演練過一百次的說話說出口絕不容易。要承受被爸爸奚落我的小提琴學習多年也沒有成果，再被他勸喻停學，

最後才能拿到那張 $1,620 的支票。

雖然他腰纏萬貫，但以他如此吝嗇的性格對大哥哥許下那麼大的承諾，他一定非常渴望自己的兒子能成為人中龍鳳，更不容許任何環境因素影響哥哥的考試。

每年三月及十一月的流感高峰期，體弱的我總會不知從哪裏惹來流行性感冒。咳嗽和鼻涕會伴我渡過這兩個月份。可是今年的三月多麼重要，是大哥哥考公開試的月份，不能讓他有任何惹病的機會。我家沒有生病要帶口罩的習慣，但我不幸在這個爸爸最著緊的月份病倒了。媽媽強制要我在家裏帶口罩，不然不能離開自己的房間；吃飯也不能跟哥哥同桌，以免傳染他。於是，在我感冒的那幾天，我的晚餐都是先分了出來，自己坐在客廳默默地吃。女傭都能跟大家同桌吃飯，只有我獨自坐在客廳一隅，吞下孤獨。

今天早上，爸爸突然早餐也沒吃就急忙扭開收音機。收音機傳來管弦樂版本的綠袖子把我從睡夢中喚醒，原來今天是會考中文聆聽的日子。全香港也能同一時間從大氣電波收聽公開考試的聆聽內容，我突然覺得自己就是考生，坐在考試現場，屏息凝氣地等待考試開始。

「快打電話到電臺，跟哥哥說打氣的說話！」爸爸一聽到電臺主持在逐一讀出聽眾的打氣留言，便連忙吩咐二哥哥。

「他們是在讀出網上留言，不是現場留言的。」二哥哥托一托眼鏡，一臉不屑地糾正爸爸。

「那麼你快點上網留言啊，你們兩個也要留言，就能提高被抽中的機會！」爸爸命令著在一旁看戲的姐姐和我。

當然，我們的留言沒有被朗讀出來。很快，聆聽錄音開始播放，爸爸的注意力也轉移了，彷彿他聽到的內容可以透過心靈感應傳送到大哥哥的腦海裏。

四個月過後，會考放榜了。爸爸又如五年前一樣精神綳緊，一星期的失眠令爸爸心情煩燥。這天，猶如時光倒流。爸爸媽媽一早就起床，穿上一身正式服裝，懷著緊張的心情乘上一輛的士，前往學校去。雖然爸媽、大哥哥都不在，可是家裏的氣氛還是怪怪的，我們都不約而同地乖乖坐在客廳裏等著爸爸打來的電話。

可是，這次不同的是，他們在早上十一點多就回到家了。原來哥哥壓線成了學校原校升讀的最後一名，所以他們都不用再左撲右撲找學校了。

然而，六年後，他們再沒有這樣的心力了，我的文憑試放榜他們都缺席了。

三

灰姑娘

從小到大，爸爸一直覺得大哥哥聰明、二哥博學、姐姐乖巧，而我是牛皮燈籠。我剛升上小學時是老師眼中的麻煩鬼，經常也達不到老師的要求。老師說上課不要聊天，但我旁邊的同學總是對世界有很多不同的見解，他的看法比老師對書本的見解有趣多了，我總是忍不住不去跟他辯駁，可是老師總是在這個時候把我逮到。

黑板上的功課欄上寫了密密麻麻的字，我抄寫的時候總是遺漏了一兩項，也看不明白上面寫的「RHS」、「HLP」是甚麼意思，所以也略過了。有時候又忘記把功課帶回家，因此每天拿手冊回家讓媽媽簽名時，上面總是多了一兩行紅字，她又會嘆一口氣：「你可以向姐姐學習嗎？她只是比你大一年，可是她從來不會欠交功課，更不會整本手冊都是花花的紅字。」

我瞥了瞥姐姐的手冊，上面整整齊齊地以編號標示著每一科每一樣的功課，功課後面更有一個個大勾表示完成。原來她是這樣做的，可是她也沒有教我，為甚麼媽媽總是覺得姐姐做得到，我做不到就是我的問題呢？

還記得小學第一次考試，老師在臺上宣佈：「同學們，下星期開始考試，記得要溫書啊！」

溫書？甚麼是溫書？我只知道考試比平日早放學，每天回去完成一份或兩份考卷就可以離開了，這樣的上學節奏真輕鬆！

可是到了家長日就一點也不輕鬆了。只有這一年，我們四兄弟姐妹都在同一所學校讀書，所以爸爸媽媽在這一天見了四次班主任，我呢，也見了四個班主任。大哥哥的班主任說，他的作文離題了；二哥哥的班主任說他很靜，不太合群；姐姐的班主任說她是老師的小助手；我的班主任說我上課只掛著聊天，上課時腦袋好像丟了。

我的爸媽好像不太在意老師的評語，他們對於老師公布的數字更為在意。大哥哥是七；二哥哥是八；姐姐是二，我呢？

「你們的女兒今次考試全班第十名，全級第四十六名。」盧老師讀出她的文件上寫的數字。

「四十六？」媽媽驚訝地重複著老師的說話。

「不是吧，我們的孩子都是考全級頭十名內的，老師你沒有看錯吧？」爸爸一臉懷疑地看著老師。

「全級有一百六十個學生，第四十六名也不是很差呢！」盧老師安慰著爸爸。

「全級只有頭三十名學生能進精英班，進了精英班才能考進第一組別的中學，你的成績那麼差，別想進第一組別中學了。」大哥哥回家後以一副高高在上的姿態教訓我。

大家對於我的將來都不抱期望，就連媽媽到黃大仙求籤時，解籤人說我們家會有三個很有成就的孩子，媽媽就跟我們說，大哥、二哥和姐姐將來一定能有一番作為，成為出息的人。

一天傍晚，爸爸突然買了一個皮鞋擦和鞋油回家，他說：「今天早上光顧了一個街頭擦鞋小子，擦得我一雙皮鞋亮亮的，回到股票行人人都誇我的皮鞋很亮眼，很有型。與其每天都讓那小子賺取二十塊，倒不如讓自己的孩子來擦。」

第二天早上，爸爸喚了大哥：「你來幫我擦亮一雙皮鞋。」大哥哥裝著沒聽到，繼續玩電腦遊戲；爸爸就改喚二哥哥，二哥哥乖乖拿出鞋油，把爸爸的皮鞋擦得亮亮的。

到了第三天早上，爸爸又喚二哥哥來幫他擦鞋子，二哥便學著大哥哥裝著聽不見。爸爸於是喚姐姐來，可是姐姐說她不要，爸爸便喚我來幫他擦鞋子。

我從鞋櫃裏拿出鞋擦，沾了一點鞋油，把鞋面、鞋的邊旁和鞋跟都擦得亮亮的。爸爸滿意地說：「還是細妹最乖。我養了你們這麼多年，一個願意幫我擦鞋的也沒有，養你們都是白養的。」

這是那麼多年來爸爸頭一次稱讚我，所以我很樂意做這份大家都不願做的苦差，每一天八點，我便準時拿出爸爸的皮鞋、鞋油，把擦得反光的皮鞋放在門口，直到我升上中學，比爸爸更早出門，這個差事才告一段落。

有一陣子，我也很不願意繼續擦鞋這厭惡性的工作，為甚麼哥哥姐姐不願意做的，我就要負責呢？七點五十五分，我便準時躲到廁所裏。

「細妹，你到哪裏去了？快來幫我擦鞋子！」爸爸大聲喊道。

爸爸很清楚只要哄一哄，我便會乖乖回到自己的工作崗位，「你知道嗎，你很有天份，你擦的鞋子能比上街頭的那個小子，將來你讀不成書，在他旁邊開檔，他的生意都被你搶了。」於是，我又繼續乖乖地做他的擦鞋妹了。

除了擦皮鞋，爸爸也很愛喚他的兒女為他按摩、搥肩膀。這個時候，大哥哥一定第一個走得遠遠的；二哥也慢慢走開；姐姐就一直躲著不出來，只有我默默走到爸爸的身旁，伸出一雙小手，抓著爸爸的肩膀，用力地按下去。

「細妹的手勢真好，可以媲美專業的按摩師。到按摩院去找工作，他們一定搶著要請你，將來也不用怕找不到工作了。」只有爸爸關心我的將來，為我的未來鋪路，所以我也心甘情願地每星期為他按摩搥肩。

當家裏最後一個孩子都升上中學後，媽媽便覺得我們都長大了，可以幫忙家務了，加上她覺得女傭與爸爸的行為親昵，也不想留她在家。辭退了女傭後，家務平日由媽媽負責，假日就由各人分擔。

媽媽是全職家庭主婦除了要負責一日三餐外，她更要擦地、打掃、洗衣服、摺疊衣服，忙得不可開交。所以星期六日、學校假期，我們都會幫媽媽做家務。

媽媽為我們編排了家務時間表——周六由我來掃地、洗碗，姐姐擦地、切生果；周日由姐姐掃地、洗碗；我負責擦地、切生果。這個對於媽媽來說完美的編排實行了兩個月便遇上了阻滯——我反抗了。

「為甚麼哥哥都不用做家務，只有我和姐姐做呢？不公平！」我放下手上的掃帚，大聲地向媽媽抗議。媽媽無言以對，只是一邊抱怨我懶惰，一邊拿起掃帚，清潔尚未打掃的房間。

「大妹，該到你擦地了。」媽媽把掃帚放到廚房，大聲喊道。

「為甚麼細妹發脾氣就不用做家務，我就要繼續呢？」姐姐也曠工了。

「我不是發脾氣，只是媽媽你不公平！」我為自己平反。

「這很公平，女孩在家就要做家務，男孩將來就要養家，你們先訓練一下，將來才會有人要，這是為你們好。」一涉及大哥哥的利益，他就急忙正義凜然地發表他的偉論。

「那你現在出去找工作養家啊！」我不忿地說。

「我要專心讀書，將來才能賺大錢養家，你們呢？找一家好人家嫁了便可以了。」大哥哥繼續他的理論。

「你哥哥說得對，我小時候在家女孩子也是負責做家務的。以前的時候，女孩子更不能跟哥哥同桌吃飯，要吃他們吃剩的飯菜，你們現在多幸福，真是身在福中不知福！」媽媽跟大哥哥一唱一和。

「現在跟以前不同了！」姐姐也加入戰團，捍衛自己在家的權益。

於是，我們爭取了兩個哥哥於假日要輪流摺疊衣服。雖然我仍是覺得很不公平，可是姐姐已經復工了，我也難以一個人繼續罷工。

我們又慢慢習慣了這不公的工作分配，媽媽又偷偷把更多額外的工作加到我和姐姐身上。不知從何時開始，我跟姐姐要把哥哥放學回家洗澡後，脫出來的白襯衣和內褲從馬桶旁的水桶拿出來，加一勺洗衣粉，再以人手把黃澄澄的汗跡及尿跡擦得乾乾淨淨才放進洗衣機裏，跟我和姐姐直接從身上脫出來的白襯衣混在一起洗。啊，對了，我和姐姐的內褲是不能放進洗衣機的，不然會褻瀆了爸爸和哥哥的衣服。

作為食物鏈的最底層，任何時候都輪不到我選擇，飯桌上也如是。媽媽不吃牛，也嫌羊臊味重，所以家裏不是煮豬肉就是煮雞肉。我從小跟哥哥一樣，是小小吃肉獸，無肉不歡。然而，桌上的肉只有十多塊，二哥哥一起筷便把兩塊豬排放到自己的碗裏；大哥哥也不甘示弱，兩塊豬排一起吃；姐姐不屑跟我們一樣搶肉吃，夾起一小撮菜心，放到自己的碗裏，再慢慢送一口飯進口；我也緊隨其後，把筷子伸到豬排的碟子裏，夾起碟上最大塊的豬排，放進口裏，細細咀嚼，再配上一口飯，中和嘴裏的鹹度。我再次舉起一雙筷子，往豬排的碟子進發，才驀然發現二哥哥的筷子上夾著碟子上最後一塊豬排，徐徐送往自己的嘴裏。我失落了豬排，筷子只好往菜心的碟子移動。

如果媽媽煮了豬肉還好，還有自由搶奪的權利。有一陣子，媽媽很喜歡買整隻雞回家，自己調味、斬件切塊。一盤雞上桌了，可是雞腿只有兩隻，孩子卻有四個，於是媽媽便進行配給——大哥哥、二哥哥一人一隻雞腿。我最愛的雞腿可連搶奪的機會也沒有便落在別人的飯碗裏。

有時候，我下午要回校，因此先吃午飯，一對雞腿終於出現在我眼前。我以為我終於有機會一嚐雞腿嫩滑鮮甜的美味。我舉起筷子便往雞右腿叉去。女傭端出剛炒起的芥蘭，看到我的筷子刺在雞腿上。

「哎呀，雞腿是給哥哥的，你吃雞肉吧。」她馬上把我喝住。

女傭知道每一個家庭成員在這個家的價值，她清楚要討好誰才讓自己的日子過得輕鬆一點。爸爸媽媽的寶貝也是她的寶貝，因此剛炸起的蝦片是哥哥的，剛蒸好的燒賣是哥哥的，飯桌上的兩隻雞腿，也是哥哥的。

我是個倔強的孩子，沒有了雞腿，我連其他雞肉也不感興趣了。也許只有跟姐姐一樣，處於這場腥風血雨的爭鬥以外，隔岸觀火才能讓自己在家裏過得安逸一點。後來，我也慢慢愛上了吃蔬菜，在飯桌上欣賞這場每天上演的鬥爭。

飯桌上除了這場尋常的戲碼外，偶爾還有另一齣孔融讓梨。有時候媽媽會買來一些很有「營養」的食物，例如是芋頭和木瓜。芋頭口感糊糊的，咬起來芋頭蓉粘著整個口腔，吃上來可不好受；木瓜的草青味很重，而且電視上說木瓜是女性豐胸恩物，哥哥們更對它避之則吉了。

媽媽夾起了一塊芋頭，往大哥哥飯碗的方向前進，大哥哥馬上把自己的飯碗拉到桌邊，再以雙手把它護著。媽媽的筷子拐了一個彎，向二哥哥的飯碗進發。二哥大喊了一聲不要，媽媽的筷子嚇得又拐了一個彎，停在姐姐的飯碗上，姐姐也喊了一聲不要。「不要」的尾韻還沒落下，我也不遑多讓，大喊了一聲「不要」，可是媽媽筷子上的芋頭還是降落在我的飯碗裏。

「我說不要，為甚麼還給我呢？」我砸下筷子，大聲抗議。

「你們每個人都說不要，那東西誰吃呢？放到你飯碗裏就是你的，你要把它吃掉。」媽媽一副聖人的嘴臉教訓著我。

我抿起嘴巴，把飯碗裏的芋頭當作雞腿送進嘴裏，忍受芋泥在牙縫、舌底、喉嚨間游走。只有大家都不愛吃的東西，媽媽才那麼殷勤送到我的飯碗裏。

媽媽有時候煮飯煮得了無新意，就會問大哥哥、二哥哥，他們喜歡吃甚麼。這天，她竟然問我想吃甚麼了。

「不知道。」反正我喜歡吃的東西不會出現在我的飯碗裏，你也不會理會我是否喜歡吃的了。

「不知道？大家都有自己喜歡吃的東西，為甚麼你連自己喜歡吃甚麼都不知道呢？」媽媽揶揄道，可是我也懶得解釋了。

飯桌從來都是我家的權力分佈版圖。爸爸在年三十晚神色凝重地叫大家站在橢圓形的飯桌旁，讓他重新編排新一年的座位。爸爸先算一算來年的九宮飛星，自己選正財位坐下、媽媽坐在他身旁、大哥哥坐文曲位（學業）、二哥坐在偏財或人緣位，剩下的二黑（病符）、三碧（是非）及五黃（凶災橫禍）則由姐姐、女傭及我分坐。

大家各就各位後，桌上的食物也有它們的特定位置——海鮮或名貴食材放在爸爸的面前、肉放在哥哥面前、菜放在姐姐面前、昨晚吃剩的冷飯菜放在女傭面前。我坐在女傭與姐姐的中間，我的筷子落在昨夜剩下的芥蘭上。媽媽總以為我喜歡吃昨天的飯菜，她卻沒有察覺到我在家裏的地位也跟女傭沒差。

媽媽絕少買零食給我們，她說零食不健康，少吃為妙。有時候，她大概自己也想吃點零食，所以買了一點點回家。這次，她買了薄荷朱古力，放在電視機下面的透明櫥櫃裏。我每次看電視時瞥見櫥櫃裏的薄荷朱古力，都會忍不住手去玩弄櫥櫃裏的零食。可是媽媽不在，我不敢擅自打開它。

今天，媽媽、二哥哥、姐姐和我正在看電視。二哥哥比我更手多，他跟我一樣忍不住手打開透明櫥櫃。媽媽看見了，便拆開了薄荷朱古力的塑膠包裝，開始配給。二哥哥兩顆；姐姐兩顆；我兩顆。二哥哥馬上拆了兩小顆朱古力的錫箔紙，咬了兩口便把朱古力送進食道去了。他又扭著媽媽多要兩顆，媽媽對著二哥哥最心軟，她又把兩顆派到二哥哥手上，姐姐看見了，又學著哥哥扭一下，媽媽又把兩顆朱古力放在姐姐的掌心，便把朱古力收起來了。為甚麼我要像哥哥、姐姐那樣扭才能多要兩顆呢？媽媽不應該是公平的嗎？於是我默默走進自己的房間，慢慢享受自己僅有的兩顆薄荷朱古力。

二哥哥很膩媽媽，都高中了，還像個小寶寶一樣，向媽媽撒嬌，要她背著他。

「都這麼大一個人兒了，還要媽媽背著走路。」媽媽笑逐顏開地走到二哥哥跟前，把他背起來了。

難道二哥哥不知醜的嗎？都長那麼大了，還要媽媽背來背去的，我小學開始就不要媽媽牽手了。我不屑地斜眼看著他們。

我小時候很喜歡跟媽媽出去買菜，終於能獨霸媽媽，然而我心裏仍是很氣媽媽，覺得她不公平，所以我不讓媽媽牽著。每次她買了菜，我就會搶著要幫她拿東西，好讓她不能牽我的手。然而，媽媽真的就這樣讓我抽著魚、蔬菜、豆腐、豬肉，我們就這樣回家了。

是我不要媽媽牽著，不是她不牽我的手。因為我長大了，不用媽媽牽著，我更是媽媽的好助手，所以她才經常帶我跟她買菜。自此，我也再沒有讓媽媽牽起我的小手。

四

「榜樣」

人家說孩子是爸媽的鏡子，孩子的行為反映父母的性格，模仿父母的模樣。我爸爸呢？他經常板起面孔，一言不發。吃晚飯時，姐姐滔滔不絕地把今天發生的鎖事一件不漏地稟報大家，媽媽、大哥哥、二哥哥輪流回應。我跟爸爸默默地夾菜、吃飯。吃過晚飯，爸爸就進了房間，扭開收音機，在主人房裏的小陽臺抽一根煙。直到八點半，電視劇開播，爸爸就靜靜地坐在客廳後面的一張老爺椅上。大家你一言我一語地評論劇中人物，爸爸還是不說一語。直到十點半，媽媽像趕鴨子一樣把我們趕上床，我也沒聽見爸爸說一個字。

小時候，我覺得爸爸很神秘，永遠都不知道他心裏想甚麼，他是否有心事呢？到了假日的早上，我們一家人一起吃早餐時，爸爸突然發表滔滔的偉論，我就會很專心地聽爸爸的演說——有時是話說從前，有時是對哥哥說教。

「你爸爸以前是教書的，當時我教的是最頑劣的一班，班上有三個搗蛋鬼，他們三個經常遲到，你爸爸就痛罵了他們一頓，讓他們整天都站在課室外，不能上課。從此他們三人就再也不遲到，整班同學沒一個敢遲到的。一開始就要給他們一個下馬威，不能讓他們以為你是好欺負的，他們才會尊重你。你又要讓那幾個惡霸感到有優越感，讓他們做班長，他們得到從來沒從老師裏得到過的重視，他們便會為你賣命。」爸爸侃侃而談。

大哥哥開始表現得不耐煩，他隨便撒了個謊，說要溫習便離開了飯桌。除了他，大家還是安靜地聽爸爸的故事。

「我教學生數學，當時我的班是全級成績最差的。可是一年後，他們的成績比甲班的更好。甲班的數學老師更來問我是怎樣做得到的呢！他們畢業多年，我偶爾回鄉，他們還會特意約出來聚舊。他們當中有幾個做了大老闆、有幾個成了政府官員……」爸爸一提到他以前的豐功偉績便喋喋不休。

有時候，他會為大哥哥的將來憂心，認為他做人不夠圓滑。

「做人最重要的是不要怕吃虧。你呢，就是怕吃虧，任何對自己沒好處的差事就找弟弟來幹。昨天喚你到樓下超級市場幫媽媽抬兩包白米回家就遲遲不願下來，更差使弟弟來。你作為哥哥也沒一點承擔，吃虧的都是你弟弟去。將來出來做事還是這樣就永遠沒有人賞識你了。那些一線藝人，你知道為甚麼他們能爬到這個位置嗎？不是他們的演技出眾，而是他們不怕吃虧，甚麼角色也願意做，甚麼要擔擔抬抬的都來幫忙，導演見了這演員這麼能吃苦，就給他機會。而你呢？一見有事幫忙就一溜煙走了，上司有升職的機會都留給那願意留下的一個了。」爸爸苦口婆心地教訓大哥哥，顯然他的心思不在這，只想著爸爸甚麼時候嘮叨完畢。

後來我長大了，就發覺爸爸更多時候是在吹噓自己。

「你爸爸是香港仔潮州商會的幹事，每年都去西環開會、捐錢舉辦盂蘭盛會，好不威風，去哪裏都得到人家的尊重。你們看，這是人家頒給你爸爸的感謝狀。」

難怪大哥哥經常借尿遁。

爸爸和媽媽關係好的時候還好，但更多的是他們關係不好的時候。他們經常因為一些小事而吵得面紅耳赤。

「新年的早飯白米要多煮一點，飯煲不能清空，不然一整年都沒錢剩了。」

「我有多煮一點，可是孩子們早上胃口好，多吃了，白飯才吃光的。難道他們肚子餓也不讓他們吃嗎？」

「你可以再多煮一點飯，沒有人著你預算得這麼少！」

「每年多煮那麼多米飯，每餐又要煮新米，過幾天整個冰箱都是冷飯了。」

「魚頭呢？不是說要留下嗎？怎麼丟了？」

「女傭不懂事，我告訴她要留下，她丟了，有甚麼法子。」

「你沒看著她嗎？這麼重要的事情也沒管好，怎麼找你當家呢？」

才吃過大年初一的早飯，爸媽就吵個不停。我們幾個都嚇得默不作聲。可是，這場架卻是沒完沒了的。

「為甚麼細妹在掃地？你沒有把掃帚收好嗎？」

「她吃得滿地瓜子殼，我要她自己清理。」

「新年流流就是不能掃地，跟你說過多少遍了？」

我嚇得放下掃帚，免得這場災難蔓延。可是這場火卻愈燒愈烈。農曆新年對於爸爸來說，是一年中最重要的節日，如果沒有辦妥，接下來一整年就會過得不順利。這幾天，爸爸成了緊張大師，一點瑕疵都勃然大怒。媽媽忍受了爸爸的精神虐待幾天，都快精神失常了。

「如果我們離婚，你們要跟誰？」他們一吵架，媽媽便搬出這條問題。永遠沒有人願意回答媽媽，也沒有人覺得他們真的要離婚。

這天早上，媽媽嚷著要離開這個家，大哥哥上了中學、二哥哥補課，家裏只剩下姐姐和我阻止媽媽了。她收拾了幾件行李放在客廳。姐姐和我苦苦哀求媽媽別走，並偷偷地把她的行李藏在客廳的書桌下。當然，這是徒勞無功的。那天我們放學回家，大家都沉默不語。這頓晚飯是這麼多年來最靜的一頓飯了。

晚飯後，大家都自動自覺拿出功課低下頭默默耕耘，只是姐姐、二哥哥和我的手冊沒有著落。我把我的手冊交給姐姐，姐姐把我和她的手冊交給二哥哥，二哥哥在我和姐姐的慫恿下，半推半就地拿著三本手冊，像是走進刑場般走進主人房。

「爸爸，手冊要簽名。」二哥哥雙手發抖、戰戰兢兢地說。

爸爸隨手拿了他看馬經用的紅色原子筆，在三本手冊上簽上大名。

二哥哥一臉鐵青地拿著戰利品出來。我和姐姐取回自己的手冊，瞥見那幾個血紅的大字，對望了一眼，便把手冊放進書包了。

翌日，媽媽仍是沒有回來，家裏靜得一根針掉到地上都能聽見，電視機也快要辭職了。又到了最令人頭疼的環節，今天輪到姐姐上場，她拿著三本手冊、四份通告及一支藍色原子筆走進主人房。

這個情況持續了一個月，爸爸還是一副高高在上的姿態，等著媽媽自己回來認錯。這天晚飯後，爸爸叫了大哥哥進入了主人房，大哥哥出來後，打了一通電話給媽媽，隔天媽媽就回家了。

雖然媽媽不在家的日子，大家都如履薄冰，擔心著爸爸這顆計時炸彈隨時會爆炸，但最大收穫的該是我了。

媽媽在老家無所事事，她學會了剪頭髮。回來後，便抓著她的實驗品練習了。作為實驗品三號（大哥哥當然不會成為她的實驗品），我寧願自己付錢偷偷出去找髮型師也不願再被她剪得一邊長一邊短的了。我說的收穫並不是媽媽新學的這一門手藝，而是她居然記得我的生日。平時在家她要顧著一日三餐的飯菜，已經沒有心力記起我了。可是在我八歲這一年，雖然家裏還是沒有為我慶祝生日，但至少媽媽還記得我也是有生日的，她打來了一通電話，問我想要甚麼生日禮物。過了幾天，她托哥哥拿了一把塑膠氣槍給我，這是我有記憶以來，第一份生日禮物，但我更想要的是媽媽回來。

新年前後，是爸媽吵架的高峰期，這一年新年前他們又因為家用的問題吵起來了。媽媽沒有像以前一樣妥協，今次她決定自己出去找工作養活自己。媽媽只有小學三年級的程度，可是她很愛看書、看報紙，所以媽媽的識字量也不少，能應付一般工作需要。可是媽媽從來沒有工作經驗，一個三、四十歲，沒讀過中學的女人能找到甚麼工作呢？這幾天，媽媽早出晚歸，都沒有買菜煮飯，爸爸便冷嘲熱諷，打賭媽媽一定不能找到工作，就算媽媽找到了工作也挨不到一個月呢。過了幾天，媽媽穿著一件 7-11 便利店的工作服回家吃晚餐，可是爸爸特意叫女傭少放一雙筷子，說她沒有為家裏付出，不准吃。我們幾個小孩子見了，都替媽媽說好話，女傭一邊安撫爸爸，一邊在飯桌上放上媽媽的碗筷。爸爸見看到大家都為媽媽幫口，才不再堅持，板起他一貫的黑臉孔吃飯。

這兩個月，媽媽準時七點五十分出門，晚上六點零五分回家吃飯，連大年初一也不例外。這天，嫲嫲與二叔一家到我們家拜年。他們對於媽媽整天都不在家感到奇怪，二叔問我們媽媽去了哪，我們都支吾其辭。

媽媽跟爸爸一家交惡，媽媽尤其不喜歡嫲嫲。她說姐姐出生後不久，她身體還未復原，嫲嫲就迫她洗衣服、做飯、清潔，一點都不幫忙的，那時她還懷著我呢！但嫲嫲對二叔的媳婦就有天淵之別。嫲嫲對她事事著緊、處處維護，二嬸先生出兩個女孩，嫲嫲一點兒也不讓她坐月子時操勞的。可媽媽是先生下兩個男孩，為他們陳家繼後香燈的。

嫲嫲是陳家唯一的孩子，所以她招了爺爺入贅，為陳家開枝散葉。我爸爸有兩個姐姐和兩個弟弟，他是陳家的長子，按道理嫲嫲應該是最疼、最重視長子嫡孫才對。可是不知怎的，她們就誓不兩立。爸爸呢？一點也沒有幫媽媽的意思，任由嫲嫲對媽媽呼呼喝喝的，她們倆的積怨就更深不見底了。

二叔呢？他為人沒甚麼，只是爺爺過身的時候，他把內地的大屋留了給二叔，爸爸只分到一所舊房子，媽媽感到很不忿，爸媽跟兩個叔叔吵得臉紅耳赤也沒改變甚麼。自此，媽媽跟二叔一家更是水火不容了。

小叔與小嬸剛結婚的時候，媽媽跟小嬸的關係還不錯。媽媽孤身隻影跟爸爸來到香港，在香港沒有半個親戚朋友，小嬸是她的樹洞，在家裏的委屈只好跟她訴說了。可是，媽媽因為小嬸在爸媽吵架後，她離家出走的這件事上沒有慰問媽媽，沒有站在她的一邊，而感到生氣。從此我再沒見過她們通電話了，從此她便與她的妯娌不相往來了。

「他們走了嗎？他們走了多久？」媽媽的聲音從電話的而另一頭傳來。

「他們走了大概五分鐘了，媽媽你放心。」二哥哥看了看家裏的掛鐘。

「我剛回來就跟他們打個照面，他們更看到我穿著便利店的工作服呢！」媽媽一開門便咒罵道。

「弟弟就不機靈了，他們剛走了五分鐘，加上乘電梯、嫲嫲走得慢，五分鐘剛好會碰面，你怎麼不叫媽媽再多等一會兒呢？」大哥哥最擅長馬後炮的了。

兩個月過後，媽媽的便利店工作服換成了鮮紅色的超級市場工作服，上班的時間也改變了。她說，便利店一天要站十個小時，薪水又低，又要擔擔抬抬的，太辛苦了。現在做超級市場斬雞的工作，每天才幹活八小時呢！雖然現在沒有了便利店印花換來的小玩具，但是媽媽每天叫二哥哥準時七點半走到超級市場，她會把雞頭、雞骨綁成一包，貼一個零塊錢的條碼，再叫他隨便多買一樣東西掩人耳目。她說，雞頭、雞骨又不賣錢，到了晚上也都是丟棄的，為甚麼不拿來煲湯呢？

後來，二哥哥不願意參與這勾當，媽媽就打電話來命令我下去。原來，媽媽的那包「雞頭、雞骨」裏還滲了一些雞胸肉及兩隻雞腿呢，難怪二哥哥不願再混在這潭髒水裏。

到了第二天，準時七點半「鈴、鈴、鈴……」大家你眼看我眼，都不願意接這一通媽媽打來的電話。坐在最近電話的我不情不願地拿起電話，「喂。」

「下來了。」簡潔的三個字，一個沉重的包袱。

我拿起一個環保袋，穿上拖鞋，向右扭開大門的門鎖，按下電梯按鈕，出了大廈往左邊走下一條毫無街燈的樓梯，再走過一條只容許一人通過、暗暗向下斜的行人道，來到只有寥寥幾個客人的超級市場。我先跟媽媽旁邊賣牛肉叔叔及賣肉丸子姨姨打過個招呼，再從媽媽的手上接過她的八達通及一袋透明膠袋，裏面裝著兩塊雞排及雞腳，上面照舊打著不用錢的條碼。媽媽叫我從賣肉丸子的姨姨手上接過一包異常笨重的生河粉，上面貼著一張十塊錢的條碼，我便走到第二臺收銀臺前排隊了。媽媽說，那個女孩年輕，她不會懷疑的。嘟。當條碼機掃過那袋肉塊時，我總覺得收銀姐姐的眼神不太友善。也許是因為我還是個小孩，她才沒有出聲吧。

「這塊雞排好吃嗎？是我昨天叫細妹拿回來的。」媽媽一臉滿足地說。

「媽媽，你知道嗎，這是犯法的，如果有一天我們給警察抓了，這可不是你一個人能承擔的。你是以我們的未來作賭注，我們美好的前途就給你以幾塊錢的小便宜斷送了！」大哥哥一副不可一世的模樣教訓媽媽。

「車，哪有你說的那麼誇張呢！又沒人要，晚上就會被丟棄，我只是減少浪費而已。」媽媽心虛地回應著。

「就不值得嘛，我們將來人人都是大學生，留了一個案底，就甭想被大公司聘用了，這是虧大本啊！」大哥哥托一托眼鏡，乘勝追擊。

「不幹就不幹了，可別這樣說你媽。」媽媽發晦氣地說。

有時候，大哥哥的偉論也能救救大家，如果不是他那麼咄咄逼人，媽媽一定不會放過任何一個貪小便宜的機會。

五

家庭教育

每個人總有自己一套教育兒女的方法，他們的教育方法就是自己成長背景的寫照。對於傳統的潮州人、有五兄弟姐妹的爸爸和有九兄弟姐妹的媽媽來說，父親主外，負責養妻活兒；母親主內，負責家頭細務，已經履行了作為父母的責任，孩子的成長就看他們的造化了。也許因為他們所生的孩子比自己的兄弟姐妹少，所以他們除了達到基本要求外，還嘗試以自己的方式把孩子養育成人中龍鳳。

爸爸是權威式的教育，對於棒下出孝子深信不疑。他認為對的事情就沒有人可以挑戰，沒有人可以逆他的意思。

小時候我和大哥哥總是因為小事而打架，很多時候爸爸都不插手，因為他覺得這是媽媽的分內事，但當爸爸插手就如玉皇大帝降臨凡塵，大家都如坐針氈。縱然我們四個孩子一人一張嘴，大家在媽媽面前都要以最大的聲量遮蓋其他人的發言，吵得面紅耳赤，但爸爸一聲令下，整間房子突然變得鴉雀無聲。

「都給我閉嘴。你們四個一字排開，都伸出手來。」爸爸用他不帶情感的聲線響亮地說。

我們馬上閉上嘴巴，默默地在爸爸一米前一字排開，把右手手掌舉至腰間高度。

媽媽把握在手裏的藤條交到爸爸手上，爸爸接過藤條，找來一張大班椅慢慢坐下。

「細妹還在哭，哭哭啼啼的，聽得人煩厭，先打。」爸爸以嚴厲的眼神看著我，舉高藤條，用力地往我手掌抽打。

「咻、咻。」藤條劃破靜止的空氣，兩道鮭紅色的軌跡斜斜地在躺在我右手尾指、無名指與手掌心上。

我咬著下唇，免得喉嚨發出半點聲響；頭微微向上仰，眼睛向上盯，讓淚水留在眼眶打轉；手肘夾緊腰間，防止手掌不爭氣地向後縮；手指撐直，準備迎來更多的懲罰。

「大哥身為哥哥還跟妹妹吵吵鬧鬧的，該打。」

大哥哥總是在藤條落下的一刻把手掌往後縮，「咻、咻」兩下藤條都落空了。

「後縮多打兩下。」爸爸把藤條舉得更高、擊落的速度更快。

大哥哥這次不敢再把手掌縮後了，但他仍是不願意硬吃一記。他把手指靠攏，手心屈曲，減少藤條與手掌的接觸面。

「細妹跟哥哥吵架，該打。」藤條再次落在我的掌心。明明我是被哥哥欺負的受害者，到頭來卻承受最多的懲罰，但這句話只能放在心裏。如果出言頂撞鐵面無私的爸爸，下場只有一個。

「有人不滿意嗎？」沒有人回應。

「解散。」爸爸很滿意自己迅速解決小孩的糾紛，也認為大家對他的公平公正的裁決心服口服。

有時候挨過了杖刑，爸爸還會罰我向神主臺下跪，一跪就是半小時。大家都解散了，客廳只剩下我一人跪在神主臺面前。這時候眼眶再守不住了，眼淚是雨後的屋簷角，一滴緊接一滴，沿著面頰，流過嘴唇，從下巴滴到衣領上、注入褲子。我的牙齒還緊緊地咬著下唇，不願急速的喘氣聲傳到任何人的耳蝸裏。

不是所有事情爸爸都選擇以藤條解決的。媽媽再一次把大家都不吃的臭菜炒蛋放到我的飯碗裏。她說，我經常流鼻血，這偏方是她的朋友給她的，對醫治流鼻血很有功效。可是我已經連續吃了這臭菜炒蛋一星期，鼻血還是不時流下。我把碗筷推向前表示抗議。這行為觸動了爸爸的神經，他用力扔下筷子，椅子與地面摩擦而發出一聲刺耳的「嗞」，爸爸霍然站了起來。

「不吃就站起來。」爸爸大喝一聲。

我斜眼看著自己的飯碗，嘴角向下，不哼一聲。

「給我站起來。」爸爸一手把我從椅子上扯了起來，一直把我帶到主人房的小陽臺。

「你自己在裏面好好反省。」爸爸把小陽臺的玻璃門關上，按下圓形門把中間的門鎖。

咔嚓，我就被關在世界的外頭。白天的時候，我總喜歡坐在柵欄上遠眺銅鏽綠色的垂葉榕、針狀葉子的高山柏、樹皮一層層剝落的白千層，凝視新長出的嫩葉、瞧一瞧剛折下的枝椏、瞪著垂到地面的氣根，觀察他們微小的變化。可是這是我頭一回在夜幕低垂時注視他們。我分不清眼前的是柏樹還是松樹；找不到白天熟悉的輪廓。他們都被黑夜銷蝕了，吞沒了白天慈祥的綠，與黑暗融為一體，向我步步進逼，把我同化。我很怕黑，怕得不敢張看眼睛，緊緊地把眼睛瞇成一線。

咔嚓，玻璃門把黑暗驅走。媽媽問我要吃飯嗎。

「不。」我徑自走到自己床上，把聖聖、斑斑、嘟嘟等的公仔都擁入懷。

當爸爸披上法官的袍子時，媽媽就是談判專家，但更多的時候是媽媽戴上裁判官的假髮，爸爸是旁邊的守衛。如果爸爸是鐵面無私，那麼媽媽就是濫用私刑了。

媽媽也有她的一套使孩子馬上收聲的方法，而我就是她的常客了。藤條是媽媽的好幫手，每次我惹惱了媽媽，她就使出她的法寶，配上她的絕技——亂棍抽擊。

我升上小學初期，媽媽還會幫我溫習中文默書。星期二是中文默書的日子，當天早上媽媽會幫我預默一次。媽媽讀一句，我就在方格簿上寫一句。完成後，媽媽會像老師一樣，在我的本子上圈起我寫錯的字，然後讓我改正五次。

媽媽總是說姐姐預默的時候幾乎都是全對的，我卻像沒溫習一樣不堪入目，十個八個錯字是等閒事。我一直也很想成為姐姐那樣，在老師面前、在爸媽面前都是一個毫無缺點的孩子。我學著姐姐在預默前先把每一個艱澀難寫的字在紙張上抄寫兩次。這次預默有別於以前的錯漏百出，我可是信心滿滿的。我以雙肘抵著梨花木書桌，雙手托頭，眼睛跟著紅筆的筆尖在本子上一個字一個字掃過，筆尖沒有在任何一個字上停留半秒。我戚起右邊眉毛斜眼睥睨媽媽，右邊嘴角微微咧開。媽媽瞄了我一眼，在最後一行的「也」字上畫了一個大大的圓圈。本子上的紅色墨水慢慢化開，是一個燒著熊熊烈火的火圈，向四面八方蔓延，火勢大得把我雙眼都遮蓋了。

我攥起方格簿，一手把它扔在地上。

「我不要改正，我要重默！」

「錯就要改正。」

「我要重默！」

「沒有時間讓你重默！」媽媽撿起地上的本子，粗暴地打開剛默書的一頁，一片米黃色的紙角像黃葉從樹上脫落一樣慢慢飄到茶几上。

「我不要！」我的右手揚起，隨之散落的不止方格簿，還有媽媽的紅筆、我的鉛筆及橡皮擦。

媽媽轉身離開，有一秒鐘我還以為自己終於要贏一次，這原來只是輸得更徹底的先兆。媽媽很快又回到客廳，右手拿著一根只有鉛筆粗細、三尺長的竹藤條。藤條以迅雷不及掩耳的速度擊落在我左手上臂，燙下一條兩寸長的紅痕。我大叫了一聲，伸出右手護著剛被打的手臂，右手前臂又挨了一鞭。我伸出雙手把自己包著，叫聲演變成淒厲的哭聲，但這也沒有引起媽媽半點遲疑。媽媽的藤條是馬夫手上的馬鞭，鞭策著一隻不服從的犢馬。犢馬愈是賴著不走，馬鞭愈是起勁地往牠身上抽。大腿、小腿、背脊、手背沒有一處少了紅痕。我竭力地喊、破喉嚨地尖叫，希望有人把藤條劃破空氣的咻咻聲關成靜音。

我瞅著眼前藤條的殘影，一邊連爬帶滾地往後退。經過多次客廳防衛戰，我知道梨花木長椅子與木茶几之間的半米是我最佳的藏身之所，隔著木茶几，媽媽不能長距離攻擊，這為我爭取了3秒鐘的喘氣時間，讓我弓起背脊、把抵禦力弱的四肢藏在背下，準備好下一輪攻擊的迎戰姿勢。在這個窄身的小巷裏，媽媽的遠距離攻擊不奏效，她放下藤條，手掌亂七八糟地擊在我背上。

徒手攻擊的力度比武器還差得遠，除了忙於迎接媽媽綿延不絕的攻勢外，我還有心力計劃逃生路線。「啪、啪、啪……」三、四、五，是媽媽換氣的時機——我雙腳往地面一划，收緊大腿，一下子彈了起來。我沒有餘力回顧，只用力往前跑、右拐、再右拐，躲到哥哥房間儲物櫃與牆壁間只有三十厘米寬的狹縫裏。我一轉身，媽媽就舉起她的手杖，雙眼射出殺人的光線，但我已經走進了死胡同，無路可逃了。在那麼狹隘的空間裏，媽媽的權杖只能向我的頭上、肩膀揮來。我坐在地上，雙手護頭，喉嚨只能發出沙啞的叫聲。

小時候經常聽大人說他們頭暈，我以為那只是無病呻吟，缺席應酬的手段。原來當你費盡全身的力氣喊叫，才發現頭暈是真實存在的。眼前的景物逐漸被向四面擴散的黑暗蠶食；耳朵慢慢聽不到自己的喊聲、藤條高速穿透空氣的咻咻聲；腦子裏住著一千隻蜜蜂，嗡嗡不停。你就像在太空漂浮那樣，感覺不到方向、感覺不到時間。

大腿與手臂上的藤條痕跡總是久久不散，他們就像一隻隻水蛭一樣伏在四肢上，隨著時間過去慢慢起變化。伏在手腳上的水蛭只要兩個小時便會吸滿血液，漸漸拱起。手指頭、衣服輕輕觸碰，都成了千根針刺向水蛭。可兩天後，這頭水蛭便會潛入我的皮膚底層，弄得紅一塊青一塊的。再過兩天，這水蛭變成一大條醬紫色的，附在皮膚上，輕輕一捏，傳來一陣酸痛。

六

當不合理成為習慣

「長兄為父。」這是大哥哥的座右銘，更是他的免死金牌。他經常恃著自己是大哥，要以大哥的身份教訓妹妹。

假日的下午，爸媽都會一起外出買菜，今天也不例外。三歲的我如常在床上跟姐姐一起玩公仔，我手上的這一隻是聖誕老人公仔，是我人生第一隻公仔，名為聖聖。聖聖跟姐姐手上的白老鼠——白仔是我和姐姐最早期擁有的公仔。我聽說是因為姐姐兩歲時進了醫院，護士姐姐為了哄她而送她的。姐姐見我沒有公仔，就把聖聖轉贈給我，讓我們各自擁有自己的公仔。當聖聖和白仔聊天時，一隻暴龍從客廳闖進來，突然把聖聖拐去，我拼命拉著聖聖，免得他落進壞人的手裏。可是我的力氣比大我七年的大哥哥還差得遠，我只能死命抓著聖聖的一條腿，我以為只要我不放手，就能把他搶回來。突然「噠」的一聲，我還來不及反應，聖聖肚子的棉花便掉在地上了。大哥哥心裏知道自己闖禍了，卻只是裝著沒事發生離開案發現場，剩下我留在房間抱著聖聖的殘骸。我的心就像聖聖的身體一樣，被撕成碎片，躺在血泊中掙扎跳動。看到聖聖面目全非，棉絮飄揚，我只能張大嘴巴，哭得近乎喉嚨撕裂，抱著他的屍骸憑弔。女傭聽到我呼天搶地的大叫大嚷，嚇得跑走進房間。她看到破碎的聖聖、滾在地上的眼珠，她不敢責怪大哥哥，只能從抽屜拿出針線包，為聖聖施行手術，並一邊安慰著我。雖然女傭正在搶救聖聖，但我握著他垂下來的手，看到他沒有生命跡象，我就忍不住嚎哭了。聖聖受了嚴重的傷害，這是一個大手術，女傭也花了近一小時才完成縫紉。雖然聖聖從這次襲擊中活過來了，可是這手術卻在他身上留下了一道從眼睛到屁股的疤痕。聖聖因為我受了那麼大的痛苦，死而復生，從此，我更疼聖聖了。這一次也讓我首次感受到恨是甚麼一回事。

公仔對於我和姐姐來說是我們最重要的財產，對大哥哥來說是控制我們最容易的工具。吃過午飯，我和姐姐便很有默契地走上床，拿起各自的公仔，為他們配音、角色扮演。這次，我手上的是嘟嘟，他是保安叔叔吃過麥當勞開心樂園餐後換來的麥兜公仔。大概是因為我是新搬來的小住客，他送這公仔給我作為入伙禮物吧。嘟嘟體型細小，不是最得我歡心的一個，但是因為這一天，不論我以後搬到何處，他就一直跟在我身邊了。

嘟嘟跟白仔是姐妹，他們在一個陽光明媚的星期日下午玩得不亦樂乎時，大哥哥總是要在這個時候來參一腳。他以電影裏壞人的姿態登場，趁著我們沒在意便把嘟嘟拐了去。雖然他的出場時間只有兩分鐘，但他卻為我們帶來一片愁雲慘霧。我和姐姐的第一個反應就是要搶回嘟嘟，可是壞蛋走了，剩下的爪牙二哥哥卻擋著門，協助大壞蛋離開。我們好不容易才衝破二哥哥的防線，可這時候，人質已經被藏起來了。

目的達到，大哥哥繼續打他的電腦遊戲，而我和姐姐的歡樂時光已經被徹底摧毀了。接下來的整個下午，我們地氈式搜索家裏每一寸，仍然一無所獲。等到媽媽午睡醒來，我向媽媽告狀，但媽媽卻只敷衍著我說，你不那麼緊張他就不拿你的了。

任憑我們向大哥哥嚴刑逼供，對他來說也只是瘙癢，沒有半點傷害。沒有媽媽的幫助，我們實在無計可施，只好讓嘟嘟留在他手上受苦。直至三年後，媽媽要從櫃頂把竹筲箕拿下來，嘟嘟就從筲箕滾了下來。我緊緊地抱著嘟嘟，讓他躺在我的懷裏感受被擁抱的溫暖。他在黑暗陰深的櫃頂生活了三年，不見天日，他受的苦夠多了，我暗暗發誓，以後也不會丟下他一個。

小時候，媽媽經常帶我們到冒險樂園玩，我從來都不明白他們玩的那些遊戲。每次到冒險樂園，我總是盯著樂園門口一個個方形箱子裏面的大型公仔，哀求哥哥給我夾一隻大公仔。可是，哥哥總是說，那些是騙人的，你從來不會看見別人成功夾到裏面的公仔。然而，我站在那裏半天，我可真的看到幾個公仔掉下來。前面的那個穿著粉紅色傘裙的女孩便抱著一隻剛掉下來的維尼熊，對我微微咧嘴，像是嘲笑著我看中了的維尼熊就這樣讓她抱回家了。

這一次，我又哀求著哥哥們給我夾一隻跟那個女孩懷裏一樣的維尼熊。大哥哥拿著他手上一大袋的金幣不屑一顧地走開了，我又苦苦哀求二哥哥，他看著我楚楚可憐的臉、幾乎掉下眼淚的眼眶，又看看箱子裏那隻差一點就掉下來的維尼熊，便從他手上的一小個透明膠袋裏抽出五個金幣，逐一投進公仔機。

「叮、叮、叮、叮、叮。」

「登……登……登……」二哥哥小心翼翼地移動著操控杆，把鉗子移到維尼熊的正上方，再從公仔機的左方觀察，確保鉗子準確無誤地放置在維尼熊的頭頂上。再三確定後，二哥哥終於按下那一閃一閃的圓形按鈕，鉗子向下墜落。鉗子的三隻爪子正好落在維尼熊的耳朵、頸項和面頰，剛好把維尼熊整個頭部夾住了。我和姐姐開心得驚呼了一聲。可是，當鉗子往上升的時候，鉗子就像一隻死去的八爪魚一樣，放軟了手腳，維尼熊還是兩分鐘前的樣子，一動不動地躺在老地方，彷彿我們從未投進過五個代幣一樣。

我看著維尼熊無助的眼神，我知道他希望我能帶他回家，於是，我再次哀求二哥哥多夾一次。也許二哥哥也不忿他那精準的落點不能讓他把小熊夾起，所以二哥哥又從他那所剩無幾的金幣袋子裏取出五個，放進公仔機內。二哥哥說，它的頭太重了，這次要夾在他的軀幹上才行。

鉗子徐徐下墮，三隻爪子準確地落在維尼熊左肩、腰間及雙腿中間。我和姐姐都驚嘆哥哥控制杆子的能力。可是，結果卻差強人意，維尼熊還是原封不動。我和姐姐失望地看著維尼熊，後面傳來熟悉的聲音：「一早說過了，這些箱子都是騙人的，他們是無底深潭，只會慢慢蠶食你手上的金幣。」

我轉身看著不可一世的大哥哥，他繼續說：「你看，你的代幣都給它吃掉了，可是那隻熊還是半厘米也沒移動過呢！」大哥哥從他手上一大袋的代幣裏拿出幾個分了給二哥哥，他們就往裏面的遊戲機跑去了。留下我和姐姐繼續看著其他人嘗試夾出我們剛才試過的那隻維尼熊。我暗暗祈禱著他們千萬不要成功，因為他是我的。

有時候，媽媽會給我和姐姐一人兩個代幣，我們就興高采烈地走到位於冒險樂園最外面的夾糖機，把一個代幣投下，然後隨便揮動那操控杆。夾子掉下去了，夾起了一大堆糖果，可是隨著夾子走回出口，糖果就一路掉下來，還沒到半路，夾子上就只剩下一顆半顆了。我把手伸進糖果出口處，手指在四方孔裏搜索，也只能把兩顆糖果拯救出來。運氣不好時，更會一無所獲。那天運氣還好，我各把兩顆糖果塞滿左右兩個小口袋，滿心歡喜地跟著媽媽回家了。

有一天，媽媽突然想起我們從冒險樂園贏來的小票快要過期了，於是爸爸牽著媽媽，手上拿著兩袋子滿滿的小票，帶著我們四人浩浩蕩蕩地走進冒險樂園，直接走到數票的櫃枱，把兩大袋小票重重地放在換領獎品的玻璃櫃上面。

「我們要換禮物，你們兩個妹妹，喜歡甚麼，隨便挑！」爸爸活像一個土豪，財大氣粗地說。

爸爸把我和姐姐放在玻璃櫃面上，我站在那裏，看著目不暇接的獎品，一時下不了決定。姐姐不一會兒便選了一雙500票、橙色米奇老鼠拖鞋，我更要加快步伐了。我手指直指向玻璃櫥櫃最高層，服務員姐姐把3240票的積木拿了下來。

「你們大約只有兩千票，大概不能換這個了。」服務員姐姐瞧了地上凌亂的小票一眼，瞪著碎票機上不斷跳動的數字。

「那選別的吧！」爸爸疏爽地說。

我仔細地掃描著琳琅滿目的大份小份，才終於下得了決定，指著一隻980票的斑點狗。服務員姐姐滿不耐煩地把斑點狗放在我面前，我馬上把它擁入懷。雖然我已經擁有聖聖，也很疼聖聖，但是他只是姐姐憐憫我而轉贈給我的，他永遠不會完完全全屬於我，所以我一直很想要一隻真真正正屬於自己的公仔。

雖然我回家後才發現它頭以下的部分硬硬的，原來它的下半身是一個錢罌，抱起來頂著胸骨蠻不舒服的，晚上睡覺時更會卡在脊梁下把我弄醒，但我仍很喜歡這一隻斑點狗——斑斑。

姐姐一直也很想把斑斑據為己有，在一次公仔大會裏，姐姐居然說斑斑是她的，一手抱起她。我錯愕地看著姐姐：「斑斑是我的啊！」伸出雙手，從她的懷裏揣出斑斑。但姐姐絕無放手的意思，把它捏得更緊了。姐姐的無理取鬧惹惱了我，我伸出右手一把抓著她的頭髮，向自己一扯，右腳同時伸出直踹進她的肚子，姐姐疼得放開斑斑，大聲嚎哭——她最厲害的招數。可是我才不會被她的詭計得逞，繼續緊緊地把斑斑攬入懷。

「英雄」大哥哥又在這時候出場了。

「發生甚麼事？」大哥哥進來興師問罪。

姐姐哭得話也說不清楚。

「一定又是你欺負姐姐，每次都是這樣，讓我給你一點顏色看！」大哥哥一手抓著我的手臂扯進書房去。

大哥哥以他的手掌作為武器，一掌擊在我的手臂上、一掌落在大腿、一掌往小腿打……

「啪、啪、啪……」掌聲此起彼落，但我也不是砧板上的魚肉，我提起雙腿，花光最大的力氣踹在他的手臂、腿、胸口，奮力反抗。

大哥哥發現手上沒有武器難以占上風，於是他隨手拿起媽媽經常拿來打我的藤條，左一鞭、右一鞭地揮下來。大哥哥有了武器，我們的戰鬥距離被拉開，我的踢腿已經對他無效了，我只好以雙手抱著膝蓋，減少藤條抽下來的傷害。

大哥哥知道我已經無力反抗，他放下藤條，拿起桌上的牙籤筒，從裏面抽出一根牙籤，往我的左手手臂靠近。他以拇指和食指抵著牙籤，用力戳進我的手臂，戳進、抽出、戳進、抽出……

我也記不起他在我的手臂上戳了多少個洞，我只記得我不斷往右邊縮，直至撞在收起的摺疊桌子上，右手手臂貼緊桌子冰涼的桌面，手臂上的汗水全沾到桌面。我張大嘴巴，聲嘶力竭地發出絕望的嚎叫，就像獵人手上的馴鹿一樣。任憑我的叫喊聲多麼淒厲，羅賓漢也不會出現。

大哥哥好像玩厭了，他拋下手上的牙籤，一頭栽進電腦世界裏，剩下我一人在摺疊桌子的角落啜泣。暴風雨過後，姐姐悄悄拿著從藥櫃裏偷出來的藥水膠布，膠布在洞孔和血混在一起的手臂上比劃著，無從入手。於是，她拿了一張面紙，把我手臂上的血印去，再拿出一張藥水膠布，在我的手臂上規劃著，也找不到一個不會貼著其他傷口的完美落點。

「你走開，我不要你假惺惺。」我正眼也沒看姐姐。

姐姐很難過，她知道斑斑是我的，她沒想過事情會發展到這個地步。看著大哥哥虐打我，她也沒有膽量為我發聲，只能事後偷偷為我處理傷口。現在她更覺得不能幫上甚麼忙，但也不願意走開，只是默默坐在我身旁，看著我流下眼淚、鼻子用力抽回流出來的鼻涕。姐姐又走開了，回來時手上多了兩張面紙，伸到我面前。我接過面紙往我嘴唇、人中上的鼻涕擦。

「咔嚓！」我等了很久的時刻終於到了。我從暗角站起來，走到玄關，大聲地向媽媽控訴：「媽媽，大哥哥打我！」

媽媽放下了手上大袋小袋的餸菜，慢條斯理地脫下鞋子，說：「又怎樣了？才出門一會兒，你們又打架了？」

「大哥，你就別欺負妹妹了。」媽媽敷衍著我。

這時候，主人房緊閉的房門打開了，爸爸面色難看地走出來。

「哭甚麼哭？哭哭啼啼的就是不對！」爸爸拿起大哥哥剛放下的藤條，往我身上抽了兩下。也許今天馬場的馬兒不太聽話。

我忍住了身上的痛，撐著眼睛，免得眼淚不懂事地滴下來。我坐在自己的床上，把委屈往肚子吞也不要滴下一滴眼淚。

大哥哥的事跡可多得一天一夜都說不完。有一個周末，爸爸突然提出不如我們一家到深圳晃一晃。從來星期六，爸爸忙於備戰星期日於馬場舉行的賽事；星期日更甭說了，是他馬兒比賽的大日子，所以周末爸爸絕少帶我們外出遊玩。難得爸爸那麼有興致，帶我們出去遊山玩水，我當然是興奮莫名的了。可是大哥哥卻一口回絕，「我不去，你們要去自己去，別預我。」也許沉迷於電腦世界的時間永遠不夠，或是他想趁這個稀有的、四下無人的機會飽覽色情網站。

這個星期六，爸爸早上六點鐘就把我們喚醒，難得我沒有絲毫的厭惡，更馬上爬起床。我記不起那天去了哪、做了些甚麼，我卻記得地鐵有趣的站名——「世界之窗」，深圳的地名真有趣，更有趣的是地鐵站的英文名字，「shijiezhichuang」。當地鐵車廂作英文廣播時，站名根本就是中文。原來他們以為把中文名字的拼音寫出來就是英文名字了，連我這個幼稚園生也知道不是這樣，但他們竟然如此翻譯，真是貽笑大方了。

雖然那些英文譯名很可笑，但是他們地鐵別致的車票也讓我留下深刻印象。那是一個翡翠綠色的圓幣，上面印有「深圳市地铁集团有限公司」的坑紋，跟香港地鐵薄薄的紙質車票不同，有趣極了。於是我悄悄把它放在外套的衣袋裏，並告訴媽媽我弄丟了。媽媽說，那沒有辦法，跟著二哥哥一起出閘口吧。

星期日的早餐時間，我忍不住向沒有一起去的大哥哥炫耀我藏起來的這一枚紀念車票：「你昨天沒有去就不知道他們的車票有多特別，是一個圓圓的幣，很可愛，我還偷偷藏起了一枚呢！」

「真的嗎？我也想看看，一會兒讓我看一眼。」大哥哥已經在籌備他的陰謀，等待小綿羊踏進去。

我吃過早餐就急不及待要想向大哥哥展示我的收藏品。我從梳妝臺的小抽屜取出這一枚珍貴的車票，拿到大哥哥面前，高高舉起。

「讓我看看。」大哥哥把車票拿到手上欣賞。我還在自鳴得意時，他一個轉身，就把車票藏起來了。

「還給我！」我的雙手往他的衣服裏抓、往褲袋裏翻都沒有找到我的車票。

「他藏到他的內褲裏。」姐姐為我助攻。

「媽媽，大哥哥很嘔心，他把我的車票藏在自己的內褲裏！」我氣急敗壞地大喊。

「大哥，你就還給她吧，都這麼大的一個人了，還這麼無聊。」媽媽翻開報紙的下一頁，屁股也沒有打算要離開客廳的椅子。

大哥哥覺得我不夠資格跟他爭奪，便直接關了自己的房門，把我鎖在外頭。

「媽媽，大哥仍不肯把車票還給我，他更鎖上了門！」我一邊大喊，一邊用力以拳頭鎚打哥哥的房門。

「你們別吵了，我跟你們爸爸將要外出了。大哥，你就還她吧。」媽媽闔上報紙，直接走進主人房換衣服。

我和大哥哥的攻防戰進行得如火如荼，爸媽就徑自走了。我的雙手鎚打得又紅又痛，卻不能傷到大哥哥半分。於是我換個姿勢，一屁股坐在地上，提起雙腿，以我擅長的飛毛腿連續不斷地攻擊大哥哥的房門——毫無作用。我拿起桌子上完成了一半的功課，把他們往門縫裏送。功課都進去了，我再拿起桌子上的一張廢紙，把它撕成小塊，一塊一塊地從縫隙裏送進去。

當我還專心致志地把廢紙撕成指甲般的大小，咔嚓，大哥哥的房門突然打開了，坐在地板上的我看著大哥哥站在房間裏拿著我從門縫塞進去、還沒完成的閱讀報告，一下子把它撕成兩半。

看到自己功課的碎片被丟在地上，我就像一條發了瘋的狗，向大哥哥雙腿亂抓亂踢。大哥哥也不是省油的燈，他一腳踩在我的肚子上，一把抽起我的頭髮，把我拖到客廳去。

他一路拖著我，我一直扒著他的衣尾，免得頭皮隨著頭髮都給他扯掉了。他一直牽著我的頭髮不放手，就像抓著兔子的耳朵一樣，讓我變得毫無還擊之力。他抓著我的頭髮，手不斷轉圈，我整個人只能跟著他的手往順時針方向不停轉，直到我仆倒在地上，他才放手。可是，我還沒從頭暈中回復過來，他又抓起我一把頭髮，把我的額頭用力往牆壁撞去。

「咚、咚……」我的頭顱一下一下地被大哥哥拉往白色的牆壁，又往後被牽回去，來來回回。我不願向他求饒，只是張大嘴巴哭得力竭聲嘶，希望姐姐和二哥哥會挺身而出救我。一如既往，當我被大哥哥打得半死時，還是沒有半個人會把我從煉獄救出。我知道姐姐想偷偷地為我打電話向媽媽求救，但大哥哥的黨羽便會在這時按著話筒下的小舌，把通話切斷。

看來他厭倦了抓頭髮，於是他轉抓我的腳踝。他把我的腳腕拼在一起，以雙手捉緊，把我像野貓般倒吊。我的眼前的景物慢慢被黑暗啃噬，雙手竭力往前探，希望能捉緊黑暗中的依靠，但抓來的卻是一把又一把的絕望。好不容易，這漫長的倒吊結束，但接下來的酷刑還在等著我。

我的歲數和身高還不到大哥哥的一半，他就像虐打一隻小動物一樣對待我。我閉著眼睛，把自己縮成一顆蝸牛，讓背脊成為我堅硬的殼，把我的四肢、軀幹都藏在自己想像出來的保護罩下。我已經感覺不到時間的流逝，只默默地等待大哥哥打得累下來。背脊捱了無數拳頭，大哥哥終於累了，他把我鎖在客廳的露臺外，由我自生自滅。我抱著最後一絲希望，在露外叫喊、鎚打玻璃，叫姐姐來救我，但姐姐連把玻璃門鎖向下一扣的勇氣也沒有，任由我在29樓的露臺叫天不應、叫地不聞。我真的想跨過玻璃圍欄，一躍而下，以死控訴大哥哥的虐待，但總是無法拿出抬起大腿的勇氣。

噹噹的鑰匙聲是我最期待的。爸爸媽媽回來了，他們會把我救出去的。

「媽媽救我、媽媽救我！」我像是看到沙漠中的水源般歡呼。媽媽一聲令下，二哥哥就像獄卒般打開監獄的牢房，我被釋放了。

「媽媽剛才大哥哥打我！」我為自己抗辯。

「怎麼打了那麼久，從我們出門至今還沒打完架。別吵了，準備吃飯吧。」媽媽煩厭地說。

我的申訴從沒得到正面回應，一次又一次的輕描淡寫正是一次又一次的助紂為虐。

大哥哥的招數有何止拳頭呢。假日早上五點半，我看著二哥哥醒來，走進主人房，爬上媽媽的床，依偎在媽媽身旁。爸爸不願二哥哥來打擾他的清夢，就提議派二哥哥到便利店買一份報紙回家。他回來時，剛好大家已經起床，準備吃早餐了。二哥哥扛起了賣報紙的差事近乎一年，直到爸爸放心讓我擔當這門差事。

雖然我還是幼稚園生，但我很是羨慕每逢假日，二哥哥可以獨自外出。那是多麼刺激的大冒險，真是羨煞旁人了！所以我哀求爸爸讓我代替二哥哥出去，一開始爸爸也不允許，他說我年紀太小了。

可是，經過我苦苦哀求，我很有信心地跟爸爸說，我已經高班了，買報紙這差事難不倒我！

爸爸受不了我每次都嚷著要去，就讓我走一趟，了我的心願。星期日的清晨五點半，我終於不是躺在床上看著大家睡覺的樣子，我興奮地走到洗手間漱洗，背上我的紅色格子斜背小袋子，把爸爸給我的六塊錢放進袋子裏。爸爸說，報紙只要五塊錢，剩下的一塊錢給我作為報酬。

我按了電梯的按鈕，電梯到了，我的冒險要開始了。我一踏出電梯，馬上迎來第一個考驗——我踮起腳跟也碰不到開門的按鈕。幸好，跟我從同一電梯出來的嬸嬸伸手越過我的頭頂，落在我碰不到的按鈕上。她更拉開那道我還不夠力氣拉開的玻璃大門，讓我先出去。我仰頭看著一個個皺著眉頭的目光落在我身上，我立刻扒著我身旁的小袋子，免得他們打我錢袋的主意。我穿過公園、走過天橋，等待別人為我打開商場大門。左拐，拿起放在便利店門口的東方日報，走到店員面前，拉開小袋子的拉鏈，摸到兩個圓圓的錢幣，捻出較厚的一個，遞給店員，換來一個透明膠袋，裏面放著一份對摺的報紙及一包紙巾。我挽著我的戰利品，連跑帶跳地回家。爸爸很滿意這個小小跑腿，而我亦為我的小屋子錢罌不再只是放橡皮圈及萬字夾而感到高興。

周末早上的冒險永遠是我一星期最期待的節目，除了可以一個人踏上冒險之旅，更可以從便利店把脆米餅帶回來。我很愛吃這個價值五毫錢的脆米餅，每當星期五我便糾結於明天到底要買原味還是朱古力味的脆米餅——姐姐愛吃原味，我就偏愛朱古力味。可是，到了周末，更多的時候，我是把完整的一塊錢帶回家，把這個完美的圓圈放進我的小屋裏。我雙手捧著這間鵝黃屋頂配搭透明牆壁的小屋上下搖動。「琤琤」的聲音值回我忍著決堤的唾液，把捏緊的脆米餅放回原處。鏗鏘叮噹的響聲及屋子壓在我手上的重量讓我沉醉一整天。我拿著五個熟悉的圓形到媽媽那處換來一個厚重的圓形，滿意地看著屋子裏不同形狀、大小的「琤琤」。

這一天，我又打開屋頂，把裏面的「琤琤」倒出來數了又數。十九、二十。我興奮地拿著不同面貌的「琤琤」到媽媽處換來一張紙。雖然小屋沒有了以往的重量，紙張也難以塞進屋頂的小孔裏，但是這天，我還是把姐姐拉到房間，把我的小屋放在地上，煞有介事地打開屋頂，向姐姐展示屋子裏的紙張。

姐姐對於這張破紙張毫不感興趣，卻在納悶我為何沒把原味脆米餅帶回家。這灰白色、上面印著一大頭獅子的紙張卻引起了大哥哥的興趣。

「讓我看一眼。」大哥哥表現得像從未見過二十塊紙鈔一樣。他仔細端詳了鈔票一會兒，再從他的書桌上拿出幾個「琤琤」。

「你這張紙很漂亮啊，我用幾個硬幣跟你換好不好？」大哥哥張開手把幾個「琤琤」遞到我的面前。

「好啊！」既然他那麼喜歡這張鈔票，那麼就拿去吧。我把我換來的「琤琤」放到我的小屋裏。

可是，善良只會被貪婪蠶食。一星期後，我又把從爸爸手上接過的硬幣從小屋屋頂的煙囪滑下，「琤琤」。一隻大手從後面伸前，把小屋子從桌子拔起來。我轉身，只見大哥哥把裏面的硬幣倒在手心，一個不漏。我馬上撲上大哥哥的身上，掰開他的手指，好不容易才翻下他的一隻食指，硬幣又被他的右手藏到褲袋裏了。我雙手把他兩邊褲袋翻出來，硬幣又不見了。他命令二哥哥把我攔住，自己就往客廳走。我好不容易衝破二哥哥的阻撓，可是「琤琤」早已消失人前。

「我把你的硬幣藏在屋子裏，如果你能在半小時內找到便還給你吧！不然硬幣就歸我。」大哥哥得意地說。

我開始瘋狂地掀翻家裏的物品：把沙發上的坐墊剝出來；把書桌上的書本一本一本，像驗屍般檢查；把一袋袋以白色垃圾膠袋裝起的玩具全都倒在地上——一無所獲。我知道麻木地找也是枉然，於是我纏著比較容易心軟的二哥哥，扭他告訴我。

「不行，大哥哥說要你自己找。」二哥哥還是那個答案。

我還是不心息，繞著他的手臂：「就告訴我吧，我真的找不到！」

「你問姐姐吧，她也知道。」二哥哥開始忍受不了我的煩擾。

原來姐姐也知道！我馬上纏著姐姐不放。

「不能告訴你，不然大哥哥會打我。」姐姐為難地說。

我就知道，姐姐從來都是那個膽小懦弱的姐姐，我也不忍心讓她為我活受罪，於是，我拋下一個難過的神情，便繼續我的採礦工作了。

半小時過去，可是大哥哥不願意就此結束這個有趣的遊戲：「這樣吧，我縮小範圍，目標在客廳裏，再給你十五分鐘，可是你的五元硬幣就歸我了！」

絕望時給你一點光明就能把你永遠留在絕望。在失去所有及剩下的三塊錢和無盡的絕望之間，我選擇了後者。明明客廳的範圍那麼小，收納的地方不多，要找的地方都找過了，這十五分鐘的時間是漫長而折磨人的。我呈半放棄狀態，等待時間一秒一秒地過去，等他開口告訴我藏硬幣的地方。

很不容易，十五分鐘過去，大哥哥又出來以上帝的口吻憐憫我：「範圍再次縮小，只是左半邊的客廳，時間也縮短，你只有十分鐘時間，而代價是你的兩元硬幣屬於二哥哥了。」

原來大家都受了他的賄賂，難怪世界都站在我的對面了。原來仁義與善良是那麼廉價。以無盡的精神折磨換來一塊錢一點都不值得，但是我最受不了的是我找不到答案。明明眼下家具的每一分、每一寸我都反覆檢驗了，就是沒有硬幣的蹤影，我不願輸得不明不白，所以那十分鐘時間多麼難熬，我也要撐過去，去揭開這張底牌。

最後剩下一塊錢，大哥哥也不操心跟我多費唇舌，只派遣了二哥哥從桌子上厚重的瓷盤裏取出一塊錢交給姐姐。那個瓷盤是爸爸準備的，裏面躺著形狀大小各異的錢幣，讓大家出門乘車時能帶上足夠的碎銀，不致狼狽。那個乳白色、藍罐曲奇罐大小的瓷盤一直靜靜地躺在桌子上，一眼就能看見。我曾翻過瓷盤幾次，可是裏面一模一樣的一塊、兩塊、五塊錢，少說也有十個八個，更重要的是，我不相信哥哥那麼無恥，把我的硬幣放到一個他也認不出哪個跟哪個的地方，害我像一條瘋狗般亂刮。五歲的我以為每個人都有惻隱之心，是他教懂我原來人性可以這麼卑劣。

也許是因為大哥哥剛踏入青春期，要透過欺負妹妹來建立個人的形象，獲取荷爾蒙影響下的快感。

那年我六歲，大哥哥十三歲。十三歲大概就是通往青春期的年紀了。還沒上小學的我還不知道甚麼是青春期，只知道哥哥變得愈來愈討厭。

八點鐘的早上，刺眼的陽光從窗簾的縫隙中漏出來，光束的尾巴留在我的眼皮上，把我從沉穩而緩慢的呼吸中喚醒。我睜開眼睛，擦一擦黏貼著眼頭的分泌物，指頭順勢向下滑，碰到面頰、人中、嘴唇、下巴全都是濕漉漉的。這些不是撒在面龐的水，因為撒下來的水珠會沿著面頰流到耳後、流到頸項。面頰像是下過驟雨的地面，雨水不平均地聚集在不同的角落，只是薄薄的一層。我低吟了一聲，捻著睡衣的衣袖，用力在嘴上擦過，就像鞋底沾了甚麼污跡起勁地往地面擦一樣。

「為甚麼我的臉龐濕濕漉漉的呢？」我厭惡地向房門方向喊去，把聲音送到大家的耳蝸。

「那是你自己的口水啊！多大了？睡覺還流口水？」大哥哥一面恥笑地說。

我羞愧地轉過頭，伸出舌頭，像變色龍舔自己的獵物一樣把唾液舔回去，但唾液就像甲型血跟乙型血一樣，在口腔裏不能混在一起。

吃過早餐後，姐姐把我拉到床上，我們專屬的小天地裏。

姐姐左顧右盼後，在我耳邊輕輕地說：「今天早上你面上的不是你自己的唾液，是大哥哥在你面上親了一頓留下的。」

如果真相沒有被揭開，它就會被丟在一隅，靜靜地被遺忘，但真相的面紗一旦被粗暴地撕開，它就會成為心頭石，每一次心跳就會把它翻動一次。面頰頓時像被腐蝕液淋過一樣發出熾熱的痛楚，一直往舌頭、食道燒去。無論洗多少次臉、擦多少遍嘴，也不能擦走已腐蝕入骨的唾液。然而這一抹唾液只是為一連串的噩耗揭開序幕。

還沒上小學的時候，我有兩套睡衣——一套是白襯衣與短褲子，一套是碎花裙子。媽媽買給我的碎花裙子跟姐姐的是同款不同顏色的——姐姐的是天空藍與翡翠綠交織成的小碎花，而我的是嫩粉紅和青草綠交錯的成品。每次穿上碎花裙子時我都不願意洗澡，因為要把裙子脫下，從小公主變成小男孩的一刻相當難受。穿著褲子的日子總是心不在焉地想念著掛在小露臺上滴著水的小碎花，滿心期待明天把碎花裙子穿上，又能變成一個小公主了。

早餐過後，就是我和姐姐的公仔大會。我和姐姐在老地方抱起自己最愛的公仔，為他們配音，扮演著他們的角色，就像他們真實存在一樣。當我們玩得得意忘形時，兩個哥哥已經悄悄躺在地板上，猶如兩隻守候獵物的獅子，靜靜地等候伏擊小綿羊。公仔大會完結，姐姐先從上層床的床尾沿著木樓梯爬下。

躺在地面的兩顆頭從樓梯底仰望，恥笑道：「你走光了，女孩子醜死怪了！」

姐姐以手按捺著雙腿之間的裙子，一隻腳點在兩顆頭中間的縫隙，一隻腳踏在二哥哥肩膀旁的空隙，沿著二哥哥的身旁逃出房間。

他們放過了逃走了的姐姐，因為還有一隻綿羊在等著他們。

我學著姐姐面向雙層床，雙手握著床尾的手柄，雙腿像裝了馬達一樣，噠噠噠噠，一步一級。可是到了第四級，躺在地上的哥哥的手是從地獄伸出來的魔鬼爪，一下子就擒住了我的腳踝。我本能地往上退，又回到第三級。魔鬼爪又退回地獄，我馬上連走兩級，噠噠。我腳上的速度當然不比手向前伸來的快，一隻手抓著我的腳踝、一隻手抓著另一條腿的小腿肚、一隻手掀起乖乖下垂的裙擺。

「走光了，走光了。」話語間夾雜著兩聲恥笑聲。

我不願意又退回去，重新經歷這條走不到盡頭的木梯，於是把一隻手放在屁股後方，把被掀起裙擺硬生生按下去，一隻手扶著梯邊，把踏在第四級的右腳抬起，踮著最後一級梯級，翻身，像游泳時指頭終於碰到泳池對岸，在牆壁上用力一撐，把自己射出九丈外一樣，準備把自己射到他們手觸及不了的地方。一隻手從下方伸來，把我裙子的前擺揚起，像一朵傘子從天空降落。

「是白色的小內褲！」

「前面還有一隻吉蒂貓呢！」

羞恥感是世人加到女孩子身上的沉甸甸枷鎖，被人偷窺還是女孩子的錯，錯在沒有好好保護自己。這個枷鎖把我從跑手蓄勢待發的起跑姿勢硬生生地拉上兩級梯級。

魔鬼爪又回復平靜。我靜待了兩秒，這次要硬闖。噠噠噠，在最後一梯級上弓起左腳，把自己彈到哥哥兩顆頭中間的一小塊地板。裙子就像在無重狀態下於太空漂浮——一隻手捏著前裙擺、一隻手執著後裙擺。我把裙子像收回放飛了的風箏一樣扯回來，左手把前後裙擺合起來握緊在雙腿中間。右手抵擋掀翻裙子的手。可是腳踝被牢牢地禁錮在地上，寸步難移。

兩手難以抵擋四手的攻勢，必須放棄某些領域，接受被攻陷，才能顧全大局，順利撤離。只有把羞恥感甩於身後，才能拯救泥沼裏的腳踝，硬闖過去。我鬆開捏著裙子的左手，右手也顧不得不斷來襲的魔爪，身子向下蹲，把哥哥的手指一隻一隻掰開。也許哥哥的手有更重要的任務，抓住腳踝的手鬆開，邁向鬆綁後飄揚的裙擺，就像潘朵拉的盒子一樣勾引著他們。

我顧不得被掀得露出整個屁股的裙子，邁開被釋放的步子，蹣跚前行，逃離罪惡的房間。

都是穿裙子的錯，如果裙子不是半飄半掩地撩動哥哥的荷爾蒙，就不會有戰地逃生的一幕上演。

我拿起梳妝臺上插在筆筒上橘橙色的梳子，雙腿盤坐，碎花被兩個膝蓋拉扯得像是被人揉扁了一樣。右手握著梳子近尾的部分，紛紅駭綠的花朵楚楚可憐地看著我，彷彿向我求饒。我就是一個狠心的母親，舉起利刀，毫不猶疑地刺進剛滿月孩子的心臟，讓他還來不及發出求救的叫喊聲便癱倒在我的懷裏。

我捧著剛死去的孩兒，把裙子扯得綳直，讓剛戳破的小洞看起來特別礙眼，走到媽媽的跟前：「裙子破了。」

「那麼明天買新的給你吧。」媽媽淡然地說。

「我不要裙子。」我也裝作淡然地說。

「好，那麼買褲子給你。」

從那天起，除了校服裙及一條媽媽買來讓我們在大時大節穿上的裙子外，我的衣櫥裏就只有褲子了。

然而褲子沒有把潘多拉的盒子深深地埋葬，而是把它放到天花板，讓人時時看著，卻摘不了它，讓雄性荷爾蒙更蠢蠢欲動了。

周六的下午是我和姐姐最期待的時刻——往圖書館。只有去圖書館我和姐姐才能擁有自由離開家門的正當理由。前往中央圖書館路上的超級市場是我們最愛的蒲點。每次經過超級市場我們必定放下幾個硬幣，帶走一星期的精神食糧。

小時候我們沒有零用錢，只有新年過後，媽媽把利是錢的零頭撥給我們作為一整年的使費。今年我有三百二十元，姐姐有五百五十元——媽媽把姐姐的獎學金都撥作零錢，她說，你努力一點就能像姐姐那樣。

所以每次到超級市場，姐姐就像富豪一樣，從貨架上拿起一支可樂或是酷飲料，再加一盒吉蒂貓的糖果盒或是兩包薯片。而我呢，飲料不划算，一下子就沒了，所以直接走到糖果的貨架，拿起最廉價的嘀嗒糖或腰豆糖——糖果通常能挨上兩天，周末下午的書本就有個伴兒了。

我和姐姐走進屬於我們的房間，關上門，脫下上衣，猶如毛毛蟲脫下笨重的蛹，露出一雙令人垂涎欲滴的翅膀。當我打開衣櫥的第一個抽屜的瞬間，房門總會同時被打開。

兩個哥哥就像兩隻吸血鬼看到白滑的頸項一樣，破門而入。

「出去！」姐姐馬上把剛脫出來、癱在床上的白襯衣套回身上。

我把挑選襯衣的目光抽回來，瞥向半開的房門，也馬上攫奪散落到床上的白襯衣，把它放在胸前，遮掩著尚未發育的身體。

兩個哥哥沒有乖乖聽姐姐的指令，而是躺在床上，就像皇上躺在龍床上欣賞著剛摘下、將要放進口的葡萄一樣欣賞著兩個妹妹嬌小的身體。

掩著的身體只是為了省卻穿穿脫脫的麻煩，卻成為他們眼中一顆半明半昧的星，更令人著迷。

「媽媽，兩個哥哥在我們換衣服時闖進來不肯走！」姐姐大叫媽媽，希望媽媽為我們出頭，把他們趕走。

「你們兩個都那麼大了，還像小孩子一樣跟妹妹鬧著玩。快點出來吧。」媽媽還是坐在客廳專注於她的藍色生死戀。

我急忙抓他們的腿、掏他們的手，把他們拉下床。擾攘了一輪，等媽媽的韓劇轉到廣告環節，她就會進來：「哎呀，都說過你們別這樣，快出來。」

兩個哥哥就像足球完場那樣掃興離開。

一開始，我還會像姐姐一樣忙著把他們趕出房間。但當這場漫長的抗爭只剩下弱勢的受害者在苦苦堅持，只會帶來兩種結果——在自己僅有的能力範圍裏繼續卑微地抵抗；慢慢習慣不合理的事情，把不合理當成慣常。

縱使媽媽下令禁止我們鎖上房門，說我們年紀太小，不能鎖門，但姐姐還是會在換衣服時偷偷砍下門栓。你有張良計，我有過牆梯。大哥哥總會裝作把東西遺漏了在我們的房間，一定要馬上取回，例如說是溫習用的筆。我們當然不會因為他們的爛藉口而開門，但媽媽一聽到與學習有關便急忙從抽屜裏拿取出賣女兒貞操的鑰匙，讓哥哥打開這個潘多拉的盒子。

於是姐姐便學會了把衣服拿到廁所，把那守著最後一點尊嚴的門栓拉上，享受那一刻不被騷擾的寧靜。雖然哥哥總會在我們在廁所換衣服的時候假裝肚子痛，要我們馬上開門，但這個沒有鑰匙的門栓是我們的救命草，戰鼓似的敲門聲也不能把它折斷。

雖然有時候我也會跟姐姐同躲於一個廁所裏，讓戰鼓聲為我們換衣服伴奏，但更多時候，我在外頭磨蹭著，沒能及時走進我們的避難所，門栓也把我栓在野獸虎視眈眈的荒野。經過那麼多年的訓練，我已經學會了無視他們的存在。只要習慣了換衣服時永遠有四隻眼睛覬覦著他們眼中的白松露，便會發現其實也沒有甚麼需要守護的了。

欲望是黑洞的漩渦，你永遠都想獲得更多。

自我中二那年，我們搬了家，家裏只有一個廁所，媽媽就開始禁止我們洗澡時鎖門。她說我們洗澡太久了，她要進來上洗手間或洗手，鎖了門很不方便。從此，我們最後的一根救命草也被媽媽折斷了。

下午四點半，是洗澡的時段。二哥哥會一馬當先走進廁所，以五分鐘的時間完成洗澡這個複雜的程序。大哥哥緊接其後，十分鐘過後廁所又清空了。當爸爸也洗澡後，就是我和姐姐的洗澡時間了。我們從小就一起洗澡，就算是十多歲的年紀也不例外。

我常常在想，我也不覺得自己骯髒，為甚麼我非要洗澡不可？冬天的洗澡更是煎熬——在北風颯颯的嚴寒裏脫掉偷取我體溫的衣服簡直是自殺的過程。為甚麼不能身穿衣服到淋浴間，讓熱水將自己的身軀包圍，把刺骨的寒風隔絕於水簾外後才脫下衣服呢？

當我還在剋服心理關口時，姐姐已經走進了廁所關上了門。「嘭」的一聲把我從放飛了的思緒拉回現實，我趕緊拉開那道通往十八層地獄中第五層寒冰地獄的門，免得姐姐把我甩在後頭。

姐姐比我早進浴室，理所當然地比我早一步關掉花灑，預備擦身。原本剛好能躋身兩人的淋浴間，熱水在兩個身體上的交替時間也恰到好處，她的離開讓這個狹小的淋浴間變得空蕩。我總是忍不住掬起我頭上的童真與姐姐分享，但姐姐只是搶過我頭上的花灑把幼稚洗掉。

她再次挪下我們頭頂上鐵通掛著的毛巾，毛巾上的一個個棉圈就像磁鐵一樣，把身上的水珠吸附上去。

廁所門毫無預兆地打開了，大哥哥的頭探了進來，眼睛落在姐姐剛發育的小小酥胸上。

「出去。」姐姐馬上以手上的毛巾把重要的部位遮掩起來。

「我要上廁所，你們佔了洗手間這麼久，我都忍不住了。」大哥哥的辯駁為他的眼睛爭取三秒的時間，觀察這兩個每天都起變化的胴體。

姐姐伸手把那雙色迷迷的眼睛擠出門外，重重地按下門把中間的守衛，讓它守護我們在洗手間的最後五分鐘。

姐姐說，我們都長大了，洗手間太小了，我們還是分開洗澡吧。從此，姐姐洗澡時再沒有被大哥哥闖進了，因為他知道姐姐仍會大驚小怪地嚷著媽媽，要媽媽來主持公道。雖然媽媽也只是嘮叨兩句，但沒有比靜靜的、不出聲的一個更好了。

那年我十六歲，應該是最後一次了吧。我如常地把頭伸進瀑布裏，洗髮精隨著水流，順著頭髮，沿著剛隆起的曲線流到腳底的去水口，從水渠離開烟霧彌漫的浴室。

熱水源源不絕地打在我胸口，灼紅了拱起的胸骨，為我身體注入溫度。即使頭上的泡沫早已絕跡，但沙沙的水聲把我沉醉在四十度的懷抱裏。

我睜開緊閉的雙眼，赫然瞥見大哥哥站在鏡子前面凝視著鏡子中、玻璃幕後的一塊沒經雕琢的翡翠。十六歲的身體已經長成了成年人的骨骼，過於突出的盆骨及鎖骨是還未被時間打磨的菱角。大哥哥就像專業的珠寶鑒賞家一樣，從鏡子裏仔細地端詳著手中的寶玉，想像它打磨成玉佩，配戴在腰間，走路時有意無意地碰著自己最敏感的領域。

我關掉花灑，銳利的眼神射穿玻璃門，從鏡子折射到大哥哥的眼眸。大哥哥彷彿聽見我無聲的控訴，他關掉一直沖刷著手背的水龍頭，默默地打開似有若無的木門，把眼尾的餘光留在鏡子裏。

「妹妹都已經十六歲了，你不能這樣的了。」我打開廁所的木門，客廳傳來爸爸在訓斥大哥哥的聲音。爸爸一直都知道他的兒子是這樣子的，只是他只有在不能忍受的情況下才會出言聲討。但遲到總比缺席來得令人感到欣慰。

我和姐姐都是電視迷，小學下午班放學回家都已經六點半了，我們會趕在兩小時內洗澡、吃晚餐、完成功課，為的是八點半檔的電視節目。只有完成功課才能名正言順坐在客廳看電視。我們都在暗暗競賽，愈早完成功課便能先選擇客廳的座位。僧多粥少，家裏的人多，但椅子卻不是每一張都坐得人舒服。離電視機最遠處、工作臺後面的大班椅是最舒適不過的了，可是坐在那裏，電視裏的人物都變成了一個個小圓點，所以看電視時大家都不會坐在那兒。

看電視最佳位置莫過於位於客廳正中間的老爺乘涼椅。可是我們沒有人敢坐上去，因為那是爸爸的專屬位置。可以爭奪的只有側放的三座梨花木長椅子及其對面的兩張單人太師椅。雖然長椅子是三座位的，但側身的椅子不好坐，所以大家都會搶著坐在第三個位置上，脊梁靠在椅柄上，雙腿放在第二個座位上正身對著電視。如果另一個人背靠木椅上的小腿，也可以勉強多坐一個人。而太師椅呢？遠的一張就太遠；近的一張則太側了。兩個哥哥和姐姐都會為了長椅子的兩個黃金座位爭先恐後。雖然媽媽是第一個電視機前的觀眾，但她會搬出一張紅色的小塑膠椅子，抽身於這場腥風血雨的鬥爭外。我呢？不喜歡跟哥哥挨在一起，所以我會徑自走到靠近電視的一張無人問津的太師椅，把背部抵著一邊扶手，膕窩卡在另一邊的扶手上，整個人窩在太師椅圈形的扶手裏，就像我從小就渴望被爸爸擁在懷裏的姿勢一樣。

這是我在家裏最喜愛的椅子，周末的下午，我能手捧倪匡把自己塞在椅子裏，一窩就是六七個小時，直翻過書本的最後一頁，才驀地站起來，尾龍骨因長時間受壓而酸軟，眼前的景物就像日蝕那樣漸漸發黑，又慢慢重現。當我進入了衛斯理的世界時，二哥哥總是站在我腳尖指著的位置，雙腳微微蹲下，眼睛像是盯著一尊雕塑崩了的一角一樣盯著鬆垮的褲管勒緊的大腿內側，彷彿自己長了一雙透視眼。

媽媽循著二哥哥的眼光看去：「哎呀，女孩子人家，都不懂得潔身自愛，下體都露出來了。」

我把書本放在肚子上，膕窩扣緊扶手，把身子微微升起，把大腿下方的褲管往前一拉，滿足了媽媽的期望，繼續欣賞白素的機智。要遮掩的都遮掩了，要看的都看過了。為甚麼偷窺的就大大方方，被偷窺的還要被媽媽羞辱一番呢？

爸爸很多時都不愛看九點半檔的電視劇，所以他會靜靜地走進主人房，扭開收音機，燃點一根香煙。大家都習慣了坐在自己既定的位置，所以九點半過後爸爸的位置便懸空了，爸爸的職能也懸空了。

電視機一轉到廣告時段，大哥哥便以迅雷不及掩耳的速度把自己的嘴唇舔滿唾液，印到姐姐的面龐。而二哥哥也在閃電間把噘起的嘴壓在我的面頰，就像沾滿了墨水的印章重重地蓋在白紙上，留下一灘輪廓模糊的墨水。

「媽咪，哥哥又親我了！」我和姐姐異口同聲地說，一邊聳起右肩，面頰就像在砂紙上打磨一樣，把細菌分解的惡臭擦掉。

「兩個哥哥別玩了，她們不喜歡就別惹她們了。」媽媽懶洋洋地說。媽媽總是覺得他們只是玩玩而已，從來也沒有認真看待過。

我和姐姐求助無門，只好暫時逃離這個危險之地，躲進書房避避風頭。電視劇熟悉的音樂響起，我和姐姐都三步拼兩步趕在最後一個音符落下前把屁股釘在坐墊上。

「啪」，才一個轉身，屁股沒有長眼睛，便硬吃了一記「耳光」。有時候是在屁股碰上椅子的前一刻，椅子就突然長了一隻手。哥哥卻惡人先告狀，反過來說是我們屁股沒長眼睛的錯，坐扁了他矜貴的手還在呱呱大叫。

「別吵了，阻礙我看電視了！就打一下屁股而已，又不是割下你的肉。」媽媽只是想粉飾太平。

二哥哥說，我的面頰是魚蛋，姐姐的面頰是棉花糖；我的屁股是布丁，姐姐的屁股是糯米糍。他和大哥哥從我小學開始，每天都品嚐到不同的甜品，一直到我十六歲為止。

有一年電視播放劇集《家好月圓》有一幕講述哥哥每一天睡覺前都會先親吻妹妹的臉頰，自此哥哥更出師有名地伸出他們的八爪魚吸管。

「哥哥只是疼愛妹妹吧！」媽媽為她兒子的暴行安上華麗的名字。

自此，我和姐姐更極力爭取雙層床靠窗的位置了。落敗的一個在早上七點多、還在睡夢中，臉上便會多了兩個哥哥的印章。

我很喜歡跟姐姐睡在同一張床上，特別是嚴寒裏，把冷得發紫的腳板貼在姐姐的小腿肚上，再把那指甲發黑的寒冰掌搭在姐姐的頸項，換來姐姐討厭的回眸。我很喜歡看到姐姐嗔怒的樣子，還要把大腿架在她腰肢上。然而，姐姐顯然不解我對她的這份溫柔，自從家裏沒有傭人姐姐，她就要求分床睡，我們中間的木梯是跨不過的鴻溝，只有在周末的午睡我才能享受這份親密的安全感。

當周末下午的公仔大會結束，姐姐就會容許我抱著她的寶貝躺在她身旁悄然入睡，但我們通常只有半小時的寧靜。當媽媽午睡醒來，打開主人房的門，哥哥就會馬上暫停電腦上的《三國志 XI》，關掉熒幕，裝作沒有在玩電腦遊戲。突然的空閒又顯得此地無銀，爬上妹妹酣睡的床就是第一項在他們的腦袋閃過的想法。把他們笨重的大腿挪到我們的大腿上，重重地壓下來，腳毛像魔術貼的倒刺一樣在我們的小腿上磨蹭。手臂搭在我們側身的手臂上，就像我們是他們的公仔一樣攬在懷裏，再加上一個塗滿唾液的吻，喚醒了我和姐姐的憤怒。然而媽媽還是那句「哥哥只是跟你玩玩而已」。

這一天，電視節目又轉到廣告環節，左邊的臉頰率先被二哥哥印下唇印。我站起來，大聲對他怒吼，屁股上又挨上大哥哥的連環抽擊。

「媽咪，大哥哥打我屁股！」

「你別吵了，你爸爸在午睡，吵醒他了。」

聽到媽媽的回應，大哥哥絲毫沒有收斂之意，更猖狂地攻擊我的屁股。我知道在這個家裏再沒有人可以幫我，我竭斯底里地叫喊：「非禮啊！你再碰我，我報警！」

我站在電話旁，拿起話筒，跟大哥哥對峙。

「你報警啊，我看你就沒有這個膽量。」大哥哥挑釁著我，繼續拍打我的屁股。

我在電話按鍵上按下「9、9。」我沒有膽量撥出這通把我拯救的電話，只是虛張聲勢地叫喊到：「非禮，我要報警！」

大哥哥沒有被我嚇到，只是媽媽急忙跑出來制止我。

「放下電話！你叫得這麼大聲，讓鄰居聽到怎麼辦？」

「聽到就聽到，我就是要讓他們聽到！」

「住口！大哥，我們走，別惹她，她就是那麼野蠻。」

客廳只剩下我和這一通從來沒有打出的電話。

哥哥總是在飯桌上說我很醜，說我的眼睛大小不一、說我的眉毛疏得跟蒙羅麗莎的畫像一樣、說我的面龐是一個比薩薄餅、說我胖得跟豬一樣，簡直是一塊豬排。從那時開始，我甚至討厭吃豬排，免得一夾起豬排，他們又說我在吃自己的同類。然而，他們言語間的中傷只是為了掩飾非禮妹妹的行為，沒有人會非禮又肥又醜的女孩，把自己的罪行歪曲成跟妹妹玩耍的正當性。

七

導火線

中三是擁有最後的自由的一年——選擇自己喜愛的課外活動、選擇高中所讀的科目，只要填妥回條上的選項，媽媽就會連回條的標題也不看就在「家長簽署」的一欄簽下自己的姓氏。大概到了畢業那年，爸媽也不知道我高中選讀的科目吧。

那年暑假，我和兩個朋友參加了駐校社工舉辦的上海義工交流團。到了第一次活動，我們才知道只有我們三個來自同一所中學——原來這是聯校活動。大家都在尋找新的異性面孔，尋找新的機遇。可惜整個差不多二十人的小組，只有三個年紀較大的男生擔任小組長，大概這些義工活動男生都沒有甚麼興趣吧。但這都沒關係，反正我只想跟我中學的最好朋友初瑩一起去一趟旅行而已。

三，這個數字很彆扭，酒店房總要硬生生地把我們拆開。是我拉玉琪一起參加這個交流團的，我又不能把她置之不顧，但我一心只想跟初瑩同房。面對這個分房的難題，我們還是把命運交了給上天。當我打開手上的字條，看到跟初瑩手上的符號一樣的字條，我還是忍不住歡呼了一聲，才意識到這個歡呼的不該。

交流團導師已經把參加者分配到三個小組，也許他們也不忍拆散我和初瑩，我們都被編在同一個小組裏。我們的小組長是一個身高不到170厘米，皮膚白得像吸血鬼，面上有像月球表面的一個個洞窟的大學生博建。英國的研究顯示，你只要盯著一個人的眼睛三秒鐘，就能知道你跟他有沒有發展的可能。他是那種你盯著他眼睛十分鐘也找不到一絲可能性的人。儘管如此，他不失是一個風趣幽默的男生，所以大家都很樂意跟他混在一起。博建跟初瑩和我算是最投契的了。

交流團到了第四天，準備多時的義工服務都完成了，這幾天都是吃吃喝喝的，大家更是玩得樂極忘形。晚上我和初瑩在房間裏依舊是天南地北地聊個不停。

「鈴鈴鈴」酒店房的電話突然響起，我和初瑩都屏息凝氣地對望，彷彿電話的另一頭能聽見我們的對話。

「是導師？」我用近乎聽不見的聲量問初瑩。

「可能是前臺吧？」初瑩側頭在想。

「鈴鈴鈴」電話似乎沒有放過我們的意圖，初瑩還是伸手切斷了那恐懼的來源。

「喂。」

「是啊。」

「哈哈哈。」

「讓我想一想吧。」

「好，再見。」

聽著初瑩輕鬆的對答，就知道那一定不是導師打來檢查的電話，我頓時舒了一口氣。

「是誰？」我疑惑地問初瑩。

「是博建。」

「有甚麼事？」

「他想邀請我們到他的房間玩。你覺得怎麼樣？」

「我無所謂，你呢？」

「看你啊！」

「你決定吧。」

於是我們各自取了自己的手機，初瑩拔了插在電源的房卡，我們就往八樓進發了。

原來博建的房間是單人房，房間有一張雙人床，我們三人就坐在上面玩撲克牌，並東拉西扯一番。

臨近十二點，博建突然說起鬼故。

「你知道為甚麼酒店經常鬧鬼嗎？是因為酒店前身都是一些亂葬崗，沒有人買來建房子，只有商人買來建酒店——他們知道旅客不會深究歷史。你們不知道嗎？這裏以前也是亂葬崗啊！」

想起剛才電梯口閃閃爍爍的燈泡，我和初瑩都不寒而慄。看著手機上跳到 12:00，更不敢踏出房門一步。

「我們多等一會兒才走吧。」我向初瑩提議。

「過了十二點鐘，只會愈來愈猛鬼而已。再多等一會兒，外面只會多聚集游魂野鬼，到時我想幫也幫不了你們。」博建神色凝重地說。

我和初瑩對望了一會兒，大家都出不了主意。

「這樣吧，我的床那麼大，你們都留在這兒一晚，待明天睡醒才走吧。」博建認真地為我們出主意。

「不用擔心，我們又不是一男一女，大家都是正人君子，不會有事發生的。況且我只會縮到一角，我也不反睡，不怕吵得你們睡不了。」博建努力地游說我們。

我們一時也想不到甚麼更好的主意，所以就留下來了，雙人床橫睡了三個人。這個晚上確實是甚麼事也沒有發生，這種信任只是魚絲上勾著的魚餌，準備把你拉扯出水面，成為他的晚餐。

在上海的最後一個晚上，我和初瑩洗過澡後，酒店的電話又像昨晚一樣響起。

相比起我，初瑩是一個自我保護意識很高的女生。這次，初瑩於床頭拿起洗澡前脫下的手錶：「我們要時時刻刻留意時間，要學習灰姑娘那樣十二點前回到自己的房間。」

這也是一個安全的晚上。

義工交流團結束，博建說他負責的一個中學生宿營活動還沒有足夠的義工，想請初瑩和我一起擔任活動義工。初瑩和我也覺得未嘗不可，所以我們雙雙答應了，縱然參加者的年紀比我們還大。

這個兩日一夜的宿營包含了一個城市定向的活動，博建說他要先在赤柱設立一些關卡，可是他一人幹不了，要義工幫忙才能完成。他說，初瑩剛好沒有空，那只能拜託我了。

我不虞有詐，爽快地答應了他。我們乘坐巴士抵達赤柱市集總站，下車要走過一條小馬路才能到達赤柱市集。

「噠噠噠……」綠色的行人過路燈閃起，博建像是牽起結婚十年的老婆那樣熟練地牽著我的右手橫過馬路。我下意識掙扎，就像小狗誤墮捕獸器一樣，任憑你如何努力，還是無法掙脫。

「放手。」我斬釘截鐵地說。

「這手我牽了，就一輩子都不放。」博建以花花公子的油腔滑調說道。

「放手。」我還是那句話。

「別掙扎了，別人看到還以為我拐帶你呢！」博建輕佻地說。

根本就是，一句衝到嘴邊沒說的說話。我放軟了右手，以示我的抗議。

博建看我已經不再掙扎，便說道：「你現在是我的女朋友了。」
「為甚麼？你也沒有問我是否願意，就算你問了，我也不會答應。」我悻悻然地說。
「因為我牽了你的手啊，你有見過不是男女朋友卻牽手的嗎？」他蹙眉得意地說。
我氣得一肚子氣，可是我又無話可反駁，只好抿著嘴一言不發地跟著他走。
當我們經過飲料店時，博建不得不放開左手，拿取銀包。我馬上像放了韁繩的馬一樣，把手緊緊握著拳頭，藏在背後。
博建付錢後，瞄了一眼我藏起來的手，輕輕地笑了一笑，不疾不徐地收好錢包，左手探出我的右手，以右手逐一掰開我的手指，就像要掰開一朵含苞待放的牡丹，不得不用一點力，但又生怕把花兒弄毀似的。博建的五隻手指插在我的手指中間，裝作是兩人十指緊扣，我卻繼續以放軟的手指回應他的粗暴。
我一直維持不情不願的狀態，希望他能知難而退；他一直把我的手緊緊捏著，希望能打動我。我們一直僵持不下，直到我們橫過一條沒有交通燈的馬路。明明不遠處有一輛私家車高速迎面駛過來，博建還是悠閒地過馬路。我看不過眼，他一直捉著我，要不我也被他連累到要撞車了。我抓緊被他牽著的手，把他拉過馬路，再放軟手。

「真希望我們能永遠都在橫過那條馬路。」博建深情地對我說。

無賴，又是一句沒說出口的話。

這次「約會」終於結束，我回家後馬上怒氣衝衝地打了一通電話給初瑩。

「他真是一個不折不扣的無賴。」我的憤怒沒有半點平息的意思。

「我看你未至於討厭他吧。就試試嘛，也許你會慢慢喜歡他的。」初瑩鼓勵著我。

沒想到初瑩竟然還幫著他說話，我才是你的好朋友啊。真不知道博建餵你喝下甚麼樣的迷湯。

「喂，我的小女朋友，我們還要到營舍——塘福度假屋考察，免得到時候才找不到進去的路。」博建打來一通電話。

「我不是你的女朋友，你去找初瑩陪你去吧。」我無情地說。

「不行，初瑩說她不能窒礙一對小情侶的萌芽，所以她是鐵定不會去的了。」

「你不是我的義工嗎？這是你的責任。你不能那麼沒有責任心啊，小妹妹。」博建以一副大人的口吻教訓著我。

他的說話正中我的要害，扛起了義工這個名字，就要完成義工的工作，哪怕我多麼不願意。

到達相會點，我們以一貫的方式「牽手」。不是，是他以一貫的方式牽我的手。原來到塘福的所謂考察只是走一次前往度假屋的路線，顯然醉翁之意不在酒，到沙灘去才是他真正的目的。

「我的鞋子會進沙，我不走。」

博建扣著雙手形成一個圈，套在我的臂部下方，把我整個人抬起來，往沙灘走。我錯愕地盯著他，同時為免自己整個掉進沙灘裏，弄得一身沙，只好輕輕扶著他的肩膀。

博建走了幾步，突然停下來，身體慢慢向前傾，我的身體也隨著向後仰。我驚恐地瞪著他，他回敬我一個奸猾的微笑，身體繼續慢慢前傾。我愈來愈感受到地心吸力的威脅，不得不緊緊地攬著他上背，把自己拉近博建。

博建停止向前傾，壞壞的說：「你看，你把我抱得這麼緊，還說不是喜歡我嗎？」

我看著他啞口無言。難道這樣緊抱就是喜歡嗎？電視劇裏面也只有情侶才會抱得那麼緊，所以我們是情侶了？我帶著一大堆疑問離開了沙灘。

「喂，女朋友。作為別人的女朋友要跟男朋友逛街。」電話的另一頭傳來博建的聲音。

「不行，我媽媽不讓我出去。」家裏管得嚴原來是拒絕人的好藉口。

「就騙她吧，就像上次那樣。做義工嘛，多麼宏偉的藉口。你一定能說服媽媽的，不是嗎？」

你明知道那只是激將法，你又不能不按照他的意思去做。媽媽也只是說，整天只顧著在外頭做義工，又沒錢賺，家裏的家務留給誰做呢？別太晚回家。

這是我頭一回心裏暗暗祈求媽媽會多管我一點。

這天，我們到了情侶熱點——銅鑼灣。就像一對真正的情侶一樣，在各大商場晃晃。我們走進了金百利廣場一間專賣刻字禮物的小店，從門口的情侶皮手繩，到櫥窗裏的感謝獎座、五塊鎖匙扣拼成的花型木牌，你可以找到任何毫無用處的紀念品，但它們都有同一個特點——刻上名字。大概大家都是來這裏刻畫一段友誼或是一段愛情的印記。

博建拿起一把鑰匙嵌進一個心形圖案的一對電話繩，問道：「這個好嗎？」

「我不要。」接受了他的禮物，就像出賣自己的靈魂，把愛變得廉價。

博建直接走到店主的工作臺，拿出八十塊錢：「心形的一塊刻上『莉旖』；鑰匙的一塊刻上『博建』，謝謝。」

博建從店主手上接過兩塊電話繩，對我說：「心形的一塊是我的；鑰匙的一塊是你的。」

「我不要。」我還是堅持不要他的禮物。

「可是它都刻上了你的名字，你不要誰要呢？難道你要我破費，卻非把它掉進垃圾箱不可嗎？」博建假裝惆悵地說。

他永遠都知道要如何引導我掉進他的陷阱。我一聲不發。

「把你的電話拿來。」博建像是訓練小狗一樣命令著我。

「幹甚麼？」我一邊不樂意地反著白眼，一邊按照指令把手機交給他。

博建把鑰匙狀的電話繩掛在我電話右下方的小洞上、心形的一個掛在自己的電話上，並把兩個圖案拼在一起。

「你看，這是我的心坎。你才擁有這把鑰匙，把我的心坎打開。」博建擅長背誦韓劇裏的對白。

我躺在床上，捻著這個他硬掛到我電話上的飾物，感受鑰匙上的鋸齒在我拇指上輾過，鋸開了我的執著。也許這就是還未萌芽的愛情，需要多一點耐心、多一點接納，這段愛情也許就會開花結果的了。我努力地催眠自己，讓自己心裏過得好一點。

「我拍拖了。」像是告訴了姐姐，感覺會真實一點。

「甚麼人？」

「甚麼時候開始的？」

「是怎樣認識的？」

「他對你怎樣？」

看來姐姐比我更興奮。我想，我也應該要表現得興奮一點。但我只是敷衍了她幾句罷了。

九月，中四開學。辯論隊有新的辯題，這是我第一場隊內賽。才剛加入辯論隊的我仍不太明白辯論比賽是甚麼一回事，我只知道要努力把自己的講稿練習好。原來我的「男朋友」是大專辯員，他聽了一遍我的駁論、幫我調整了一些用字、修改了一些表達的方式——其實他也不是我想像中的那麼討厭。也許，對比自己厲害的人的崇拜就是愛的一種。我開始沒有以前那麼抗拒博建這個人了，他提議星期六的辯論課後一起看電影，我也沒有拒絕。

辯論課結束，我們的傳統是一起吃午餐，增進隊內的友誼。

「莉旖，要一起吃午餐嗎？」

「不行，今天有約。」

「哇，這麼快就交到男朋友了？」

我沒有否認。

「現在的年輕人拍拖是否以結婚為前提呢？」一個畢業了的師姐好奇地問我。

「不一定吧。」我含糊地回答她。

為甚麼拍拖不是為了結婚呢？你會跟一個你愛的人拍拖，然後就跟他結婚，這是多麼的理所當然。可現實是，跟你拍拖的人不是你喜歡的人，那麼你還會跟他結婚嗎？也許那是唯一一個我可以拒絕的時候了。如果博建問我，要嫁給他嗎，這次我一定會堅決地回答他，不。我甚至在腦海裏不斷練習這個時刻的來臨，防止同樣的事情再次發生。那麼拍拖是怎樣發生的呢？我也想不明白。

我們相約在太古城，才踏進電影院門口，博建就像預先看過今天上映的電影名單一樣，眼睛掠過櫃枱上面的電子熒幕，說：「今天沒甚麼電影好看的。」

我的眼睛還來不及細閱跳動的小字，博建就拉著我離開電影院了。

「那為甚麼你要相約看電影呢？」我不解地問。

「我不知道今天沒有甚麼好看的嘛。」博建無辜地說。

「現在我們要做甚麼呢？」我洩氣地說。

「去我家，就在附近。」博建裝作才剛想到的建議。

「不要，孤男寡女的。」我還在為沒有去看電影而生氣。

「不是孤男寡女的呢，我媽媽也在。」博建嘗試游說我，一邊拖著我向他家的方向走去。

「更加不要，我們還未到要見家長的關係呢！」我跟著博建轉上基利路，試著努力回想剛才在螢幕上出現的電影名稱。

「我媽媽很友善的，不用怕。再說，我們到我家樓下了。就上來坐一會吧。」博建牽著我進了他住的那幢大廈。

博建打開家門，他媽媽正坐在電視機前面的一張海軍藍色單座沙發上，看著電視正在播放的《神離俠侶》。

「媽，這是我的女朋友。」

「你好。」

「你好。」

互相禮貌式地打了一聲招呼後，博建媽媽的目光再次落在楊過身上。我和博建就一起坐在靠牆、有一點褪色的三座沙發上。凝固了的空氣讓人窒息，我只好從背包裏拿出我的《倚天屠龍記》來化解這個尷尬的氣氛。

周芷若快要在張無忌面前露出狐狸尾巴之際，博建從我手上搶過書本。

「別看書了，過來坐在我的大腿上。」博建把書本放在飯桌上，我環顧四周才發現原來博建的媽媽已經離開了客廳。

我還是坐在原處。

「快過來！」博建命令著我。

我就像執行命令的侍從一樣，按照他的命令行事。

我分開雙腿，膝蓋抵著沙發，面向博建，坐在他的大腿上。博建把我擁入懷，我也把自己的下巴抵在他的肩膀上，回抱了他。就像在巴士上的爸爸抱著年幼的女兒，讓女兒伏在爸爸的肩膀上睡覺一樣。我閉上眼，想像自己還是五、六歲的年紀，想像面前的是自己的爸爸。

這個幻想只有不夠三分鐘的時間就被博建蠢蠢欲動的手打破了。博建慢慢撩起棗紅色邊沿的白色校服裙子，露出了淺粉紅色的小內褲。我馬上把裙擺蓋回去，夾著眉心怒目盯著博建。

博建把我推倒在旁邊的沙發座上，我的頭枕在沙發的扶手上。他再次撩起我的校服裙子，我也拉著裙子的邊沿跟他較勁。

「咿，等一會兒。我看到小兔子很可愛！」博建表現得對我內褲前面的小兔子很好奇似的。

我鬆開了對抗的手，讓他研究這隻我從未留意過的小兔子。

「你看，它的耳朵很長。」他趁我一個不留神，就把小內褲褪到大腿上了。

我拉著自己的內褲，驚恐地問：「你在幹甚麼？」

「我教你生物。你高中沒有讀理科，對吧？」博建一副學長的語氣說道。

「沒有。」

「你初中也沒有學到性器官吧？」

我遲疑了一會兒，中一的時候確實背過子宮、卵巢、輸卵管等一大堆的英文生字，但也沒有學過身體上外顯的部分。

「好像也沒有。」

「這就對了，我高中的時候是讀生物的。現在就能教你。」

博建逗弄著欲望的開關，好奇地問我：「感覺怎樣？」

我就像試味專員感受著舌頭上味道的微小分別，專注於感受身體上的刺激。十五歲的我還不知道原來女性兩條大腿中間藏著三個窟窿，還不知道尿道及陰道是兩個不同的窟窿，還以為他在撥弄的黃豆就是所謂的陰道。

「嗄，有一點癢癢的。」

「這樣呢？」博建嘗試調整姿勢。

「也就是癢癢的啊。」

博建的手指頭換了幾個位置，還是得到同樣的答案，開始顯得不耐煩了。

他把自己的身體壓在我的身體上——我知道這是性交的姿勢。電視劇裏面的演員性交都是這個樣子的。我開始著急了，我在腦海裏搜索能救我的藉口。

「你不怕你媽媽出來嗎？」我祈求他的媽媽能馬上出來把他剎停。

博建抬起頭環顧了四周一遍，沉思了幾秒鐘。

「跟我來，我們到房間去。」博建從我的身上爬起來。

「我不去。」我知道那是一個龍潭虎穴，我是堅決不去的，至少我以為我能堅決守著這條底線。

博建以食指及中指鉗著我的內褲，說：「你應該不想光著屁股離開吧？」

「還給我！」我伸手搶過一把空氣。

「想要就跟我進來！」博建把我的內褲攥在手中，頭也不回地往他的房間直走。

是甚麼樣的人才會光著屁股在大街上晃？是蕩婦、是妓女。要是我這樣子離開，我一輩子也會為自己扣上這些帽子。我當時沒有想到，隨著他的步伐踏進深淵才會讓自己一輩子也扣上這些帽子。

「還給我！」

「你先躺下，我就還給你。」

我還天真地以為只要服從他的指示，就能拿回屬於自己的東西，卻不知道從此會丟失屬於自己的東西。

我躺下來，把雙腿夾緊。博建把我的校服裙掀到腰帶的位置，把卡著的腰帶脫下，裙子反起來，蓋到我的面上。

我把自己的意識抽離自己的身體，讓自己感受不到博建在我身上的擺動。

「不要、不要……」這是我現在唯一懂得的詞語。眼淚不住地往兩邊的眼角流去，從髮鬢滑進頭髮的深處、爬上耳朵的輪廓。

「噓。別吵，我媽媽會聽見的。」

原來我連發出最後求救的資格也沒有。我只能一直低聲啜泣，並奮力地把自己翻過去——我以為把自己反轉，面向床單的方向就能把自己拯救。

眼淚是無聲吶喊，顯然這對博建發揮不到任何的作用。博建把我頭上的橡皮圈剝掉，繼續他的擺動。他的性器官就像大雨過後急於鑽回自己的洞穴的蚯蚓一樣，在我的兩塊屁股上扭動。

「不要、不要……」我把自己的求救聲壓低，彷彿在跟自己說話。

博建努力地扭動了一會兒，像是蚯蚓終於發現他底下的這一塊是堅硬的水泥，而不是鬆軟的土壤一樣，停止了徒勞無功的鑽動。

「算了，我不想傷害你。」博建鬆開把我壓緊的雙手，我身上重擔忽然消失於無形。

我很怕他會突然改變主意，立刻爬下床，站在床邊，把丟在地上的腰帶重新繫上。

「我的內褲呢？」

博建也爬下床，把手伸到上層床去，抽出我的粉紅小內褲，交到我手上。我穿上自己的內褲，撿回橡皮圈，到洗手間的鏡子前，把頭髮束成進他家時的模樣。

「我送你離開。」博建把他的溫柔都揉進句子裏。

「不用，謝謝。」我以冷酷的聲線回應，繼續穿上黑色皮鞋。

「你不懂得離開。」博建跟在我後頭。

出了他住的那幢大廈，博建又以他固有的手法，想要捏著我的手。我沒有像一直以來一樣，放棄反抗的權利，讓他在我身上為所欲為。我扭動手腕，掙脫他抓來的手，狠狠地瞪著他。

也許只有他感到內疚的一瞬間，他才會放棄在我身上的獨裁。博建垂下了手，我們繼續向巴士站走去。

「對不起。」

「你知道我只有十五歲。」

「那又如何？我愛你。」

「那是犯法的！」

「我愛你不就可以了嗎？」

可是我不愛你。我低下頭沉默不語。

「你知道嗎？對男生來說忍著是很辛苦的，難道你忍心讓我受苦嗎？」博建眼見愛情牌打不通，便轉了章法。

我從兩個哥哥身上也清楚男生對性的忍耐力大概只有一杯裝滿的水上面的表面張力那麼多。只要稍一不慎，震動了杯子，就會破壞了表面張力的平衡，清水就會往四面八方延伸。都是最後一滴水的錯。也許大家都習慣了把自己滿溢的水撥到我身上，讓我來吸收他們多餘的性欲。

回家後，這是頭一回不用媽媽三催四請的要我洗澡，我脫下鞋子便逕自步入浴室。我脫下以身體換回來的小內褲，把它狠狠地塞進垃圾桶內。姐姐開門進來，把她的毛巾掛回在鐵通上的衣架。

「家姐。」

「甚麼事？」姐姐忙著把毛巾穿過衣架。

我沒有出聲。

「怎麼了？」姐姐停止撥弄纏繞衣架的毛巾，轉頭瞅著我。

「沒事。」

「你怎麼了？」姐姐提高了聲線，定眼看著我。

「沒有，你的頭髮還是濕漉漉的。」我試著轉移視線。

「當然了，我還未吹乾呢。還以為你有甚麼事呢！」姐姐鬆了一口氣，繼續掛好她的毛巾，然後開門離開。

我強忍的淚水像一個連日暴雨過後的水塘，眼淚從眼尾、眼頭、眼底決堤。我咬著下唇，把哽咽吞下。愈是深得見骨的傷痕愈不能讓親近的人看到，因為你受不了他們為你難過。

這件事就像颱風過後吹倒的鳳凰木一樣，一直橫在你腦海裏，可是你又不能跟你最親近的姐姐提起、又不能跟你情同姐妹的初瑩訴苦，整天都神不守舍的。然而，你總得把橫在馬路上的木頭推開，讓車子通過。

一星期過後，我忍受不了這根木頭在我腦袋裏腐化。我打了一通電話給辯論隊的師兄亦煬。我才認識亦煬幾個月，這符合了我不要找親近的人的原則。再者，我想他應該是個好人，至少不會落井下石吧。

為甚麼我會選擇找師兄，而不是師姐呢？這都要從中一的時候說起。

我和初瑩剛考上中學，班上只有我們是從同一所小學升上來的，我們是對方在這片陌生海洋的救生圈，你會摟著任何自己熟悉的東西。每一個小息、任何在校園的時間我們都會跟對方黏在一起。她就像是你的胸罩，只有把她牢牢地貼在自己的胸口，你在別人面前才有那份安全感。就算回到家裏，你也無法不去想著她。回家後的第一件事情總是舉起家裏的無線電話，撥打那個熟悉的號碼，躺在床上，跟她聊至電話沒電、訊號切斷，你還是要跑到座機電話面前，繼續剛才未完的話題。

中一的那一年，也是電視臺播放《家好月圓》的一年。回到家裏，每一天都忍受著哥哥愈趨嚴重的打屁股和親臉頰的騷擾。我知道媽媽說不能告訴任何人，所以我從來沒有告訴過任何人，除了這一次。

「我討厭我的哥哥。」我嘗試打開這個話題。

「我知道。」

「我的哥哥打我屁股。」我瞟著初瑩的眼睛，細心留意著她任何微小的表情變化。

「我也是。」初瑩淡然地說。

「他們偷窺我換衣服！」我試著讓事情聽起來嚴重一點。

「我跟哥哥同房，所以我都躲進廁所換衣服，有問題嗎？」初瑩表現得只是我在大驚小怪似的。

原來當你提出一個自己覺得很困擾卻一直不敢對任何人說的問題時，你最好的朋友卻覺得沒甚麼大不了的。那是一種心房像一張白紙被揉成一團，無法再攤平的難熬。如果是男生不理解，你還可以安慰自己，因為他是男生，無法感受到女生被侵犯的難過；但她是也曾經歷過相同事情的女生，她的不理解彷彿一巴掌打在你面頰，告訴你只是一樁小事，別再小題大作。對，一直都只是你自己在小題大作，你知道所有的哥哥都是這樣子的。剛過去的暑假，你不就是親眼目睹過嗎？

二哥哥、姐姐和我走進一間小小的書店，哥哥把書單交給忙於根據手上的書單為另一個顧客尋找教科書的書店東主。一個近四十歲的女人正在跟東主解釋她要的是最新一版的地理書，而不是去年度的版本。女人旁邊的男生比我大一點，大概中二、中三的年紀，還有一個大約五歲大的妹妹。一開始我也沒有留意到這對兄妹，只是專注於店主的一舉一動，觀察他手上的書單還欠了多少個勾。直到小女孩氣憤的叫嚷聲引起了我關注。一開始觀察他們，就像一對關係挺好的兄妹，哥哥一直逗著妹妹玩。可是，仔細瞧看，就發現哥哥一直在摸妹妹的大腿、手臂、腰肢，卻裝作跟她玩耍一樣，一邊搔癢。妹妹一邊傻傻地哄笑，一邊推開他愈來愈猖狂的手，有時又發出要趕退哥哥的咆哮。他們的媽媽只當作是兩人玩得樂極忘形而已。我知道，小妹妹在家一定受到更嚴重的侵害；我知道，小妹妹一直在等待拯救她的人。不用怕，我也是你這個年紀開始的，總能挨過去的。

對十六歲的亦煬來說，這件事件令他太震驚了，他也不懂得要如何處理，只好說一些安慰的說話來結束是次通話。

我以為事情會慢慢丟淡，慢慢忘記，就能像從未發生一樣。但這次事件只是一隻在巴西拍了翅膀的蝴蝶，在加州發生的龍捲風才帶來永不磨滅的傷害。

兩天後的早上，我從班主任的手上第一次接過這張有趣的字條，上面寫著：

同學請於第—八—節課到社工室見劉姑娘。

為甚麼我要見社工呢？不是行為舉止怪誕的學生才要見社工的嗎？我帶著十萬個疑問到社工室去。進社工室前，吳老師已經在門口等我了。

「我們都知道發生甚麼事了。抱歉我這一節有課，不能陪你，但不要緊的，我們都在，跟你一起走下去。」吳老師以溫柔的語氣搭著我肩膀說。

雖然我還是聽不明白她說甚麼，至少我真的相信了她會跟我一同走下去。

吳老師是我中三的經濟科老師，雖然她個子不高，右腳也因為裝上了義肢，所以走上路來一瘸一拐的，但是她的樣子看起來很嚴肅，大家上課時也不敢發出半點聲響；幾個小測撞期了，也必定先溫習她的科目。經濟課前一堂是生命教育課，下課了，我還在把最後一個貼紙貼在方格的正中央，專心致志地讓貼紙不壓在任何一條邊線上，完全沒有注意到吳老師已經走進了班房，還慢慢走到我的桌前。我把貼紙貼得不偏不倚，滿意地抬起頭，正好對上了吳老師雙眼。她視線一轉，盯著我桌上的這本生命教育課的作業。我瞥見所有同學的桌子上只有經濟科書本及筆記，大家的目光落在我身上，等待這齣戲上演。

吳老師拿起我的作業：「你把貼紙貼得很整齊，下次有甚麼貼的就找你幫忙吧。」她只是輕輕地丟下一句話，就放下我的作業，回到教師桌前開始課堂。同學們的花生沒有用武之地，他們對她的輕描淡寫感到失望。

雖然這絕對不是甚麼厲害的成就，但這是我人生第一次聽到那麼發自內心、那麼隨意的誇獎，而不是家長日在家長面前硬要找一些甚麼來誇獎的讚賞，也不是活動結束後的檢討會上一人一句欣賞對方的說話。原來世界上有人會留意到我一些微細的特質，由衷地欣賞。從此，我更愛上吳老師的課，也希望中四的經濟班可以由她任教。縱使願望落空，但我還是很高興修讀了她任教的科目。

「我們都知道了那個男孩的事情，你可以跟我再說一遍嗎？」劉姑娘的單刀直入殺我一個措手不及，作為一個乖巧的學生習慣了回答老師的所有問題。

「我告訴你，這一定不是他的第一次。」劉姑娘氣憤填膺地說。

「可是他說這是他第一次這樣做。」我竟然為他辯護起來。

「我們一定要報警處理，把這些人繩之於法。」劉姑娘咬牙切齒地說。

「可是我不想報警，不要驚動父母。」我哀求劉姑娘。

「這是刑事案件，你沒有選擇的。你回去再想一想吧。」劉姑娘打發我回去。

「林亦煬，你告訴誰了？」我從電話一頭厲聲質問。

「沒有別人，只有我們的辯論教練。這事情牽連太廣了，我不能自己聽了作罷，所以我找來了我們的辯論教練相討。我也是剛知道他通知了駐校社工劉姑娘。對不起，沒有事先知會你。」亦煬向我解釋整個情況。

「不該說的都說了，還可以怎樣。現在他們說要報警，你說怎麼辦？」我向亦煬求救。

「那就報警吧，壞人是應該得到懲罰的。」亦煬認同劉姑娘的說法。

難道真的要報警嗎？但這事情絕對不能讓爸媽知道。

翌日同樣是第八節課，我坐在同樣的朱紅色單人沙發上，把放在一旁的小熊公仔摟在懷裏，就像他是在這間房間裏唯一站在我這邊的。

「程序上一定要先通知父母。」劉姑娘拿起電話聽筒，準備撥打電話。

「不行，一定不能通知他們。」

「這是刑事案件，你只有十五歲，你沒有選擇。」

「那你也不用徵求我同意。」

「程序上也要你本人同意我們才能打電話給你的父母，所以你要說同意。」劉姑娘開始失去耐性。

「你也說我沒有選擇，那我只能說同意了吧。」我晦氣地說。

如果歷史可以從來一遍，我希望我永遠沒有說出這句同意。

劉姑娘拿起電話聽筒，跟我爸爸說了幾句話。

我坐在校務處的椅子上等待爸媽來到學校，時間就像你凝眸著沙漏，等待著沙粒從上端的三角形一點一點地流到底部的漫長。

爸媽來到校務處，氣沖沖地瞅著我。劉姑娘及吳老師馬上截停了他們，請他們到會議室詳談。

沙漏裏的沙終於全部流過了狹小的瓶頸，抵達了底部，但你又把它翻轉，重新經歷時間一點一點地流逝。

「你真是的，怎麼會這樣做呢？」會議室的門一打開，媽媽已經忍不住指著我的頭罵了。

「我們不是說了嗎？不要責怪她！」劉姑娘這個時候才裝作保護我，按著媽媽舉起的手。如果不是她的這通電話，媽媽會知道嗎？

「我們現在去警察局報案。」吳老師告訴我。

誰說要報案了？我也沒有說要報案，為甚麼現在就去報案了？我不要報案！這是不能說出口的話，現在被四個成年人挾持著，已經到了非去不可的局面了。如果不去報案不就是告訴他們，這件事是你情我願的情況下發生的嗎？可惜的是，報案也不能改變他們帶上了的這副有色眼鏡。

從校務處到停車場只有一條樓梯的距離，一行五人，爸爸走在前頭，像是村長要帶頭砸爛鄰村一樣，媽媽緊隨其後。我不敢走到他們的旁邊，他們現在一定是恨透我了。我只跟在行動不便的吳老師走在最後，仍以為她會像她承諾的那樣陪我一直走下去。

事件只發生了一星期，我還未清楚發生甚麼事，還無法把那天發生的事情說出口，身邊的大人卻要我一遍又一遍地把這個羞恥的故事告訴不同的陌生人，然而卻不是每個陌生人都相信你說的故事。

「所以你們是男女朋友的關係？」女警質問我。

「應該是吧。」

「他有沒有插進去？」

「我不知道。」

「那你有感到撕裂的痛嗎？」

「沒有。」

「他是不是意圖肛交？」

「我不知道。」肛交是我第一次聽到的名詞，女警還跟我解釋二十一歲以下肛交是犯法的，就算是雙方同意下也觸犯法例。等一等，從來都沒有雙方同意，怎麼故事變成這樣呢？雖然女警把它定性為男女朋友間的過火行為，雖然她以拍拖被父母發現所以控告自己男朋友的眼神看著我，雖然她質問了我幾次為甚麼沒有推開他，但躲在這個狹小的空間，只剩下陌生的女警和我，相比起到外面對著不相信自己的父母讓我感到更加安心。

那個晚上，原來亦煬及教練都到了警局。口供取錄完畢，教練把爸媽和我送回家。我坐在後排靠窗的位置，視線只敢落在光暈散漫的街燈及車頭燈上，無聲的抽咽是我多年來修煉的成果。如果可以，我希望這一程車永遠到達不了目的地。

然而，人終究要面對現實，我像是失去了靈魂一樣踏進家的大門。好事不出門，醜事傳千里。原來爸媽出門前已經跟大家說過了，媽媽從來沒有想過要保護自己的女兒。

兩個哥哥和姐姐都吃過飯了，我們三人圍著飯桌默默地吃飯。

二哥哥已經按捺不了好奇心，走到飯桌前：「細妹怎麼樣？」

媽媽就當我不存在一樣：「就是被人搞啊！」

大哥哥也馬上走到飯桌湊熱鬧：「怎麼了？發生甚麼事了？」

媽媽嘆了一口氣：「年紀這麼小就跟人搞在一起，真不知廉恥！」

爸爸「噓」了大家一聲，為自己保全一點顏面——自己的女兒被搞了，對一家之主來說是多麼羞恥的一件事！

這頓飯沒有人再多說一句了。

明明是你們教會了我，被非禮不能大叫大嚷，不能反抗，只能默默地承受，再催眠自己——他只是疼愛我而已。為甚麼現在我把你們教會我的都做妥了，你們反而怪責我了？

晚飯過後，我躲在和姐姐共用的房間裏，壓低涕泣時粗糙的呼吸，坐在姐姐的床尾，把屈曲的雙腿抱在懷裏，就像以前被打的時候保護自己的姿勢。姐姐悄悄打開房門，在我身旁坐了下來。我壓制不了眼淚如瀑布瀉下，姐姐把我擁入懷：「你沒事吧？」

原來這個家還有關心我的人。

八

一個人的征途

那一天晚上，爸爸走進我的房間厲聲質問我：「他有送你甚麼嗎？」

我把電話上的吊飾放到他面前，爸爸拿起桌上鑰匙狀的吊飾，舉到面前仔細端詳一番，輕蔑地說：

「難怪。」

他放下吊飾，瞄了我一眼，拂袖而去。

難怪？我是貪這些小恩小惠就跟他搞在一起，你是這個意思嗎？

我把吊飾扔到牆角。我寧願從未擁有過它。

接下來每一天在家的日子變得愈來愈困難。我那時還有寫日記的習慣。每天睡覺前，我會在自己的日程本上簡單地寫上當天發生的事情，每天都用上不同顏色的墨水筆。一星期後，整頁五彩繽紛、密密麻麻地鋪滿文字，令人賞心悅目。可是我沒有把當天在博建家發生的事情寫下來，我以為不把它寫下就能當作從未發生。幸好，我當時沒有寫下。

今天晚上，我如常從書包拿出日程本——不見了。我把書包裏每一本書都拿出來，清空了整個書包也沒有看見我的日程本。也許是我胡丟一通，明天它就會自己鑽出來的了。那天是我第一天沒有寫日記——往後的每一天都不寫日記了。

翌日，大哥哥像軍官一樣用力把我的日程本摔在我的桌子上。我打開我的日程本，上面與博建有關的日子都被人用鉛筆圈起來了，大概大家都傳閱了幾遍。他們只是為了可以繼續偷窺我的隱私才把被大家蹂躪得體無完膚的日程本還給我。我把日程本藏到書架後面的深處，被排山倒海的教科書淹沒，就像我把自己的內心淹沒一樣。

另一天早上，我被熟悉的電話鈴聲吵醒——明明我每天晚上充電時都會關掉手機。我亮了手機熒幕，頁面留在短訊的界面。我順著時序，從最近的一條信息開始，逐一閱讀手機上的每一條短訊，就像在醫院跟癌症末期的親人作最後的擁抱。讀過手機短訊欄第一條接收到的短訊，我慢慢把右邊的捲軸往上拉，短訊像一個個走馬燈一樣出現在我眼前跟我作別。等到捲軸到了頂端，出現初瑩剛傳來的短訊，我按了右上角的「全部選取」，再按一下「刪除」，收件夾出現「無信息」的字眼。

十五歲是一個很珍惜每一條朋友發送給自己的短訊的年紀，每次看到「收件夾已滿」的字眼就如晴天霹靂。興味索然地打開收件夾，選取一些無關痛癢的短訊，再重新檢視每一條選取了的短訊，確保沒有錯選一些情感真摯的長文，但按下「刪除」的一刻，仍像割下自己大腿一塊肉的心痛。

我打開電腦，開啟已經被登入了的網絡通訊軟件，清除所有通訊記錄，把所有朋友的聯繫切斷得一乾二淨，就像從來沒有朋友似的。更改密碼，把它變成毫無意義的字母與數字。

大哥哥更從我的社交網站上找到博建的個人檔案，把它像明星的裸照一樣公開傳閱，要讓所有人鞭屍。因此，我也把哥哥列作自己社交網站的黑名單，讓他們以後再也不能閱到任何關於我的資訊。

對，我是家裏的犯人，犯人是沒有私隱的，犯人任何抵抗行為都被視為包庇同黨，是死罪！我只能每天等候他們赤裸裸地把我所有的通訊記錄像法醫驗屍般細閱，縱然他們已經找不到任何蛛絲馬跡。

我不再寫日記、不再設定自動登入、把手機及電腦上的任何通訊記錄都一一刪除，能上鎖的東西都鎖上了——對，因為我是戴罪之身，所以我的抽屜是不能上鎖的，鑰匙已經被媽媽沒收了。

就算全世界都把我拋棄，我以為我還有姐姐。

周末的下午，姐姐把我拉到一旁：「對不起。他們問我，你跟我說了些甚麼。他們逼我一定要說。我就跟他們說了你拍拖的事。他們問我……那天的事。可是你沒有告訴我，所以我也沒有告訴他們。」

「不要緊，這都不重要了。」重要的是，我知道，姐姐也變得不可信了。你又不是不知道，姐姐是多麼軟弱，你總不能把自己的擔子加到姐姐身上吧。所有的委屈就由自己扛吧，反正擔子也夠重了，再多的苦痛也沒有多大差別了。當你每天都承受著傷害，你會開始習慣被傷害的感覺，你不希望自己的姐姐為自己保守秘密，所以你寧願把秘密藏到自己心坎深處，把它埋葬，再放上一朵菊花作憑弔。

在一星期內，我失去了在家裏任何的立足的空間，不論是實體的，還是虛擬的。在這個家裏，我就像裸體一樣，讓所有人從我的皮膚看穿我的內臟、看穿我的腸子。只有躲在自己的上層床，才感覺到自己穿在身上的衣服。

這是十五年來，我最期待上學的時期，每天早上踏出家門的一刻才能呼吸自由的空氣。每天放學，我總是在學校磨蹭著，參加學校學會舉辦的活動：烹飪班、環保學會、田徑隊……任何不相關的活動都報名，就是為了能延遲回家的時間。但再多的活動，總有結束的時候。踏上歸家的路途就如一步一步走向刑臺：你明知道前面只有死路一條，但你也要繼續往前走。踏出巴士的車門，距離我家只有不足十分鐘的路程，但雙腿就如扣上了千斤重的腳銬，走每一步都要花上一輩子的力氣。

我總是到要吃晚飯的時候才打開家裏的大門。

「又那麼晚才回家，整天都『蹓街』！」大門還未關上，媽媽就破口大罵。

家裏每一個人都向我投來不友善的目光，大哥哥、二哥哥總是在這個時候為媽媽吶喊助威。

「對，一定又在外頭認識了甚麼男生。」

「要禁足！」

他們三人興高采烈地討論著要如何把我關起來，我只能像聾啞人士一樣，安靜地吃飯，對他們的言論充耳不聞。

挨過了吃飯的煎熬，我躲進房間，為自己爭取短暫的寧靜。然而，若然那天學校派發了通告，這張通告便為我劃出了下一個戰場，讓我準備接受另一場轟炸。

這麼多年來媽媽最不重視的這張學校幾乎每天都派發的褐色油印紙，突然比爸爸每月發下的家用更能引起媽媽注意。她會細閱每一張通告上的每一個字，哪怕是紅色暴雨下學校特別安排的附錄頁，她也要逐字咀嚼一遍。再把眼睛往下移，在所有回條上面選取「不參加」一欄，才滿意地簽下自己的姓氏。無論我如何極力爭取，每次換來的結果都是一樣。我是犯人，沒有資格反抗。

每次我為自己爭取所得到的回應都是：「難道你想那件事情再次發生嗎？」

兩個哥哥就是媽媽的副手，總是在我為自己辯護的時候加鹽加醋。

「聯校的活動就更加不能參加了，都不知道其他的男生是甚麼樣的人。」

沒有甚麼人比你們更壞了。

「交流團？上次的教訓還不夠嗎？」

那跟交流團無關。

「義工？那個男生就是義工認識的！」

所以所有義工都是壞人了？

「這個活動到六點鐘，太晚了，會遇上壞人的。」

這裏是印度嗎？

每一個反駁只能留在腦海裏，讓自己嘲笑他們的不知所謂，為自己帶來一天下來最大的樂趣。我真的很佩服他們，竟然可以把所有的事情都牽連到性侵頭上，還要每一天都在提醒著我。從甚麼時候開始，他們這麼關心我了？是出於自己一直想做的事情被別的男生捷足先登的憤慨嗎？

那時候電視臺為了吸引觀眾的眼球、帶來輿論的聲音，幾乎每一套電視劇都包含了強姦的情節。媽媽最愛就是把電視的聲浪調大，讓家裏的每一個人都清楚聽見。

「你看，這女孩不就是個騷貨嗎？她要不是穿得那麼少布、不是那麼晚還在街上流連，她會被強姦嗎？不會！被強姦的女孩都是自找的。」

媽媽還以為我沒有聽到她說的話：「細妹，我在說你，經常那麼晚才回家，早晚也會被強姦的！」

媽媽的說話是一把削尖了的利劍，筆直地插進我的心臟，直至胸口抵住劍柄，再轉動劍柄，冉冉拔出來，把我的心臟刺得稀巴爛的。

早幾天，警局寄來通傳，要我到警局錄製口供，說我還未到十八歲，要以錄製的口供代替庭上作供。

「你去還是我去？」爸媽在低聲討論著誰要跟我一起去警局——因為還未到法定年齡，必須有監護人出席旁聽。

這是一個兩難的局面：如果我是成年人，就必須上庭作供，接受律師的盤問；如果我還未成年，就要讓父母聽見這害臊的情節。如果我有選擇，我寧願走到法庭上接受律師詆毀你人格的盤問，也不願父母在自己在旁聽著錐心泣血的對話——如果我可以選擇。最後由爸爸跟我一起到柴灣警局，大概是因為這件事關乎到家族的聲譽、他個人的威嚴，所以爸爸才決定要親自出馬吧。

柴灣警局與我家只有十分鐘的車程，我和爸爸並肩而坐，我們之間就像是隔住了整塊亞洲大陸，遙遠得讓人看不透對方的心思。我裝作對窗外的風景很感興趣，把左肘抵著窗邊，頭托在手掌上，目不轉睛地盯著一束束顏色在眼底輕拭而過。

爸爸領著警局的信件，踏進警局，拉出辦公桌前的鈷藍色單人旋轉椅徑自坐下。我就在右邊靠牆的四連座、近門口的位置坐下。他們交流了幾句，爸爸的食指指向我，等了一會，三名便衣警員從閒人免進的閘門走出來，著我們跟隨他們。我們上了便衣警察的私家車——爸爸坐了副駕的位置，至少我暫時不用跟他分享那令人窒息空氣。

「你看起來不止十五歲。他知道你只有十五歲嗎？」坐在我身旁的警員打量著我。

我點了點頭。大家都在努力地為博建找開脫的藉口，彷彿大家都感受到他跟女朋友的「正常互動」卻忽然被扣上非禮罪名的痛苦。

警員先到太古城一帶兜圈，要我指出犯罪地點的大廈。我指了一指眼前玻璃外牆的商業大廈。

「你再看清楚一點。」警員再次在太古城一帶徘徊。

我又伸出手指，指向一幢紅白相間的住宅大廈。駕車的警員開始表現得不耐煩，他在一幢綠白相間的大廈旁停車，晦氣地說：「你男朋友住在這裏，港豐新邨第三座十三樓G室，對嗎？」

我不置可否地聳聳肩。我才去過一遍，離開的時候又心神恍惚，都沒有在意到大廈的外貌。既然你已經有他準確的地址，那又何必問我呢？

警員重新開車，駛至警署附近的一幢大廈，他們叫它作安全屋。屋子裏又有兩個新面孔，一男一女。男的一個約三十多歲，架上一副黑色粗框眼鏡，穿著天藍色的恤衫，把衣尾一絲不苟地塞進暗條紋的西裝褲裏，像是典型的中環上班一族。女的約四十歲，燙得筆直的白恤衫配上全黑的直筒長褲，腳上踏著兩寸高的高跟鞋，一副女強人的外表。

他們把我帶到一間會談室，請我坐在一張沙發上面，錄像鏡頭直對著我，一男一女則坐在靠牆的另一張沙發上面，側身對著我。我慶幸爸爸不在現場看這個盤問的過程。

「我是臨床心理學家，黃小姐。你可以告訴我二零一零年九月四日發生的事情嗎？」女人以溫柔的聲線打開話題，男人一直低下頭托著手上的板子不斷抄寫。

原來是這麼單刀直入，我只好把這個羞愧的故事再說一遍，說這輩子的最後一遍。

要在陌生人面前把難以啟齒的往事巨細無遺地交待得一清二楚是一個艱巨的任務，我只好以最擅長的微笑讓自己看起來輕鬆一點。露出的牙齒是為了隱藏背後的羞恥感。

「你可以說得清楚一點嗎？他在上面的時候有插進你的陰道嗎？」黃小姐嘗試引導我把證供表述得清晰準確一點。

我就像一隻誤踩進剛鋪上水泥行人路的初生小貓，前腳踏進向下沉沒的水泥，後腿立刻撐起，跳到屋簷上，避開那吃人的真相，但黃小姐卻從屋頂上把我攫下來，捉著我的四肢，把它們深深陷進水泥裏，永不翻身。

我吸了一大口氣，露出招牌的笑容，回想女警的解釋——沒有撕裂的痛就是沒有，假裝冷靜地說：「沒有。」

黃小姐不願意放過事件的任何細節，拿著放大鏡把每一道傷疤都翻開檢驗：「他甚麼時候脫下內褲？」

自從那天開始，我的生活就像一個不小心捏得太用力的陶泥，上面一直完美無瑕的杯身一層一層地塌下來，把捏錯了的一層淹沒了。我忙於重塑整個陶泥杯子的型態，根本無暇檢視捏錯了的一層。

「不知道。」當天發生的細節已經被淹沒了，「不知道」看來是最容易的答案。

黃小姐提問了幾次，都只是得到同樣的答案，看來她也準備放棄了。

我離開了會談室，爸爸也從旁邊的房間氣沖沖地出來，原來他一直在另一間房間看著直播的畫面。

回家的路途也是沉默得像世界結了冰。好不容易才踏進家裏大門，爸爸對媽媽說的話打破凝固了的空氣。

「她就是很享受。你沒有看到她作供時掛在臉上的笑容。」爸爸悻悻然地說。

我默默走進自己的房間，上排牙齒狠狠地咬著下唇，彷彿要把發出錯誤表情的嘴唇吃掉。原來人家說的以笑遮醜會被誤解成享受。爸爸的憤怒大概是來自自己有一個自願與男生做出苟且事情的丟架女兒。

家裏每一個人都是一隻刺蝟，每天回到家，他們走近我，就會把我戳得體無完膚。我只想找一個窟窿躲進去，只想讓自己變成透明，讓他們不再談論自己。不能在他們面前流淚，不能在他們面前表現得軟弱，不然他們就會以為我在為博建流淚，以為我和博建的感情很深厚，以為我要為他殉情。他們只會落井下石，把我說得一文不值。這種悲哀，既沒有輪廓，又沒有重量，卻一直壓在心頭。

從那時開始，我學會了把靈魂抽出身體，面無表情，聽不到他們說的話，感覺不到傷心，就像是一隻鬼魂闖進了陌生人的家，飯桌上聽著他們說一些與自己無關的說話。

只有在自己的床上，假裝要睡覺的時候，把自己埋在厚重的棉被裏，蜷曲成一團，把狸狸放置於胸前被我整個身體保護著，就像我保護著自己脆弱的心靈一樣，才能把眼淚釋放。狸狸擁有一雙水汪汪的眼睛，你不用告訴她半句話，她就能以她那雙楚楚可憐的眼睛看穿你的悲傷。她一雙抵在胸前的手，是你想從她身上學到的自我保護。她是我在家裏的唯一依靠，再大的事情都有她跟我分擔。可憐的她，每一個晚上都是面龐濕透地陪我入睡。

狸狸是我十二歲那年，媽媽送給我的生日禮物。這是很值得紀念的事情，因為是我離家前第三個媽媽記得的生日，也是離家前最後一個他們記得的生日。我小五開始自己乘巴士回家。在回家的路途上，有一家救世軍家品店，我總是喜歡在馬路轉綠燈前走進去晃一晃，看看最近來了甚麼新的舊品。我最喜歡從門口循著走廊直走，一直到走廊盡頭的左邊，停在公仔專區前，逐一檢視今天的公仔，把它們一一摟進懷裏。公仔的流轉率很高，幾乎每一天都會走了幾隻、又來了新的朋友。

我生日前的一星期，媽媽問我有甚麼想要的。我受寵若驚，原來自己也可以有生日禮物，不是哥哥、姐姐專有的！我隆重其事地環顧了家品店一周，最後還是來到公仔專區，就像是品質專員一樣，把他們的外貌、大小、毛髮逐一評分。我把一隻熊貓公仔拿在手上看了又看，放下了，又再拿手上審視。對，是這一隻了，這就是我想要帶回家的公仔了。我回家雀躍地告訴媽媽我想要的那一隻公仔，我以為媽媽會買給我，原來她只是從銀包掏出二十塊錢，著我明天放學後自己去買。

「媽媽，明天放學後就會被人買了！」我扭著媽媽買給我，其實我心裏希望媽媽可以買生日禮物給我，而不是我買生日禮物給自己。

「不會的，這麼一隻破娃娃，怎會有人跟你搶呢？」

我生氣媽媽這樣說我喜歡的公仔，我更生氣媽媽怎樣也不肯為我買一份生日禮物。我接過二十塊錢，把這份希望藏進錢包。

翌日晚上六點半，我從銀包裏拿出二十塊錢踏進救世軍家品店——終於有一次是我要進店買東西，而不是眼睜睜地放下自己喜愛的公仔離開了。我把二十塊錢塞進校服裙袋裏，準備一會兒付錢的時候能爽快一點。我在公仔專區，把最上面的公仔一隻一隻地丟開，把十多隻公仔堆在角落，露出公仔箱的靛藍色帆布底部，也沒有看到我昨天的那隻熊貓公仔。我再次把堆在角落的公仔一隻一隻放到另一個角落，再一次沒看到熊貓。我把整箱公仔翻了四、五遍，也沒有看到熊貓公仔的蹤影。我失望地把裙袋的二十塊錢放回銀包，就像往日一樣空手而回。

「媽媽，早跟你說了，要早上去買的，我剛才去店鋪看過了，公仔已經被人買去了！」我憤憤然地說。

「那就算了吧。」媽媽暗暗一笑。

我已經習慣了一個沒有人記起的生日，雖然這個生日如常沒有生日禮物，但至少今年媽媽還記得我的生日，而不是到姐姐生日時才跟她一起吹蠟燭。

三月的這個早上，媽媽拿出了一隻有一雙黑眼圈、巨大尾巴的狸貓公仔，說：「細妹，生日快樂！」

我愣住了，覷著這隻熊貓不是熊貓、狐狸不是狐狸的公仔，像是設計師把草圖畫歪了一樣，哭笑不得。

「媽媽，我要的不是這一隻！」我難為情地接過媽媽的生日禮物。

「不是嗎？它不就是隻熊貓公仔嗎？」媽媽尷尬地笑道。

「熊貓都不是長這個樣子！」我抗議道。

「都一樣吧！」媽媽打了個完場。

我勉強地把她抱進懷，隨便為她改了個名字——既然她比較像狐狸，就叫狐狐吧！

「它不是狐狸，它是狸貓！」二哥哥把狐狐拿上手仔細端詳。

「那就改稱狸狸吧。」看著她奇怪的擺手，我就把她掛在床欄上，讓姐姐回來能看見她。

「哇，很可愛！」姐姐回家後，馬上搶著把狸狸抱緊。

我從姐姐懷裏搶回狸狸，把她緊緊摟在懷裏。

「狸狸，我上學了。對不起，要你一個人在家裏承受這一切。」我摸著狸狸濕漉漉的臉頰，在狸狸耳邊低語。

這是一個惡性循環：你在家裏承受的壓力愈大，你就愈不想留在家；你愈晚回家，你在家裏承受的冷言冷語就愈多。你以為麻木是治療傷痛的良藥，一旦藥效消去，才驀地發現傷口已經紮根。你以為自己是事件的受害人，但事實是大家都當你是犯罪者看待。

上海的義工交流團結束了，但整個計劃還未完結，還要以話劇的形式向大眾宣傳。然而，我從未有機會參與這個部分。

「先回避一下吧，我不希望你們同場時感到尷尬。」我收到來自交流團導師的電話。

對，他是小組長，當然是犧牲籍籍無名的小卒，也不願意讓大將軍陣亡了。加上活動一般在星期六、日進行，假日被禁足的我完全被踢出計劃了。我天真地以為只要導師堅持讓我出席，就能迫使爸爸讓步。我把導師的電話交給爸爸。

「你好，莉旖的爸爸嗎？不要緊，我們明白你的難處。」電話傳出模糊的聲音。

他們之間的交談很順利，大家都能達到共識——讓爸爸把我永遠禁足。大家都以他們覺得對我最好的方式解決問題，他們以為這是保護我的方法，可是從來沒有人在意我的想法，沒有人察覺到自己一直在我的傷口上撒鹽。從此，星期六日是我最難熬的日子——被禁閉在家裏，與爸媽、兩個哥哥在同一個空間生活讓我喘不過氣。有時候，姐姐星期六要參加女童軍活動，整天不在家，只有狸狸跟我共同對抗家裏的嘲諷。我只能躲在房間裏，一直瞄著時鐘，期盼著姐姐回家。縱使姐姐的存在不能使我擺脫在熱鍋裏被烹煮的命運，但至少讓我知道熱鍋外不只有饞涎欲滴的獵人等候著鍋裏的兔肉，還有嘗試拯救兔子的無力女孩。

被大家剔出交流計劃外，我仍很想瞭解計劃的進度，想像自己也參與其中，我只能從初瑩那裏打探了。初瑩知道我有多麼想參與其中，就像普通人一樣。每次我問起她活動怎樣了？她卻唯唯諾諾，顧左右而言他。初瑩不想讓我知道大家沒有了我仍是依舊其樂融融而感到難過，可是她對我的隱瞞也是一種錐心的痛。你以為回到學校就能享受片刻回復原狀的正常，但身邊每一個人都在提醒你，你不正常，我們不能像以前那樣對待你。我以為我和初瑩能敞開心扉，真誠地告訴對方自己的想法，但原來信任比太平洋上的木筏更容易覆沒，只要一個小風浪，就能把多年建立的木筏沖散。

初瑩很想挽救這隻翻倒的木筏，她提議我們共同寫一本日記，輪流一人寫一日。我也以為我們能一起重建這隻木筏，但事實是我們竭力把碎片撿回來，把它拼湊在一起，木筏還是沒有重現。初瑩沒有把她交男朋友的事寫在日記上；我也沒有把家裏的委屈吐進日記。其他同學還以為我們的友誼堅固如鋼筋水泥，只有我們知道，打開日記只看到敗絮。

當你經歷著人生的巨變，腦海裏總是橫著在家裏的折磨——黑板是爸爸蔑視的眼神；課本是大哥的侵犯私隱；老師是媽媽的冷嘲熱諷，眼睛瞧看的每一個方向都是洪水猛獸，要活生生地把你吞噬。老師說的每一句話都聽不明白，只是嗡嗡地鑽進耳朵，從眼眶溜出來。當我發現課本水浸，才乍然驚醒，以紙巾拭擦課本。每一位老師下課時都皺著眉頭，凝視著我，就像每個人都知道在我身上發生的事情，卻裝著從不知道。

中四是交朋友的轉捩點，班上的朋友是接下來三年高中的重要玩伴。開學初期，我也有正常的社交，會跟鄰座聊天說笑，會主動撩班上女生，就像每一年開學一樣。可是這一個學年開始還未到兩星期，便遇上令人痛不欲生的事情。你只想跟所有人保持距離，不想交任何朋友，不想讓自己的秘密洩漏。你只能裝作自己是一個很酷的人，小息與午膳都不跟任何人交談，把自己從一個活潑開朗的少女一百八十度扭轉，變成一個鬱鬱寡歡，又經常無故流淚的怪人。同學只看到玻璃瓶裏凋謝的玫瑰，覺得我是一個難以靠近的人，大家都習慣了我的孤高，不願意再嘗試攀越這面高牆，留下我一人在痛苦的深淵讓荊棘扎滿我身上每一寸肌膚。

這件事於學校層面也是頗嚴重的個案，社工當然要跟進了。除了經常無故流淚外，同學們都知道這個女生幾乎每一天都要見社工，是個問題少女，大家更加敬而遠之了。劉姑娘是一個善良的人，她一心希望幫助我脫困，然而由她迫我同意通知家長的一刻開始，已經徹底失去了我的信任。失去信任的援手就像脫了輪的車子，任憑你如何踏盡油門，車子只是原地踏步。劉姑娘每一天都很盡力地想瞭解我過得怎樣，然而，對她的失望是一根刺痛人的針，把我的嘴巴緊密地縫上。縱使我從不開口，劉姑娘總是知道我正在面對的問題，她對著空氣說的話，總令我泣不成聲。劉姑娘知道她無法觸碰到我的內心，所以她決定由我的朋友——初瑩下手。

初瑩是一個守口如瓶的人。劉姑娘喚了她到社工室幾次，都一無所獲。

「剛才我又收到了劉姑娘的字條。」初瑩在外賣飯盒裏刮了一勺揚州炒飯，淡然地說。

「是嗎？」我也舀了一勺揚州炒飯，羹匙刮著發泡膠飯盒的底部，發出刺耳的高頻。

這一頓飯，我們都沒有再說話，各自低頭吃飯。

初瑩很討厭被社工盯上，老師宣讀自己的名字，著她離開班房的一刻，就像奧斯卡頒獎典禮上宣佈了最佳女主角，大家的目光都落在初瑩邁開的每一步上，等待她的得獎宣言，然而她的悄然離開只會引來同學們的竊竊私語。

初瑩的沉默是對我為她帶來困擾的回應，或者是對我每天都要面對的場景表示同情。

劉姑娘對於她的個案毫無進展顯得惆悵，每次喚我下來，只把一個悶悶不樂的女孩哭成淚人。劉姑娘清楚我對她的不信任，她也無謂強人所難。她看著這個一肚子苦水，卻把嘴巴緊閉得密不透風的女孩，嘆了一口氣。

「我也不難為你，我知道我們經常見面，同學們的目光也不好受。這樣吧，如果沒甚麼事我也不見你了。」劉姑娘打開了社工室的門，目送我離開。我放下懷裏的熊公仔，以手背擦乾了臉上的淚痕，頭也不回地踏出社工室門口。

接下來的每一天我再沒有收到劉姑娘接見的紙條，可是老師上課時還是嗡嗡的，我聽不明白，班房還是變了家的模樣，同學還是逼害我的哥哥，不同的是，我已經學會了讓眼淚倒流，讓他們不再像斷了線的珠鏈一樣瀉得通地，引來同學們圍觀。

初中的時候，我很喜歡背誦文言文，每一次得知默書範圍，我總是坐在床沿一字一句地誦讀，背得朗朗上口、背得滾瓜爛熟、背得字句都進了潛意識，嘴巴自然而然地溜出整篇文章。那時的中文老師喜歡在默書前一兩天就找同學在課堂上背誦，不懂的就站著讓同學恥笑。站在人群前說話是我最不擅長的，如果我沒有把誦材背誦得做夢也能背出的程度，我大概也會像班上的壞分子一樣，背誦不出內容而像個傻子一樣站著。

中二的時候，一次默書的範圍是六首主題相似的詩詞，範圍多而且時間緊逼。我沒有像以往一樣倒背如流，我心裏指望千萬別點中我。這次顏老師指了幾個同學，沒有人能成功把六首詩詞完整背誦，被點名的同學都一個個站起來了。班上半班同學都站在自己的桌子後，等待下一個同伴。在坐的同學如坐針墊，等候顏老師的俄羅斯輪盤指向自己。

「陳莉旖。」

我緩緩地從座位站起來，腦海裏閃過六篇詩詞。一開始還能假裝背得很熟，到第三首詩時，我竟把虞世南〈蟬〉的句子背到駱賓王的〈在獄詠蟬〉裏。我竟然跟大家一起丟臉地站在顏老師面前，顏老師眼尾失望的餘光落在我身上：「陳莉旖，你也沒有背誦好嗎？」

我以為只要我很努力、很努力就能扮演老師心中的好學生，就能把好學生這個角色演得像姐姐天生一樣。我以為上了中學就能擺脫跟姐姐的落差，成為一個老師心中的好學生。然而一次令人失望的犯錯就能摧毀一直以來扮演好學生的努力。我恨自己沒有把詩詞背誦好，讓顏老師對自己失望。站在桌子後面，我右手的拇指與食指用力地捻左手的手背來懲罰自己不夠努力。手背的神經沒有太敏感，使勁地捻幾秒鐘，痛楚的感覺才傳遞至大腦，等到忍受不了痛楚而放手時，痛楚的餘震能排解心中的恨意。聽說痛楚能讓身體釋放安多芬，讓人得到短暫的快樂。手背上留下一個個勾型的瘡痕、因微絲血管破裂而泛紅的皮膚都能讓自己謹記別再讓老師對自己失望。這是我頭一次發現原來身體上的傷痛能減輕內心的煎熬。

身體的苦痛是止住眼淚的特效藥。一開始紅痕只出現在手背上，但手背的位置有限，四十分鐘的課堂已經填滿了顏色，填色遊戲只能往上擴張，前臂如雨後春筍，開滿了一朵朵豔紅的朱槿。手臂是一片肥沃的土地，能孕育出更茂密、更鮮豔的月季花、葉子花、長春花、龍船花，各式各樣的血紅鮮花。雖然那時正值秋天，香港的秋天熱得跟夏天沒有差別，但我還是每天穿著過大的長袖開胸毛衣，以時尚的尖端遮蔽世人的目光。

痛楚就像古柯鹼，能讓你暫時忘記心靈的創傷，讓你繼續裝作正常人過活。手臂上的花兒凋謝後，靈魂像是被鏤空，回家的驚恐就像南亞海嘯一樣毫無預警地把整個人淹沒。回到家裏，失去了時裝的掩護，花兒只能開在別人看不到的地方——上臂的內側。別人看你是雙手交疊在胸前的自然姿勢，只有你自己知道，你在忙碌地開墾花圃。自我懲罰能減輕自己身上背負的罪孽，就如古羅馬天主教徒大腿上勾著倒刺的苦行帶一樣，每走一步路都提醒著自己罪孽深重，以肉體上的苦痛承擔自己的罪過。

「古柯鹼」的效力過後，所有負面的情緒排山倒海地湧上大腦，眼淚只是暫時鎮痛的美沙酮，你只想注射更高劑量的毒品，讓自己沉淪於情感抽離的世界，讓自己從上帝的視角俯瞰自己可笑的人生。你開始尋找「古柯鹼」的代替品，在家裏尋找一切尖銳的物件，成為新的「海洛英」。我把梳子的尾部用力地插進前臂——像被蚊子叮了一下。我知道我要找的是更尖銳的物件，深深插進手臂。我從筆袋裏找出鐵尺子，在手臂上重重地㓟了一下，兩下，三下，鐵尺有厚度的邊沿只能在前臂上留下輕輕的泛紅，不痛不癢。我把鐵尺放回筆袋，從筆袋拿出剪刀，重複剛才的動作，也沒有大分別。我要又尖銳又薄的工具，才能畫出一條完美的紅線。我趁早餐後各自回到房間、客廳的真空期，抽出電視組合櫃裏的㓟刀藏在褲袋裏，若無其事地回到自己的房間。我推出㓟刀活門，亮出銹跡斑斑的刀片，凝視著整塊刀片，緩緩地把刀片褪回保護殼。我只是想以肉體的痛楚抵消心靈的傷痛，可不想因為生鏽的刀片而感染破傷風或敗血病，引起更多不必要的麻煩。

上經濟課時，我們的座位有不同的安排，我跟瑋琦只有在經濟課時才坐在一起。我們算不上是朋友，只是對方上課時不明白或抄寫不完黑板上老師的答案時會互相幫助的同學。我們一直維持著友好關係，直到我不能自拔的這一天。

自我傷害是一個把宇宙都吸進去的黑洞，無窮無盡，讓你欲罷不能。當你嘗試過善惡樹的禁果，生命樹上的蘋果永遠也不能再滿足你的欲望。就算是上課時的小花圃也不能再發揮短暫鎮痛的作用。老師的嗡嗡聲又在耳邊響起，我從筆袋裏拿出最鋒利的工具——剪刀。我把手臂藏在抽屜裏，張開剪刀，把刀鋒垂直割下。雖然沒有割破表皮，流出快感，但剎那的刺痛也能帶來半點慰藉。當我還沉醉在痛楚的歡愉裏，瑋琦突然把我叫醒。

「你在幹甚麼？」瑋琦詫異地看著我藏在抽屜裏的手臂。

我嚇得馬上把剪刀丟進抽屜裏，拉下毛衣的衣袖，拾起桌上的原子筆，把老師黑板上的字句胡亂地抄進筆記本裏。

瑋琦是一個識時務的人，她馬上別過頭，看著黑板，假裝從沒看見我不當的行為。任憑她裝得多麼神似，我們也永遠不能再保持友好關係了。這一節課，我的心神全都放在瑋琦的一舉一動，她揮一揮衣袖，我便以為她要舉手揭發我的惡行。很不容易，下課的鐘聲響起，大家起立敬禮——這才是最不能鬆懈的一刻。瑋琦很可能為了不騷擾課堂，選擇在下課後才把她所見的告訴老師。果然，敬禮完畢，她馬上走到老師跟前——我的死期到了，她要揭發我，又會找來父母，再經歷一次現在的困境。

「鄧老師，我不明白，為甚麼需求是一條弧線呢？」瑋琦指著黑板上的供求圖。

我目光灼灼地盯著他們，留意著瑋琦甚麼時候揭發我。沒有，鄧老師解答了瑋琦的問題，她就回到自己的座位，收拾桌子上的書本。我鬆了一口氣，也低下頭收拾好自己的課本。

雖然瑋琦這次沒有揭發我，但以後每逢上經濟課，我都是膽戰心驚的，心裏總有根刺，很怕她會突然想起，要大義凜然地告訴老師。從那天起，我再沒有跟瑋琦說過半句話。當她不明白老師黑板上的內容，轉過頭來問我時，我都假裝沒有聽見她說話，繼續低頭抄寫，她只好掉頭問後面的同學；當我沒有抄完黑板上擦掉了的字句時，我也是轉過頭借後面同學的筆記。我們從此成了兩個互不相干的同學，我希望她永遠跟我互不相干。

剁刀不是可行的工具，那只能向家裏最鋒利的物品下手。然而廚房是媽媽的地盤，難以貿然闖進，只能像獵豹一樣伏伺在羚羊旁，靜靜地等候適當的時機。媽媽幾乎一整天都待在廚房——準備早餐、準備午餐、準備晚餐。我作為御用的洗碗工及切水果專員，逗留在廚房的時間也不短，看似有很多下手機會，但日間行事的風險高，一旦有人進出就會馬上事敗，所以縱然機會近在咫尺，我仍是耐心靜候。

只有在夜闌人靜的晚上，我躺在床上抹拭狸狸的淚水，爸爸關掉家裏最後一盞燈，大家都在自己的床上，閉上眼睛，享受黑夜的靜謐，才是我蠢蠢欲動的時機。主人房開始傳出爸爸的鼻鼾聲，我偷覷了下層床熟睡的姐姐，躡手躡腳地爬下床，踮起腳尖，屏聲息氣地走到廚房門口，輕輕按下廚房燈的開關，閃身進去，無聲無息地關上廚房門，以免廚房透出的光引起任何人注意。我站在水槽前，凝眸著眼前的刀座半響，並逐一檢視刀座上的每一把廚刀。從上層的菜刀、中式廚刀、西瓜刀，到下層的削皮刀及剪刀都拿上手仔細端詳了一會，目光停留在細小的削皮刀上。我削水果用的是刀架以外的水果刀。這削皮刀刀身短小，媽媽煮食都不曾用上，對我來說就最合適不過了。我把左手的長袖睡衣褪到手肘，露出光滑的前臂，右手握著刀柄，使勁地在左手割下一刀。我注視著剛剛下刀的位置——只有微微一條裂縫，就像是被白紙不小心割到的小傷口一樣，微不足道。我舉起削皮刀，在同一個位置快速地多割三刀，一、二、三。前臂的皮膚像曇花一樣綻開，開始滲出血液的小水珠，是花兒清晨沾上的露水。我從廚房門口抽出一張面紙，對摺三次，用力地按在傷口上。我又回到廚房，左手拿起削皮刀，在右手手臂上割出同樣的傷口，以面紙壓著傷口，愜意地爬回自己床上，睡上三個月以來最安詳的一覺。

從小到大，我很怕黑，媽媽經常罵我睡覺不關燈。可是要被黑暗包圍，在黑夜中入睡是一件很可怕的事情。就算在晚上客廳燈火通明，我也不敢獨自闖進被黑暗吞沒的領域。如果不是姐姐上廁所時開了燈，我強忍著快要爆破的膀胱也不要踏入魔鬼的領地。血液是另一樣我很害怕的事情。明知道電視劇的血液是茄醬混成的，一點都不像流血的狀態，我還是會覺得自己的頸項被割了一刀、血液覆蓋全身，不自覺地掩著自己的脖子，背著電視機打哆嗦。可是在「黑暗時代」的日子，我就像變了另一個人似的。我躺在床上靜靜地等候黑夜小精靈來臨。最後一盞燈的熄滅是小精靈為我鋪設的紅地毯，黑暗為我打開了通往伊甸園的大門，引領我前往愉悅的深淵。傷口冒出的赤紅小水珠是承載著歡愉的體液，標示著當天的快樂指數。看著小水珠爭先恐後地逃離腐壞的臭皮囊，就像挪亞方舟上被拯救的動物一樣，為造物者帶來舒心。

接下來的日子，除了狸狸，每天都有削皮刀的陪伴，日子過得輕鬆一點。只是上課時不再有劉姑娘的傳召令我感到空虛。我以為我很討厭被劉姑娘召喚到社工室，讓所有人都知道我是有問題的人，但在學校沒有一個理解自己的人卻令人感受不到自己的存在。這一天，吳老師約了我放學會面，瞭解我最近的情況。

吳老師是我在學校唯一信任的人，我淚流滿面地把家裏的情況一五一十地告訴吳老師。吳老師身為兩子之母，當然明白我的苦況，她就像我在學校的媽媽；在懸崖旁一根支撐著我整個人的稻草；讓在海上漂浮多時的我停靠的港口。跟吳老師的交談也差不多到尾聲，吳老師打算送我出會客室時，她看到我剛才不自覺地在自己手背上種植的花朵。

她溫柔地捧起我的雙手：「你的手怎麼了？敏感嗎？」

「不是。」我羞愧地低下頭，以喉嚨發出幾乎聽不到的聲音。

「讓我看看。」她褪開我過長的衣袖，露出整個手背，看到花朵一直往上盛開。

「我可以看看你的手臂嗎？」吳老師還是用那溫柔的聲線讓我無法拒絕。我解開衣袖的鈕扣，露出結痂與傷口交織的手臂。吳老師端詳了我的手臂片刻，慢慢放下我的手。

「還有別的地方嗎？」吳老師著緊地問。

「沒有了。」

甚麼時候開始？用甚麼工具？有多頻密？吳老師像是哥倫布發現新大陸一樣，探索未知的領域。我從來不讓任何人知道我平衡內心傷痛的方法，我知道一定不會得到別人的理解。與其再承受被否定的傷痛，不如把所有的事情埋葬，它們會慢慢被分解，變成養分來滋養心靈。然而，面對吳老師的提問，我無法隱瞞，我無法不對她和盤托出，我只想一直像現在這樣，留在她身旁，就像一隻剛出生的小狗依偎在媽媽身旁一樣。無論吳老師問得有多深入，我們的交談總有完結的時候。我十萬個不願意離開坐著的這張椅子，不願意離開身邊剩下的唯一一個同行者。如果可以，我想成為她的女兒，在她的照顧下成長，或許就不必承受現在的折磨了。

也許把注意力放於生活細節可以暫時忘卻心房的洞窟，發現世界不像戴了太陽眼鏡般昏暗陰晦。

吳老師成了陰風怒號中的一點光暈，是我每天快樂的泉源。循環周一、四是我最期待的日子。身為風紀的一員，我的崗位是早上守在學校大門口，堵截校服違規的同學。不僅是因為當值日可以跟好友焯言一同站崗，更是因為可以見證吳老師踏進學校的一刻。

我和焯言是處於兩個世界的人——他是高傲的尖子；我是成績平平無奇的社交女王。我和焯言是中三同班同學，可是我們一整年都沒有說過三句話。焯言從中一開始，除了體育及視覺藝術外，每一次學期尾的頒獎典禮，他都橫掃所有科目的學科第一，因此他得了「神」的稱號。可是他是一個獨來獨往的人，從來不需要朋友，吃午飯、小息時總是獨自一人。初中的時候，我是一個平易近人的人，大家跟我的交情也不錯，相識滿天下。南轅北轍的我們，友誼在中四才開始萌芽。中四是我經歷巨變的一年，對焯言來說也是——他突然意識到社交的重要，決心要改變現況。我們就像兩個交換了的人生，就在這個時間的交叉點遇上。焯言對我來說是當時唯一能交心的朋友——正正因為我們沒有共同之處，就不怕會連累他了。

值更時，我難掩內心的興奮，一邊跟焯言談天說地，一邊在門口耐心等待吳老師出現。早上八點二十三分，吳老師的車子準時駛進學校的車道，停泊在她一貫的車位上，下車後施施然走進學校門口。她總是穿著淡粉紅色上衣，外披一件薰衣草色的羽絨短外套，配上黑色直筒西裝褲及樸實的黑色女裝皮鞋。當她走到大門口前三米的範圍，我就會裂開嘴巴，展露出最真摯的笑容，向她鞠躬打招呼。她的一句「早晨」便是我一天的動力來源了。

我很慶幸學期初時自薦做了數學科長。因為教數學的歐陽老師跟吳老師是同坐一個教員室的，所以每當我把功課交到歐陽老師的桌子時，就能瞥見吳老師了。很多時候，同學也會在小息時才把功課交給科長。一般來說，遲交的功課都是同學自己交給老師的。可是我為了多看吳老師一眼，我不介意每個小息跑三層樓梯到教員室遞交一本遲交的數學功課。久而久之，同學們都說我喜歡歐陽老師，我也只是一笑置之。

每天上第三選修科的課是另一個遇見吳老師的機會。第三選修科是全級同學大兜亂的時候，吳老師會走到我的班房上經濟課，我要走到地理室上地理課。上課鐘聲完結後，大約一分鐘，吳老師就會在五樓的走廊出現，我跟她就會「恰巧」在走廊相遇。幸運的話時候，吳老師更會主動問候我的近況。

放學的時候，我也不會放過作為科長的特權，克盡厥職，把同學對功課的疑問都帶到教員室。同學們知道我對歐陽老師的「愛慕」，大家都很識趣地讓我到教員室見吳老師一面。

這個周末，爸媽變得很奇怪，他們突然提議我們一起去看電影，是爸媽和我三人。除了我還是幼稚園高班的時候，我們從未試過三人同行。

我還在讀幼稚園的時候，哥哥、姐姐都上了小學，不能隨意請假，可是爸媽又要回鄉，聽說是祭祖，於是他們決定帶我一同回鄉。那是我跟他們最開心的相處，就像我是他們唯一的孩子。我從來不撒嬌扭他們要甚麼，因為在我開口前姐姐已經在撒嬌了，只有這一次例外。

在潮州，傳統戲棚旁有一檔雜貨店，我指著綠箭口香糖，向媽媽撒嬌：「媽媽，我要吃！」媽媽嘀咕了一會，還是掏出了錢包，買了一條口香糖給我，讓我一邊坐在他們身旁看著語言不通、不知道在做甚麼的神功戲，一邊咀嚼著因過度咬合而變硬且失去味道的口香糖。坐在爸媽身旁，獨享他們對我的愛，我簡直是世界上最幸福的小孩。我竟然閃過一絲願望——希望我從來沒有兄弟姐妹。

爸媽好像要到舊屋處理事務，所以他們把我交給新婚的小叔、小嬸，跟他們到汕頭遊玩。我們過了很愉快的兩日一夜，樂不思蜀。我乘搭小叔的摩托車 穿州過省，回到潮州的居所。我以為爸媽已經在家裏等我回來，要給我一個深情的擁抱，要告訴我這兩天有多想念我。然而我走遍整間屋子，從天臺到花園，都看不見爸媽的蹤影，只遇見剛下班回家的二叔。

「二叔，你有看見我爸媽嗎？」我皺起眉頭，不安地問二叔。

「他們丟下你回香港去了。」二叔輕佻地說。

我急得蹲在大門口嚎啕大哭，二叔看了卻捧腹大笑。

「他騙你的了，你爸媽晚一點就會回來，不要哭了。」小叔蹲在我身旁拍拍我的肩膀。

不是的，我就知道，這星期的幸福都是假象，是要在丟下我前為我留下最美好的回憶，讓我就算以後的日子多艱難都能捧著這段幸福的記憶過日子。想著想著，我腳前都成了一塊水塘。無論小叔如何勸導，我還是淚如雨下。直至爸媽出現在我面前，我仍覺得他們準備要丟下我，我就一直黏著他們。就算翌日早上五點多，他們走到天臺去看日出我也不敢鬆懈，跟他們走到天涯海角，直到他們把我帶回香港，我才如釋重負。

十年後，終於再來一次只有爸媽和我的約會，但一切都不再一樣。魯迅說，扼殺了的童年是無法彌補的。一夕的煞有介事更凸顯十年來的忽視。爸媽決定了的事我從來沒有反對的權利。我們一行三人到太古城吃了一頓午餐。我坐在他們兩人的對面，就像要面對他們的審判一樣。我低下頭凝眸自己的飯碗，放慢咀嚼的速度，讓嘴巴毫無空間讓他們問長問短。他們也很有默契地低頭靜靜吃飯。當大家都完成了自己飯碗的任務，爸爸率先離開自己的座位，媽媽和我也跟著離開。他們說，先去戲院買戲飛。爸爸一開始也很民主地問我想看甚麼電影。

「無所謂。」我目不轉睛地看著漫威電影的廣告，說出了我一貫的答案。

爸爸興致勃勃地買了剛上映的《葉問II》。離電影播放還有一段時間，爸爸提議我們到附近逛逛。優之良品是我從小就很想進去的店鋪，那裏是零食的天堂，可是媽媽總是匆匆地走過。這一天，爸爸竟然主動提議我們要進去。這次進去不是吃試食乾果的進去，而是會拿著印著「優之良品」的手挽袋離開的進去。我小心翼翼地揀選心愛的糖果——每一款也不能取多於三顆。這突如其來的疼愛必定另有陰謀，不能掉以輕心。雖然棉花糖細滑綿軟的外表讓人無法抗拒，但裏面卻包裹著過甜的糖衣毒藥。他們一定是想透過這些招數來套取甚麼重要的資訊，我絕不會輕易被他們騙到的。看電影期間，我不能停止思考他們此行有何目的。我瞟了旁邊的爸爸一眼，他只是專注於甄子丹的拳腳功夫，無法看穿他那炯炯的目光。直到回程的巴士上，我還是想不透，可是我知道一直保持緘默就是最能保護自己的方法了。

晚上，他們罕有地赦免我水果專員的工作。爸媽一整天的古怪行為都令我兢兢業業的。直到深夜，我才解開這個謎團。當爸爸的鼻鼾聲再次響起，我偷偷摸摸地竄到廚房，左手拿起削皮刀，用力地割在右手手臂上。手起刀落，手臂上的皮膚裂成兩塊，血液從中間的大裂谷中一湧而出，向左右兩邊蔓延。我馬上放下削皮刀，從廚房外抽出面紙，把傷口壓著。我掃視著廚房，發現平時用來切水果的水果刀不見了。難怪他們整天都表現得怪模怪樣的，大概是昨天到學校見吳老師了。吳老師肯定跟他們直言不諱，並著他們裝作毫不知情、要他們跟我重建關係。雖然我對吳老師沒有為我保守秘密感到很是失望，但我對她的情感決不會因為這件事而有所動搖。這解釋了他們一整天的詭譎行為。那他們為甚麼要把刀磨得鋒利呢？也許只是吳老師讓他們留意到刀具有點鈍了，才順便打磨的吧。他們以為把水果刀收起來就能揚湯止沸，真可笑，現在卻是抱薪救火呢！

媽媽是一個口直心快的人，不善於隱藏內心的想法。就算吳老師再三警告她別讓我知道他們的會面，不然會破壞我和她之間的信任，媽媽還是遏止不了她想揭開我衣袖的欲望。她突然在吃飯的時候，很關心我的衣袖會沾污桌上的飯菜，殷勤地為我捲起衣袖，彷彿我是三歲小孩。我馬上放棄筷子上的菜心，縮回手臂，把白皚皚的絲苗白米送進嘴巴。

當媽媽發現了半點蛛絲馬跡，自然不會放過這個機會。

「哎呀，地上的是甚麼？」媽媽突然大喊，彷彿怕家裏有人聽不見。

「怎麼了？」二哥哥總是很配合媽媽的演技。

「你看，這是不是血？」媽媽繼續扯開嗓子說話。

「好像是！」二哥哥好奇地研究地上凝固了的兩滴血跡。

「為甚麼這裏有血了？」媽媽裝著好奇地問。

「不知道。」只有二哥哥一直在演媽媽的劇目。

「是不是你流血了？」媽媽褪開二哥哥的衣袖，假裝為他檢查。

「沒有。」

「那是誰流血了？你們都給我出來，讓我看一下。」媽媽終於來到劇本的高潮，可是除了二哥哥這個稱職的演員外，大家都缺席媽媽的舞臺劇。

我瞧見媽媽的奸計沒有得逞，才暗暗舒了一口氣。一定是因為昨晚的刀過於鋒利，我才未能在血液如湧泉般流出前以面紙壓著傷口，今晚一定要加倍小心。

媽媽的行為把我重重壓在孫悟空的五指山下，胸口總是有一股不能宣洩的穢氣，讓我更依賴削皮刀為我帶來的安慰。可是就算刀口愈來愈陷入皮膚，仍不能減輕內心的苦痛。

聖誕節前夕，交流團的導師發起了大家一起到海傍唱聖詩報佳音的活動。雖然我和初瑩都沒有宗教背景，但一班朋友一起歡度聖誕是中學生的必經階段。因此我極力爭取要參與這次活動。

「我從中四以來，除了上學，從未踏出過家門一步，難道就這一次也不行嗎？」我以強硬的語氣跟爸爸據理力爭。

「不行！我說不行就不行。」爸爸的話就是聖旨，絕無相商量的餘地。

爸爸在主人房找出我房間的鑰匙，就像中國古代對待女子一樣，把我深深地鎖在閨房裏。我錘打著把我隔絕於世界上的純白色房門。人家說白色是純潔的象徵，但這種白是把牆身與房門融為一體的無情的白。儘管我的淚水、鼻涕及唾液都混在一起，仍不能感動上帝為我劈開一道縫隙。我抓狂地在我的手背、手臂、大腿、小腿……有皮膚的位置開花，可是渾身傷痕也不能把我回復正常的狀態。我開始在房間裏尋找任何尖銳的物件。眼前所見，只有梳子的尾巴稍微尖銳一點，但任憑我如何用力地刺進大腿，也遠比不上刀子來得痛快。我放下梳子，掃視房間，尋找更適合的物品，卻瞅見鏡子中的自己。我目不轉睛地看著鏡子裏面目模糊、可悲的面孔，冷笑了一聲，以右手的拇指與食指捏著咽喉兩旁的大動脈，感受血液在手指下跳動。血液就像龍舟的鼓聲，節奏愈趨明快，每一下的敲擊也愈見用力。「咚咚」的鼓聲就像在腦門上敲打，臉色也逐漸泛紅，眼瞼慢慢垂下，半開半闔的樣子，就像靈魂快要離開肉體的狀態。當面色轉為醬紫，鼓槌快要把腦袋敲破，我垂下了緊捏著脖子的右手。臉上的紫紅馬上褪去，眼睛也回復了光彩，只是腦袋還是左搖右擺的，脖子上留下了兩個嫩紅色的指痕。

從死亡的邊沿回到現實，我沒有再為不能報佳音而發狂，只是在回味剛才在生與死之間徘徊帶來的刺激。

我冷靜地坐在電腦面前，在搜索器上打了「自殺」二字。頁面跳到「完全自殺手冊」，裏面詳細羅列不同自殺的方法、死亡的容易程度、屍體狀況等，我仔細地閱讀上面每一段文字，比較了各種自殺方法，在自己的心中定了一個排行榜。

辯論隊密集的準備時間讓很多同學都感到很為難——家長不容許孩子太晚回家。然而，對我來說，中三時進了辯論隊是我的救贖。有比賽的星期讓我名正言順地延遲回家。比賽前的一星期，最基本是六點離開學校，七八點是常態，有時候比賽前一天更會準備至近乎午夜。到最後階段，只剩下正選辯論員，以及我才會奮戰到底。雖然辯論隊教練理解父母的憂慮，婉轉地勸導我回家，但我卻以隊友應該互相幫忙作為留下的藉口。辯論隊的訓練讓爸媽敢怒不敢言，至少不敢向學校投訴，只能遷怒於我了。每一天回家的說話愈來愈不堪入耳。

「那麼晚回來是去做妓女嗎？」

「還是交了新的『男朋友』了？」

「現在不用零用錢、飯錢了吧？」

我坐在飯桌上，以筷子把自己夾成兩段，只把沒有意識的軀殼留下，木無表情地吞嚥著令人難堪的說話。這些說話從食道滾進身體、扎進心坎，只有到了半夜才能安撫受了傷的靈魂。

辯論比賽的慣例是星期六出辯題，讓學校有七天準備時間。然而，這次比賽在聖誕節假期後馬上進行，所以我們必須在聖誕假期間準備。我不在乎我被禁足，我只想有一個正當的理由離開這個煉獄。

「你出去後就別回來。」媽媽斬釘截鐵地說。

「這是學校的活動，我必須出席。」

「那如何退出？我幫你申請退出。」

「不能退出。」

「那我打電話跟吳老師說，要你退出辯論隊。」

「你去啊。」我打開家裏的大門，頭也不回地甩上門。

公眾假期期間，學校不開門，我們只能相約在東大街的麥當勞裏傾辯了。我以為我為自己爭取了幾小時的耳根清靜，但我才打開筆記本，媽媽的身影就閃閃縮縮地出現在餐廳的角落。難道我真的有那麼可疑嗎？整個會議我都心不在焉的，睨著假裝看報紙的媽媽，看著她每一個小動作，看著她看著我，看著她甚麼時候離開，看著看著，會議就結束了。

我已經忍受不了爸媽對我的控制，他們就像住在我身體裏的寄生蟲一樣，一步一步蠶食我的靈魂，在各個器官游走，慢慢消磨宿主的生命。我剛好讀到一則新聞，是一個美軍訓練後喝了過多的水而中水毒死亡，於是我又上網查了有關中水毒的資料，原來一個人在短時間內喝五公升的水就會因稀釋了血液濃度而死亡。本來我的排行榜榜首是服用過量必理痛——只要一次服用二十五顆、上床睡覺，挨過了八小時的內臟劇痛、嘔吐就返魂乏術了，但這八小時內如果被人發現，送進醫院洗胃，不但死不去、導致肝衰竭，更重要的是被爸媽知道我自殺不遂只會帶來更痛苦的折磨。因此如果不是有必死的決心，我是不會貿然冒險的。

可是，這則新聞卻為我帶來死亡的希望——一旦自殺不成功還能裝作沒事發生。這天晚上，燈火熄滅，小精靈鋪設的紅地毯把我引領到熟悉的廚房。我站在水槽前，沒有跟我的老朋友打招呼，而是盯著媽媽晚上煮好放涼的白開水。這瓶白開水只有大概兩公升的水，不夠我自殺，於是我的目光落在銀色的水龍頭，注視著自己的面容扭曲的倒映。雖然生水有很多細菌，不應該直接飲用，但我都要死了，還管它乾淨不乾淨嗎？我拿出一隻透明塑膠水杯，放於出水口下，盛著水龍頭流出的清水，趕在水滿前關掉閥門，免得水落在水槽上沙沙作響。我張開嘴巴，把水一飲而盡。如是者，一口氣灌下七、八杯水，肚子漲得快要撐破肚皮了。嘴巴裏的水再也吞不下肚子，我只好把剩下的半杯水倒掉。原來自殺是這麼困難的。我氣餒地把水杯放回原處，拿出我的老朋友，為自己的懦弱付上代價。

清醒過後，我知道我沒有自殺的決心，只想換來吳老師的一點關心。我在通訊錄裏找出吳老師的電話，撥打了她的號碼。「嘟嘟嘟」沒有人接聽。我再撥打了一遍。「嘟嘟，喂。」終於聽到令人安慰的聲線，我馬上把剛才發生的事情完整告訴吳老師。

吳老師耐心地聽完後，問：「你現在沒事吧？」

「沒有。」

「那很好，現在已經凌晨了，我其實也差不多要睡了，你也早點睡吧。」

吳老師切斷了通話。電話沒有再傳來任何的聲音。我慢慢放下耳旁的電話，沉思剛才的對話。其實吳老師不在乎，其實從來都是我一廂情願，我從來都不應該麻煩吳老師。對，夜了，吳老師也要睡覺，不應該這個時候打擾她的。自責的情緒積沙成塔，整個晚上都在怪責自己，整個晚上都在栽種自己的花圃。

聖誕假期完結，我的噩夢卻是接踵而來。第一個上學天，吳老師便煞有介事地跑到我班房門口找我。我受寵若驚地迎上她，我還打算親自跟她道歉。

「莉旖，我有要事告訴你。」吳老師把我拉到一邊，神色凝重地說。

我點了點頭，聚精會神地看著吳老師。

「我不能再處理你的個案了。你半夜打來的電話對我來說也算是一種騷擾，我認為讓其他老師來接手你的案件更為適合。我已經跟校長報告了你企圖自殺的事情，他也同意讓其他同事接手。可是我仍會繼續留意著你的情況，你放心。」吳老師頓了頓。

「還有，我覺得你需要見精神科醫生。」吳老師語重心長的說。

她好像還告訴我我的案件交了給哪位老師，說甚麼他會來找我或是我要去找他甚麼的，我不知道了。我腦海裏只是不斷重複著「你對我來說是一種騷擾」、「我不會再處理你的案件」。原來我對她來說只是騷擾，我一直在騷擾她，只是我沒有察覺到，我對她的騷擾嚴重到她要放開她在懸崖邊一直抓著我的手，讓我一個人直跌進美國大峽谷底部，永不超生。

精神科醫生？為甚麼我要見精神科醫生了？她是說我有精神病所以不斷纏繞她嗎？我正常得很，我比正常人更正常，要是別人遇上我經歷過的事情，大概現在已經死掉了。是我還相信這世界的偽君子才落得如斯下場。

這是一個最寒冷的冬天，我被赤裸裸地拋在雪地上，身上僅有的一塊擦手的小方巾也被吳老師收走了，我只能讓暴風雪把我最後的體溫帶走。這是我最不想回家的一天。以前在家的時候，還能想像只要挨過晚上，明天一早又可以見到吳老師的身影，以她的輪廓支撐著自己坍塌的世界，但現在回到家已經沒有支持自己的力量了。這一程回程的地鐵，我靠在玻璃上，彷彿它把我摟在懷裏，是把我送進地獄前的最後安慰。我掃視車廂裏寥寥幾人，期盼著有人能抬頭對上我絕望的眼神、看到我面上線狀的淚痕，走到我面前，輕輕把我抱進懷。我的盼望沒有實現，列車已經停靠車站了。我把幻想留在車廂裏，拖著鉛鞋離開。

步履很慢，馬路口的車子很快。我側身站在交通燈旁，正身對著迎面駛來的車子。當車子在身旁半米的距離疾駛而過，我的身體就像被輾過一樣，心頭一震，身體顫抖。瀕臨死亡的快感讓我再次感受到自己仍在世界上活著，而不是行屍走肉。幾輛車子駛過，紅色的交通燈號轉為綠燈，伴隨急速的噠噠聲催促我離開我的樂園。我拖著失去生命力的軀殼走向下一條馬路。

我站在回家路上最後一條馬路前，感受著重型貨櫃車在我身旁不足二十厘米處高速駛過，近得能把我肩上的頭髮削去，就像在過山車的最高點垂直俯衝下來的心靈顫動。這一下的顫動是醫生在垂死病人的胸口上施行的心臟除顫器，推動已經停止運作的心臟，讓血液流遍全身，然後重歸死寂。連續不斷的「噠噠噠噠」是醫生簽下的死亡證明書，我走過馬路對岸，緩緩轉身，為自己進行死亡後的搶救。

「死」是刻在我瞳孔上的一個字，它印在任何我看見的物件上。這一課辯論課的練習是即席演說，要選取一個字代表自己，並以三分鐘解釋。我腦海只有一個字，我無法選取別的字，這五分鐘的準備時間都被一個字占據。我知道這不是大家想聽見的說話，我期盼辯論教練千萬不要揀選我演說。然而這隻手指仍是落在我身上。

「綠，是我最愛的顏色，也是我所屬的社……」我隊友的話仍縈繞在我腦海，我來不及改寫我的講稿，屈曲的膝蓋已經慢慢伸直。

沒有，我還是沒有想到別的字，我只能把大家不願意聽到的說話帶到課堂。

「死。死亡是一種解脫，只要死去，一切承受的痛苦都能一掃而空。」瞥見大家凝重的神情，我知道我失言了。我閉上嘴巴，慢慢坐下。辯論教練尷尬地邀請其他同學分享，繼續課堂。我以為我的失言能無聲無色的降落在地上，與塵土混為一體，不引起任何人的注意。然而，小休的時候，教練把我喚到他跟前，開始他滔滔不絕的說教。

「莉旖，死亡不是你想像的那麼容易。你有替你身邊的人想過嗎？自殺從來都不是解決問題的方法，只會為愛你的人帶來無盡的痛苦、只會為你父母帶來無盡的痛苦。」

我點點頭，為自己的衝口而出負上責任。教練以為我明白他的說活，也讓我回到自己的座位。

對，自殺一點都不容易，不然我現在已經不在了。可是身邊的人從來沒有為我想過，為甚麼到我要死了，卻要我為他們著想呢？為甚麼從來沒有人怪責他們一直以來對我的傷害，到我要死了，反而是來怪責我沒有為他們著想呢？我知道自殺是語言上的禁忌，是不能向別人提起的話題，不然他們就會把你當作精神病患者，就像吳老師提議我去見精神科醫生一樣。所以準備自殺要偷偷地進行，偷偷地藏起三十顆必理痛，讓我有必死的決心時吞進肚子。我還差了安眠藥，必理痛配上安眠藥就是完美組合了。可是，安眠藥是醫生處方藥，我要如何取得呢？還沒有充足的準備前，我不會貿然自殺，因為死不去是我最大的恐懼。

雖然吳老師不再負責我的案件，但她也不是完全撒手不理的，至少她推薦我參加了一個聯校活動，讓我這一兩個月過得沒那麼痛苦。然而這只是肺炎重症病人被送進深切治療部，感受著肺部的積水、長期處於溺水狀態時的一點安慰劑，我仍在這片浩瀚無垠的海洋裏載浮載沉。

日子一天一天的過去，木棉樹掉光了枝椏上的樹葉，長出一朵朵大紅的木棉花，棉絮鋪滿行人路，開出一條通往冥界的道路。回暖的天氣意味著我將失去衣袖的保護，我的傷疤要赤裸裸地暴露人前。

午夜，小精靈把我接到廚房，我沒有如常地掀起衣袖，露出疤痕纍纍的手臂，而是探索我身體其他部分。肩膊似乎是一個理想的位置，但穿著長袖難以露出肩膊，使下刀的過程變得困難。我褪下長褲，露出大腿與盆骨交接的位置，為自己找到完美的替代品而感到驕傲。我從刀架上取下老朋友，在大腿上比劃比劃，便割下大腿上的第一刀。大腿上的皮膚比前臂的厚，而且吃刀，刀子在皮膚上重重拉了一刀，只出現了一條淺淺的血痕。於是，我再次在同一個位置劃下兩刀，大腿血流如注，我嚇得馬上抽出面紙止血。可是血還是不停從傷口滲出，沾滿了兩張面紙才勉強緩減了血流的速度。我吸取左邊大腿的教訓，下刀要快，但不能太重。果然，右邊大腿的情況比左邊的要好多了，沒有弄得滿地血跡。在大腿下刀比在臂上的要困難一點，血流量也多幾倍，但帶來的心靈慰藉卻是遠超前臂所能帶來的。無論是刀子劃過的快感，還是傷口留下的餘韻都更勝以前。唯一的壞處是血液凝固的時間太長，我總不能染得兩褲管全是血吧，那真是此地無銀了。於是，我把面紙塞進內褲邊，讓內褲的壓力代替親手按壓止血。

我邁開步伐，每踏出一步，大腿關節上的傷口隱隱作痛，讓我時刻感受到自己的存在。跨步稍微大一點，傷口再次破裂，帶來新一重的快感。這更貼近《達文西密碼》裏描述事工會的僧侶在大腿佩戴的苦行帶了。

踏入四月，日間氣溫已經達到二十五、六度，媽媽把我的長袖睡衣都收起來了，是要逼我把滿是傷痕的手臂暴露於大家面前。我把浴室的短袖襯衣、短褲放回抽屜裏，拿出我一貫的長袖睡衣。

「現在都夏天了，還穿甚麼長袖？」媽媽厲聲喝我。

我假裝沒有聽見，把睡衣捧進浴室。

「拿來。」媽媽企圖搶去我手上的睡衣。我用力奪回，並鎖上浴室門，以下背抵著浴室門，深呼吸平復自己的恐懼。我揭開衣袖，結痂幾乎全部剝落，但一條條反光的白色疤痕仍是清晰可見。我知道醜婦終須見家翁，瞞得一時瞞不了一輩子，但是我就是鼓不了勇氣面對我最恐懼的父母。

翌日放學，換上短袖子的恐懼來襲，巴士到站後，我的腳無法邁出回家的步伐。我站在巴士站很久很久，從天光到日落，我還是無法走回家。我決定走向麥當勞的方向，坐在角落的餐桌完成我的功課。

晚上八點多，我的肚子鼓鼓作響，可是我的飯錢只夠每天一餐飯，更何況媽媽煮了我飯，我應該回去吃飯才對。我忍住了肚餓，繼續坐在餐廳裏，看著窗外不住落下的雨點。電話持續不斷地震動，我只是按下紅色的「拒絕」鍵，坐在木椅子上發呆。也許媽媽說得對，我應該去當妓女，為自己賺取生活費，脫離他們。不，反正我也不想活了，為甚麼要收取酬金呢？就讓我受盡凌辱，我就會決意重生的了。哭著哭著，麥當勞也要關門了，它把我這個無家可歸的可憐人攆到人跡罕至的街道上。我漫無目的地在家附近的小區游蕩。走著走著，來到中二時的好友愷瀅的家附近。我和愷瀅自從中三不同班以後也幾乎沒有聊天，我們只是在走廊見面時會打招呼的朋友。我跟她現在只算是點頭之交，要她收留我這個落魄的人也講不過去。可是我已經無家可歸了，如果我不是到走投無路的地步也不想打擾她。我掙扎了一會兒，在通訊錄裏找到愷瀅的電話，盯著她的號碼良久，還是按下了撥打的按鍵。

「喂，愷瀅。我在你家樓下，可是我不想回家，可以到你家嗎？」我怯生生地問。

「可以啊，你在樓下等我，我來接你。」愷瀅的爽快讓我無地自容。

愷瀅把我帶到屋苑的閱讀室坐下。一路上，我們兩人都只是安靜地走路。

「你吃過晚飯了嗎？」愷瀅關心地問。

我猶豫了一會，含糊地回答：「吃了。」

我在閱讀室裏打開中文書，縱橫交錯的線條在書本上浮動。愷瀅的沉默紓解了我的尷尬。很感謝她沒有好奇地問我緣由，只是安靜地坐在我身邊。不一會兒，閱讀室的喇叭響起：「閱讀室將會於五分鐘後關閉。」

愷瀅和我錯愕地對望。

「我以為它是二十四小時的。」愷瀅抱歉地說。

「不要緊。」我闔上中文書，默默地把它放回書包。

愷瀅打了一通電話。

「我爸爸說可以到我家。」愷瀅提議。

「好的，謝謝你。」我輕輕地點點頭。

我把桌上的文具放回書包裏，拉上拉鏈，背起書包，跟著愷瀅走。

「叮噹」，愷瀅的爸爸打開門。

「世伯你好。不好意思，打擾了。」我由衷地道歉。

「請坐。」愷瀅的爸爸指著近門口的沙發位置。

我坐在沙發上，愷瀅坐在我身旁。沙發的第三個位置堆滿雜物，客廳也沒有別的椅子，愷瀅的爸爸只能站著。愷瀅的媽媽也從房間出來。

「伯母你好。」我尷尬地打招呼。

愷瀅的媽媽禮貌地打了招呼後，看到擁擠的客廳也回到房間了。

愷瀅的爸爸一直站在客廳，我的眼睛放空看著前方，內心盤算著：愷瀅的家沒有位置可以收留我一個晚上，我在這只會徒添麻煩，我也不想愷瀅的爸爸因家裏的陌生人而感到尷尬。

「我想我該走了。」坐了一會兒後，我小聲地跟愷瀅說。

「你要去哪呢？」愷瀅一臉擔心地問。

「我也不知道，也許我該回家了。」我嘆了一口氣，幽幽地說。

愷瀅見我提出要回家也沒有留我的理由了，說道：「夜了，回去要小心點。我送你下樓吧。」

我和愷瀅一起走了一小段路，沿途我們都默不作聲。愷瀅把我送到屋苑的大門，再三叮囑我要小心便目送我離去了。我拐了一個彎，到了轉身看不到愷瀅的位置停下來，坐在路旁的石壆，脫下背包，把它揣在懷裏，雙手緊抱著自己的肩膀，在凌晨的街道上瑟縮一角。半夜四下無人的街道寒風颯颯，我只能把自己抱得更緊了。我在街邊坐了一會兒，街道上刺骨的寒風讓我無法入睡。我看了看手錶，接近凌晨一點鐘。我想，大家已經睡了吧，如果現在我偷偷回去也沒有人會見到我。我懷著戰戰兢兢的心情走到家門口，從門縫看進去，沒有光。我插進鑰匙，輕輕地轉動門鎖。門打開了，客廳只有神臺上的紅光，大家都應該睡了，我鬆一口氣。我輕輕地脫下皮鞋，踮起腳尖走進廁所洗澡。洗澡後，我的頭髮濕漉漉的，可是風筒的嘈音太大，我只好以毛巾擦乾，壓著半乾的頭髮入睡。

翌日，我換好校服，從睡房走到客廳。

「你昨晚去了哪？」媽媽厲聲質問。

「你現在不用回家了嗎？」媽媽繼續咄咄逼人。

「你有本事今天就別回家。」

我保持一貫的沉默，只是安靜地吃早餐。吃過早餐，我回到房間，把我從午飯省回來的一千大元放進書包。我一個月只有一千元的飯錢及乘車錢，一個外賣飯盒二十多塊，加上來回車程已經所剩無幾。假日外出的話更是捉襟見肘。所以，我跟初瑩一般都是兩人分吃一盒飯，才能應付額外的使費，更能慢慢儲錢。這一千塊是我含辛茹苦儲下的，是我所有的家當了，我把它放進書包，下定決心不再回家。

第一個小息時，我收到久違了的白色社工室字條，是很緊急的會面。小息後，我便帶著字條及疑惑來到社工室。難道他們知道了我要離家出走的計劃？可是我沒有跟任何人提起過。初瑩沒有，姐姐也沒有。

「你昨晚去了哪？」劉姑娘也不跟我兜圈，開門見山地問。

「同學家。」我簡潔地回答。原來是媽媽告狀了。

「為甚麼凌晨才回家？」劉姑娘還是一貫的強勢。

我閉上口不回答她的問題。

「那你今天呢？難道你不回去嗎？」劉姑娘繼續追問。

「對。我不回去了。」我也以強硬的姿態回應。

「那你要去哪呢？」劉姑娘開始放軟態度。

「不知道。就算流落街頭也不回去。」

「這樣怎麼行呢？你總不能在街上露宿吧。」劉姑娘開始擔心我放學後的去向。

「總之不回家。」我裝作很堅定，心裏卻因為沒有計劃而膽怯。

劉姑娘在她的書架上拿出一本硬皮文件套，翻開電話冊的一頁，打了一通電話。

「我剛打了電話到協青社，他們是一所短期宿舍，讓一些無家可歸的年輕人暫住，但他們還未能確定現在有沒有空位，晚一點才回覆我。如果你覺得沒有問題，我或是吳老師放學帶你去吧。」劉姑娘跟我解釋。

我點點頭感謝她為我安排。

放學後，我馬上收拾書包，跑下樓梯，敲了敲社工室的門。這是我第一次那麼期待到社工室去。

劉姑娘打開了門，請我進去。

「協青社那邊回覆了我，他們說還有空位，但他們要先跟你會談才能決定是否讓你入住。」

我連忙點點頭。劉姑娘跟我離開社工室到教員室跟吳老師會合。吳老師讓我們乘坐她的座駕前往西灣河去。車上，劉姑娘跟吳老師在討論駕駛路線，我安靜地坐在後座偷聽她們的對話。

「經百福道去嗎？」

「這邊右拐。」

「在東區法院前停車吧。」

吳老師把車子停泊在路旁，車頭放上一個殘疾人士的小牌子。我站在馬路前等候交通燈轉綠燈。吳老師按下車匙的上鎖鍵，便大模廝樣地橫過仍是紅燈的馬路。劉姑娘跟在吳老師後面，但我卻仍站在原處等候。吳老師轉身大惑不解地盯著我，我的腳底還是牢牢地釘在地上。劉姑娘看到我身體毫不挪動，也停下了腳步。吳老師只能氣急敗壞地走回頭路。如果是三個月前的我，一定會毫不猶豫地跟上吳老師的步伐，然而我們之間的距離讓我更堅持自己認為對的事。老師不是更應該以身作則嗎？為甚麼她反而帶頭胡亂過馬路呢？

交通燈轉成綠色，我們三人這才橫過馬路。到達協青社後，劉姑娘跟他們對接的社工簡單交代後，爸爸就趕到家舍。正當爸爸想破口大罵之際，劉姑娘把他拉到一邊，為我化解了這場危機。我跟著協青社的社工進入會客室，避免了這場世界大戰。跟進我個案的社工嘉蔚在會客室裏問了我幾條簡單的問題，我在同意書上簽上名字就完成了入住手續。當我從會客室出來，卻發現劉姑娘、吳老師及爸爸已經離開了家舍。

九

一扇窗

嘉蔚把我領到下層的家舍。家舍是一個沒有間隔的大型公共空間，近洗手間的一邊放置了兩排共八張雙層床，靠牆排滿了天藍色的長身儲物櫃。近廚房的一邊是活動空間，樓梯底下放置了一臺鋼琴，在另一個角落還有兩張雙層床。這兩張雙層床大概是後來加上去的，它們放在近廚房的一角，看起來格格不入。我的床位是靠窗邊的下層床。我坐在自己的床上，環顧四周，前方一個女孩正在彈鋼琴，兩三個女孩纏著一個拿著鑰匙、二十出頭的年輕女生，其他女孩忙著進出浴室，爭著進駐只有三格的浴室。

「你是新來的嗎？我叫李媽。」六十多歲的宿舍管家走到我的床邊。

我點點頭。

「你有衣服嗎？」李媽問我。

我搖了搖頭。

「跟我來。」李媽從鋼琴後面的桌子上的一堆衣服裏拿出一件上衣及一條短褲給我。

「謝謝。」我接過衣服卻為沒有內衣褲而感到惆悵。

「你有內衣褲嗎？」李媽像是能看穿我的思緒一樣。

「沒有。」我尷尬地說。

李媽從第二個抽屜拿出全新的綿內褲、第三個抽屜取出一個全新的胸罩、第一個抽屜抽出一條毛巾、一支洗髮水及沐浴乳交到我手上。

「謝謝你。」我由衷地道謝。我對她的細心感到喜出望外，很感謝她知道我的需要。

「你要衛生巾嗎？」

「不用了，謝謝。」我連忙搖頭。她對我的幫忙已經很足夠了。

「先拿著吧，你總能用得上。」李媽把兩塊衛生巾塞進我手裏。

李媽瞥了瞥我的鞋子，皺一皺眉頭，從鞋櫃拿出一雙拖鞋交到我手上。

我換上拖鞋，脫下毛衣，拿著衣服走進第一格浴室。還好，浴室不像公共浴室般骯髒，只是濕漉漉的。我小心翼翼地掛好乾淨的衣服，慢慢把身上的衣服脫在一旁的紅色塑膠椅子上。熱水的儲備已經所剩無幾，難怪沒有人在這個時候洗澡了。就算在酷暑仍得用熱水洗澡的我忍著冷水的衝擊，趕快完成洗澡。

從浴室出來，公共空間展開了五張連續的摺疊餐桌，大家已經手忙腳亂地把飯菜、餐具從廚房捧出來。三、四個女孩拿著飯碗排隊輪候盛飯、盛湯。

「你拿一個飯碗盛飯吧。」身上掛著一串鑰匙的年輕女生看到我不知所措的樣子，便跟我說。

我拿起一個飯碗，跟在最後一個女孩的後面，盛了一碗白飯。大家都拿了一張塑膠椅子，圍著桌子坐下。我也找了一個空位，把塑膠椅子塞進去，坐了下來。桌子上以鐵盤子盛著蟹柳炒蛋、炒菜及梅子蒸排骨，三餸一湯，就像在家裏吃到的那樣。五張桌子拼成的長桌，在一張半桌子的距離就放了一份餸菜，每一個圍著桌子的女孩伸長手臂都能夾到她們想要的餸菜了。

「我叫阿草，你是今天新來的吧，你叫甚麼名字？」掛著鑰匙的女生友善地問我。

我點點頭，小聲地說：「莉旖。」

「莉旖，我們今天來的新女叫莉旖，不如大家都介紹自己吧。」阿草扯大嗓子跟大家說話。淑文、小慈、杏玲、思琪……一堆記不住的名字逐一出現。面對著陌生的環境，我只是安靜地吃完這頓飯。

「吃過飯我們來抽家務了。」阿草拿著一個小膠箱，大家自動自覺在她面前排隊，抽出一個乒乓球，看一看上面的號碼，並在旁面的列表上找出相應的家務便放下乒乓球了。我跟著大家，從箱子裏抽出乒乓球，七號——掃地。

另一個職員欣怡把我帶到洗手間一隅拿取掃帚，並告訴我清潔的範圍。清潔完畢，各人回到自己的床上或是三三兩兩站在床邊聊天。

不一會兒，欣怡大喝一聲：「八點鐘，自修時間！」

大家掃興地從儲物櫃取出書本、紙張、文具，忙著重新打開摺合了的餐桌。我拿出今天派發的數學功課，打開數學書，專心做功課。在我左邊的女孩拿出信紙及彩虹色的墨水筆，大概在寫情書；右邊的女孩在畫漫畫；對面的女孩打開書本趴在桌子上睡覺。

「叮噹」樓上傳來門鈴聲，欣怡走上樓梯到上層開門。

門才剛打開，小慈便大喊：「神父！」

一個老態龍鐘、身穿白袍的老人從樓梯慢慢走下來。

「神父是色狼。」在我左邊的女孩輕聲跟我說。

小慈把自己的椅子向左邊稍微挪動，騰出空間讓神父放下塑膠椅子。

神父一坐下來，便輕輕拍了拍睡著的女生，那女生對神父惡言相向：「別碰我。」便繼續躺在桌子上。

這一小時對於絕大部分女生來說都很難熬，掛鐘指針指向數字「12」，桌上的女生馬上蓋上桌子上的裝飾品，把東西收回自己的儲物櫃，三步拼兩步跑上樓梯，扭開電視機，搶著坐在沙發的正中位置。慢了一步的女生只能坐在塑膠椅子上了。我從中二開始不看電視劇，也沒有興趣跟他們搶。他們的離開讓我沒有了交頭接耳的騷擾更能專注溫習假期後的測驗。

九點到十點的電視時間讓他們感到很不爽，每一套電視劇只能看一半，到了第二天劇情又跟不上了，但對他們來說，這是他們一天下來僅有的娛樂了。十點鐘，跟我們過夜的職員雲迪媽準時關掉電視，把她們像鴨子般一隻一隻趕下樓梯。雲迪媽同時拿著一個透明塑膠盒子，把我們的手機一支一支收起來，避免我們晚上只顧玩手機不睡覺。大家趕忙到洗手間刷牙，五個水槽一下子就擠滿了人。刷牙完畢的女生趁著距離十點半的上床時間還有五分鐘，便倚著對面的床擠在一起聊天。

十點半，雲迪媽關掉了全屋子的燈，把每個人都趕回自己的床上。我躺在床上，聽著對面床竊竊私語，瞄了瞄旁邊安然入睡的小慈，瞟著從窗外透進來的街燈，看著看著，便睡去了。

清晨六點鐘，我已經睡醒了，可是家舍還是靜寂的，我不敢貿然起床，只是躺在床上思考。突然之間，在一個陌生的地方過了一夜，我不知道我在這裏還有多少個晚上，不知道以後要怎樣，不知道現在姐姐怎樣了，只知道爸媽一定恨死我了。想著想著，枕頭開始沾濕。這天剛好是復活節假期開始的第一天，大家都不用上課。女孩起床漱洗後便到廚房拿一包泡麵放進微波爐加熱作為早餐。吃過早餐，我回到自己的床上繼續昨晚的溫習。雲迪媽把床上不願起床的女孩都撵下來，原來早上十點鐘我們便要離開自己的床，免得大家整天躺在床上的。我拿著課本，打開了一張摺疊餐桌，獨自背誦測驗內容。進進出出的女孩難免會對我的行為感到好奇，他們都來跟我搭話，我也禮貌回應他們。

「你在溫習？」

「對。」

「這是甚麼科目？」

「BAFS，就是企業、會計與財務概論。」因為他們的提問，我才第一次完整說出這一科的中文名字。

「你在讀幾年班呢？」

「中四。」

「你不覺得悶嗎？」

「還好。」

她們瞄了一眼我的書本：「你是讀英中的嗎？」

「對。」

「哇，你好厲害！」

「也不是。」

「你可以教我英文嗎？」

「可以。」

雲迪媽看到大家就像看動物園裏的奇珍異獸一樣，久不久就過來跟我搭話，也為我感到煩擾。她向其他的職員提出讓我在二樓空置的會談室溫習，減少別人對我的騷擾。其他職員看到家舍難得進了一個勤奮好學的女孩也想為我締造良好的學習環境。於是一號會談室便成為了我常駐的地方了。

家舍沒有提供午餐，十二點鐘，在上層辦公室上班的社工就會派一人帶我們外出買外賣。鴨子媽媽帶著十多隻小鴨子浩浩蕩蕩出門。女孩走到太安樓各自買了自己的午餐便一起回家舍去了。我們開著電視，邊看電影，邊吃午餐，好不滋味。

我看了看銀包，這個月有十多天假期，爸爸只是給了我六百元作這個月的使費，可是現在每一頓午飯都是錢，難道要用上我辛苦積存的儲備嗎？我輕輕闔上銀包，把它放進書包深處——我聽說這裏有人偷錢。

「莉旖，電話找你。」辦公室的職員從玻璃房喊出來。

是誰會打電話給我呢？我跑上樓梯，接下在沙發旁鈴鈴作響的電話。

「喂，我是劉姑娘。你過得怎樣？」

「還好。」原來是劉姑娘，幸好她還記得我，而不是把我拋下作罷。

「你有日用品嗎？你有錢嗎？」

我沉默了幾秒，支吾以對。

劉姑娘開始破口大罵：「我不是跟你爸爸說了嗎？他現在要把你餓死嗎？他不想要你這個女兒了嗎？我真想馬上來給你送錢。不行，讓我打電話給你爸爸。你自己要小心一點。」劉姑娘草草掛掉電話。

我忍住沒有掉下來的眼淚。我一直以為自己很憎恨劉姑娘，覺得她是萬惡之首，是她把我打進萬劫不復的境地，覺得她罪無可赦。可是，當我剩下一個人獨自面對這陌生的一切時，卻也只有她關心我現在怎樣了，卻也只有她這麼真誠地想幫助我。

翌日，爸爸送來了姐姐替我收拾的背包及五百元。我道謝了一聲，爸爸也離開了，也許我們也不知道要如何面對對方了。是我讓他蒙羞了嗎？是我毀壞了他多年建立的完美家庭嗎？大概他寧願從來沒生過這個女兒，就像他一直想的那樣。

我提著背包，到自己的床上拆開這份包裹。一拉開拉鏈，狸狸的耳朵便突了出來。我馬上把狸狸從背包裏拉出來，把她緊緊揣在懷裏。如果她有生命的話，大概已經窒息了。我親吻她的前額，哭了很久很久，久得我終於捨得把她放在枕頭上，為她蓋上被子。還是姐姐最懂我——有狸狸在，其他日用品都顯得不重要了。

今天下午，一個新的女孩坐在鋼琴凳上默不作聲。我知道，她一定是在這個陌生的環境感到害怕，就像兩天前的我一樣。

「你叫甚麼名字？我叫莉旖。」我站在女孩的前面，友善地跟她搭訕。

「我叫安祖拉。你好。」安祖拉含羞答答地回應。

我把她牽到李媽跟前，拿取兩天前她借給我的用品。安祖拉比我大一年，她就像我的姐姐一樣，我們洗澡、吃早餐都跟對方黏在一起，就像一對形影不離的孿生姐妹。我是她的唯一，她也是我的唯一。她暫時取代了姐姐的位置，成為我這個假期裏重要的收穫。在她身邊，我拾回了快樂的感覺。

然而，我每天都活在未知之數裏，不知道那天起床，我會突然被攆走，就像這裏來了又走的女孩一樣。嘉蔚一直很想跟我詳談將來的計劃，可是我一直躲避她，不然就是緊閉雙唇。是因為劉姑娘的出賣，讓我不能再相信社工了，頂著社工頭銜的都不是好東西。對著社工，我只會跟她們說說笑，可是要認真地交談，向她們敞開心扉，我還是辦不到。跟室友閒聊，似乎大家都知道自己甚麼時候離開，將來要去哪裏，只有我一直膽戰心驚，擔心著隨時要拜別。從其他職員打聽回來，我的住宿期只有兩星期。每天為自己倒數著日子，我的眼淚又簌簌流下了。兩星期過去，我還沒有被攆走。我從別人口中得知，原來這裏最長也只有兩個月的住宿期限，我剛來時的女孩都已經所剩無幾了，現在我已成為家舍裏住得最久的女孩了。在家舍，雖然沒有了父母的壓力，但對未來的不確定性也讓我長期處於精神繃緊的狀態。沒有了家裏的老朋友，我偷偷地從文具店買來了新的朋友跟我一起度過難過的日子。然而，我沒有像以前那麼依賴它帶來的快感，跟「朋友」相見的頻率也逐漸減少。也許，離開了父母，我才真正感受到甚麼是快樂。

一開始入住的時候，我幾乎是所有女孩裏面年紀最小的。在家舍的第二天，一個懷孕七個月的十七歲巴基斯坦籍媽媽莎莉亞吃飯時坐在我對面，我不識事務地問她：「爸爸是誰呢？」

莎莉亞沒有回答，她只是跟旁邊的女孩詠盈開懷大笑。我還以為她沒有聽見，再問了一遍：「爸爸是不是也是巴基斯坦籍呢？」

莎莉亞沒有回答，在旁的詠盈卻發怒道：「別問了，你沒有察覺她不回答你嗎？還要問嗎？」

我閉上嘴巴，整頓飯都一聲不響的。從此，我學會了不要詢問別人的過去。每一個在這裏的人也有她的故事，如果她沒有主動提起，你也不要觸碰別人的痛處了。

詠盈是我進來的時候的大家姐，大家也忌諱她三分，她連同幾個女孩一同杯葛一個有輕度弱智的女孩。我不恥她的行為，所以我跟她也盡量保持距離，只是沉醉於安祖拉和我的世界。

有一天，詠盈突然坐在我床邊，跟我聊天，跟我說她的故事。也許，她覺得我是一個能信賴的人，所以跟我分享她的心事；更有可能是她發現自己的追隨者開始離她而去，所以她要向新勢力靠攏。我只是當她的樹洞，也沒有賣她的帳，繼續我行我素。

過了不久，詠盈也離開了這裏，新來的女孩都是十三、四歲的小女孩。我成了這裏年紀最大的女孩，不知道甚麼時候開始，我當上了大家新的大家姐。也許她們覺得我說話很有趣，也願意幫助大家，所以吃飯的時候，大家都爭著坐在我的身旁、不懂的時候都來向我請教。雖然我很樂於幫助大家，但是我身旁的位置永遠都屬於安祖拉的，大家只是搶著坐在我的另一邊旁。

快樂的日子不能成為永遠，安祖拉也離開了。家舍的女孩又翻了翻，只有我還在。新的一批女孩比較反叛，她們的交談離不開抽煙、吸毒、犯罪等一些我沒有共鳴的話題，我又回到自己專屬的溫習空間獨個兒準備考試。

兩個月的期限快到，嘉蔚急著為我安排去向，而我仍是不願合作的老樣子。跟他們相處了那麼久，我跟每一個職員都混得很熟了，除了嘉蔚。每次看到她總覺得她又在密謀要捉著我面談，因此，我在她面前總顯得格外沉默。嘉蔚總是很為難，但她又不能不為我計劃去向。於是，她聯絡了學校、父母、督察、社署社工（因為涉及刑事案件，所以有一個社署社工跟進我的個案）跟我開一個多方會議，要在會議上決定我的去向。

當劉姑娘第一次跟我提起這個多方會談的時候，我嚇呆了。我從來都不知道要那麼多人共同決定我的去向。6月7號，這是一個多麼讓人畏懼的日子。一踏進六月，我便開始為自己的死期倒數。日子愈來愈接近，每天晚上，我躺在床上更不能入睡。我害怕每次閉上眼睛，6月7號這個日子便接近一天了。

要來的終究要來，從早上開始，我的心臟就像沸騰的鍋蓋一樣亂跳，但我仍是假裝鎮定，繼續上課。直至小息，劉姑娘特意來我班房門口找我，說：「今天下午四點鐘在你家舍開會，你記得吧？」

我點點頭。

劉姑娘繼續說：「我看過你時間表，最後一堂在流動課室上課，放學後你要趕快收拾好書包，我會在你課室門外等你，跟吳老師一起吃午餐，然後出席多方會議，明白嗎？」

我點點頭。劉姑娘便離開了。

多方會議？就是吳老師、劉姑娘、父母、督察及社署社工一起圍攻我。吳老師會在會議上說我沒有尊重她；劉姑娘認為我只需要在家舍待上兩星期作為過渡期；父母要我立刻回家；督察只是要重提我犯錯的那一件事件；社署社工大概跟警察同一陣線吧，只有嘉蔚清楚我有多麼不願意回家，但我緊閉的嘴巴卻又難以讓她為我爭取。不難想像這個會議有多麼災難性。

我幾乎不跟朋友說我的近況了，但這次沒有朋友難成大事。我跟初瑩說出原委及我的逃走計劃。因為最後一課，吳老師會在我班房的樓層上課，且劉姑娘會在我的課室門口等我，所以下課後我必不能回到課室，只能躲到洗手間，請初瑩把我的地理課本放回儲物櫃，再偷運我的書包出來，避過她們的耳目。這是一場膽戰心驚的冒險，如果劉姑娘看出初瑩背上了我的背包，或是讓吳老師看到我鬼鬼祟祟地躲進洗手間，那就會露餡了。

下課鐘聲響起，我立刻把手上的地理課本交給初瑩，並竄進女洗手間，心急如焚地等著初瑩，擔心她被劉姑娘攔截。我在洗手間已經等了五分鐘，初瑩還未現身。我問了問剛進洗手間的女同學：「你有見過初瑩嗎？」

「沒有。」每一個進來的同學都連連說不，我更是忐忑不安。

我搓手跺腳，在洗手間裏踱步，終於看到初瑩背著我的書包及她自己的書包賊眉鼠眼地走進洗手間。我興奮地歡呼了一聲，焦急地問：「你有遇見劉姑娘嗎？」

「沒有。」初瑩脫下我的書包，交到我手上。我背上書包，在洗手間門口探頭探腦，確保劉姑娘及吳老師都沒有看到我逃亡便迅速逃離學校。我和初瑩跑至接近一樓，我停下腳步，讓初瑩作為先頭部隊，視察教員室門口——沒有吳老師的蹤影。她招招手，著我盡快通過。我們倆氣喘吁吁地逃離學校，我的電話便即響起——一個我沒有儲存的電話號碼，一定是劉姑娘來電。我按下拒絕鍵，便把電話藏進校服裙袋了。我跟初瑩在學校附近隨便吃了一頓午飯，便分道揚鑣。

我走到公共圖書館打開我的書本，並把手機拿在手上。除了剛才劉姑娘的兩通來電外，電話就一直沒有響過了。我把手機放在桌子上，每隔兩秒便偷覷我的手機頁面，沒有動靜。究竟是她們放棄了要找我，還是她們覺得時間到了，我便會自動出現呢？我打開經濟科的筆記，可是眼睛瞄著電話比盯著書本的時間還要多，完全不能專注。

好不容易，時間來到三點半，滋滋滋滋，放在桌子上的電話高頻率地撞擊桌面，在圖書館的靜謐環境裏顯得格外煩擾。我托起電話，瞄了一眼來電顯示，還是剛才的電話號碼。我沒有接聽，把電話藏進裙袋，任由它一直震動。震動停止了，我的心跳也恢復正常。過了一分鐘，電話再次震動，仍是劉姑娘。可是這次震動沒過多久便又靜止了。過了五分鐘，電話再次傳來震動，我瞥了瞥手機，是吳老師的電話。這個號碼已經很久沒有出現在我的通訊紀錄了。我嘴角上揚，猶豫了幾秒，還是把電話放回裙袋。十分鐘過後，電話再次震動，是爸爸的來電，我依舊把它插進裙袋。爸爸的電話連續打來了三次，我還是沒有接聽。手機上顯示的時間跳到「16：00」，電話再沒有震動過了。

腦海中的畫面停留在我常駐的會談室，吳老師、劉姑娘、父母、督察、社署社工及嘉蔚輪流發言。

劉姑娘率先開腔：「莉旖只是暫時不能適應巨變，因而跟家人起摩擦，經過兩個月的冷靜期，她應該已經準備好回家了。」

吳老師補充道：「對，學校已經跟進了她的案件，跟她父母溝通後，情況有明顯改善。」

督察插嘴道：「性侵事件也沒有對她造成太大影響，畢竟她當時沒有拒絕，某程度上，她也是自願的。」

社署社工表達她專業的意見：「對，我處理過很多更嚴重的案件，這件事情應該沒有為事主帶來創傷。」

爸爸作為父母的代表開腔：「我的女兒當然要回家裏住了，一家人齊齊整整最重要。」

只有嘉蔚一人持不同意見：「可是她最近表達的意願仍是不願意回家！」

其他人七嘴八舌地說：「她又沒有來，她放棄了為自己爭取的權利。」

「對，這個會議就是要讓她表達意願，既然她不出席，就由我們共同決定她的去向了。」

「她有表達不想回家的原因嗎？有人知道她為甚麼不想回家嗎？」

大家突然止住了發言。

社署社工化解尷尬的靜默：「這樣吧，我們來投票。贊同讓她馬上回家的舉手。」

六隻手同時舉起。

社署社工總結今天的會議：「所以我們大比數通過讓莉旖馬上回家。」

我看了看手錶，四點半，如果現在離開，半小時的車程回去，五點鐘，大概會議已經結束。我踏出地鐵站，五點鐘還未到，如果現在回去，剛好碰見他們結束會議，豈不是更尷尬了？我想起初瑩也住在西灣河，於是在她家待了一會兒。六點鐘，兩個小時，甚麼會議都該結束了吧。我拖慢腳步，眼觀六路，耳聽八方，免得跟他們打個照面。

「叮噹」宿舍的大門打開，我成功達陣。

「莉旖，你的社工剛來了參與會議，現在離開了。」當值的職員阿君遺憾地說。

「是嗎？」我裝作驚訝地說。

嘉蔚看到我回來，從辦公室裏出來準備興師問罪。我馬上跑到下層，躲在洗手間裏跟我的「新朋友」會面。一整個晚上我也回避跟嘉蔚有眼神接觸，免得她怪罪於我。嘉蔚心知我在躲避她，她也不強人難，只等我自己主動找她。

反而阿君來當我們之間的「和事佬」：「我們很擔心你，你去了哪？」

「圖書館。」我慚愧地低下頭。

阿君拍了拍我肩膊說：「也好，最重要的是你沒事。」

雖然我很想知道開會結果，可是我總是不能鼓起勇氣面對嘉蔚。她是唯一一個為我極力爭取的人，但我卻背棄了她，逃離了這個會議。

過了兩天，我忍不住了，我鼓起勇氣，潛行到嘉蔚身旁，輕聲地問：「怎麼了？」

嘉蔚微微咧嘴說：「我們到會談室詳談？」

我點點頭，跟她上了樓梯。嘉蔚取了會談室的鑰匙，打開了房門，讓我進去。

嘉蔚說：「聽說你前兩天去了圖書館。」

「嗯。」

她繼續說：「我們有了決定，讓你入住中短期宿舍。」

我既驚又喜地瞪大眼睛看著嘉蔚：「真的？」

嘉蔚說：「對。社署社工會為你入紙申請，大概一個月後就能讓你入住。」

我連連點頭。

「現在有兩個方案：一、是我們延長你的住宿期，讓你能直接從協青社搬到新的家舍；二、是回家待上一個月，再入住家舍。」

我以為我必然會選第一個方案，然而這個考試季節，讓我有很多時間沉澱。住在這裏我的確感受到十六年來從未感受到的快樂，是打從心底的快樂。我現在才知道我有多麼想脫離自己的原生家庭，我有多麼想擁有自己的人生。然而我是否應該跟著自己的意願選擇呢？

作為父母的女兒，我已經不辭而別近兩個月了，如果直接無縫銜接到新的宿舍，對他們來說就是突然失去了一個女兒。這個月大概是我人生最後待在家的時期，我似乎也應該珍惜跟家人相處最後一段時間。況且宿舍已經給我很大的幫助，再多住一個月也霸占了其他人入住的機會。有時聽見有個案因為宿舍爆滿而沒有轉介進來我也感到很抱歉，也許就是因為我的賴皮，就讓另一個有需要的女孩不能入住，我的需要似乎都比不上這裏的其他人。也許，這就是我該走的時候了。

「快樂與不快樂，應該與不應該。很多人會跟隨前者，你卻選擇後者。」這是我高中中文老師對我的一句總結，看來他把我看得很透徹。

退宿的日子日漸接近，我心中的恐懼也愈來愈大。你曾經走進了烏托邦，現在你又要重返那個無盡的煉獄。除了對於回家的恐懼，學校的煩惱也讓我跟自己的「新朋友」聯絡得甚為頻密。

中五是學生擔任學校要職的年紀，中四的學期尾便是各個團隊揀選領袖的時候了。在中學四年，我以為我很努力地把自己表現得乖巧，是老師心中的好學生。我以為我很努力地盡忠職守就能獲得老師的賞識。原來一張白紙上的一點污點就能把它定義為廢紙。

風紀團隊的慣例是去屆風紀隊長為來年風紀隊長的候選人面試，他們選出了幾個合適的人選，再交給訓導主任作最後決定。一般來說，風紀隊長選取的人選也會成為下屆風紀隊長。面試過後，我的隊長跟我透露別擔心，沒有問題的。我還滿心期待地等待結果出爐。

訓導主任林老師是我班的文學老師，雖然她是我的副班主任，但我沒有修讀文學，所以我算不上是她的學生。風紀面試兩天後，林老師在班主任節時突然著我小息到教員室找她。我在學校也算是個好學生，從未犯事，為甚麼現在突然要見訓導主任了？難道這是因為我在班上怎樣了？難道是瑋琦終於忍不住告發我了？

心虛就像咽喉上的一根魚骨，每一次嚥唾都感到它卡在喉嚨底部，不上不下的。好不容易才挨到小息，我忐忑不安地走下樓梯，在教員室外等候林老師。一樓的電梯門打開，身穿精緻洋裝的鍾老師踩著三寸高的漆皮高跟鞋從電梯走出來，手捧三大疊數學作業本的麥老師緊隨其後，還有兩手空空的蕭老師及身形矮小的陳老師也從電梯出來。當我準備把拉長的目光收回來，專注於教員室旁的樓梯時，林老師捧著文學的書本在電梯關上門前走出來。

我馬上迎上去：「林老師。」

「你在這裏等一會兒，我先放下書本。」說罷便徑自走進教員室。

一定是重大的事情才要安頓好才能跟我會談，等了又等讓我很是焦急。林老師終於從教員室出來了。

她指了指角落，我跟她挪動了幾步，站在收集回條的箱子旁邊的牆隅。林老師交換了重心腳，清了清喉嚨。

「莉旖，我有事要告訴你。」

我看進她的眼睛，把她的心思勾出來。

「我們都知道你是一個很有責任感、很用心的女孩，去屆的風紀隊長也推薦你成為下一屆風紀隊長。」

前戲的讚賞是為後來的失望作鋪墊。

「但是，我和吳老師都覺得你的情緒狀態不太適合擔任這個職位，希望你明白。」

林老師頓了頓，繼續她未完的偉論。

「還有，我覺得你現時應該回家跟你的父母一起住，升上大學才住進宿舍。我的兒子也是考上了大學才住進宿舍的，你也應該這樣。」

我輕輕地點了點頭，便離開了教員室門口。

原來只是因為你被侵犯了，事情困擾著你，你整個人就會被否定，被視作不合適擔任重要職位。

這個污點就在白紙的正中間，你怎能對它視而不見呢？你眼中只看到墨水滲透白紙，不斷擴大，卻對於白紙上的坑紋與纖維交織，與墨水抗衡的努力視若無睹。

當然是吳老師了，她跟吳老師是多年的好朋友，必定是她從中作梗的了。

我嘗試說服自己，她沒有否定你，只是有更合適的人選，你還未夠好，在這所學校裏，比你更有資格的大有人在。不就是個破風紀隊長，學校還有不同的崗位，找個更有意義的吧。

她最後的一句話是甚麼意思呢？她知道我的情況嗎？她知道多少呢？為甚麼她能落下這個結論呢？我不明白她為甚麼突然這樣說了，是以班主任的身份勸喻我回家嗎？還是以訓導老師的身份向我下達命令呢？

暑假是我討厭的季節，那麼長的假期，整天都困在家裏，跟家裏的兩個哥哥困獸鬥。功課老早完成了，每天都百無聊賴的。每一個晚上躺在床上，回想著一整天不曾做過任何事情，只是被媽媽逼著完成家務，浪費人生。

自從中三學期末跟初瑩一起參加了學校社會服務組在唐氏綜合症協會舉辦的活動後，才發現原來暑假可以過得這麼有意義。整個中三暑假，我跟初瑩每天早上九點鐘便按下位於灣仔的協會門鈴，坐在我熟悉的小朋友身旁，跟他們一起上興趣班。協會的興趣班從早上九點鐘開始到傍晚六點，無間斷的課堂、不同年紀的小朋友，從旁指導他們畫出一個圓圈、提示他們非洲鼓敲擊的位置、安撫他們焦躁的情緒、引導他們做出令人讚賞的行為……都讓人心情愉快。他們就像上帝派下來的小天使，很簡單，很快樂。他們在提醒著你，生活原來可以這麼簡單，快樂其實隨手可得。每天跑到灣仔，跟他們的相處、慢慢建立關係，就讓你離開大樓時期待著翌日跟他們的見面。

然而每天打開家裏的大門，媽媽總會絮聒著：「看見弱智很開心嗎？出去做義工就好了，家裏的家務誰做呢？要做義工不如在家裏做，我還會供你三餐呢！」

媽媽還會面容扭曲、手腕不自然地屈曲，就像不能控制肌肉一樣，模仿她心中的唐氏綜合症兒童。不給飯錢就是她的手段，她以為這樣就能把我鎖在這個幽深的鐵柵內，成為她的廉價勞工，出賣自己的人生。每一天把大門和媽媽的碎碎念甩在身後，就是啃咬了一口自己一塊錢、一塊錢地儲下來的積蓄。一整年省下來的半個飯盒錢就在這個時候用得所剩無幾了。雖然如此，但每天見一見天真爛漫的小朋友，就是我困在這個家的唯一出口。有時候，我也搞不清楚，到底是我真心喜歡跟這些小朋友膩在一起，還是我只是想逃離這個奴隸的監獄呢？

暑假結束，可是小朋友的笑臉總是印在我的腦海。於是，從中四開始，就算初瑩不再跟我一起當義工，每個星期六的辯論課後，我都會趕到灣仔，看著他們模仿畫班老師在白板上畫下的小雞。除了到了博建家的那個星期六。

風紀隊長也不是甚麼好東西，總是要聽命於自以為是的林老師之下，我才不稀罕呢！既然我那麼喜歡做義工，不如申請成為社會服務組的幹事吧。我跟初瑩一起申請成為副主席，希望我們一起當上副主席，把我們再次拉近。

現任的幹事進行面試後，會在一兩天內收到電話通知面試結果。面試翌日，下午三點鐘，我在街上游蕩著，享受暑假前最後的自由。電話在我校服裙袋震動，一個9字頭的電話號碼來電。我按下接聽鍵，耳邊響起溫柔的男聲。

「喂，你好。是陳莉旖嗎？」

「對，我是。」

「我是社會服務組的主席，小吳。嗄。我有事想告訴你。」

我心一沉，小吳支吾其詞，大概不是甚麼好事。

「昨天面試過後，我們都認為你有相關的經驗及良好的態度能擔當社會服務組幹事的職位。然而，我們也收到一些消息。嗄……指你的情緒不太穩定，不太合適擔當團體要職。嗄……我們經過慎重考慮，現正通知你在社會服務組的申請落選了，希望你明白。我知道你是一個很有愛心的人，雖然你落選幹事會，但我還希望你能踴躍參與我們舉辦的活動。」

我點點頭，虛應了幾句，匆匆掛了電話。我當然明白了，熟悉的套路，熟悉的語句，背後還是同一個人。小吳是吳老師的兒子，他怎會沒有從自己的母親那裏聽說過我的事呢？不用猜也知道，這次背後還是她在興風作浪。

她的魔爪籠罩整間學校，你一天還在這所學校讀書，你還是無法避開她對你的控制。當你跟她關係好的時候，她把滿溢出來的愛施捨給你，你就像擁有了全世界，把這點小得可憐的愛捧在掌心，謹小慎微地呵護著，只是你沒有意識到她已經完全掌握了你的命運；當你被她的荊棘刺得遍體鱗傷，只想躲避她，讓傷口慢慢癒合時，她才發現你不受她擺佈。也許在學校裏她從未感受過這種前所未有的挑戰，她也不能容忍自己被這小妮子搞得團團轉，所以她總得把你這隻老鼠從甕缸裏抓出來，在所有人面前鞭屍，以保存自己在學校的權威。你只是她建立個人威信下的犧牲品，沒有感情，也沒有血肉。

我不想回到家舍，在那麼多不熟悉的宿友面前硬擠出一個不真心的笑容；更不想當著她們的面，不爭氣地流淚。她們總覺得我的生活很滿足、擁有她們不曾夢見的優越感，我不配有負面情緒，所以我只能在她們面前表現的謙遜、溫文爾雅，才能符合她們眼中我的形象。

我沒有一個屬於自己的避難所，也不能遽然在街上跟我的「新朋友」相見。我漫無目的地在街上游蕩，走進了一家連鎖時裝店，手指頭掃過一排整齊地掛在衣架上的襯衣，最後一件黑色襯衣落下，手指頭凝在半空中。我毫無意識地闖進男裝部的區域，不自覺地走向特價貨架上厚重的冬天羊毛裏襯大衣。我把過大的男裝大衣披在自己身上，雙手抓緊兩邊開胸，讓大衣緊緊靠攏在我身上，就像它把我用力摟在懷裏。雖然店內的冷氣開得很大，把戶外的三十二度熱氣驅散得無形無蹤，但披著這件能抵受零度嚴寒的羊毛大衣，背上還是冒出了小汗珠。我戀戀不捨地放回大衣，離開男裝部。

我走到維多利亞公園，找一張對著足球場的長椅坐下，頭上的火焰樹飄下了一塊枯竭的樹葉，輕輕落在我腳前。我雙眼放空，眼前的小人兒在我眼底左右兩邊跑，他們被眼眸的淚水折射成兩個人。場上到底是八個，還是九個球員？我數不清楚。你跟他們、整個世界就像活在兩個平行時空一樣，他們永遠無法跨過那道鴻溝，感受你心裏的悲哀。

是不是只有退學才能擺脫她的控制？也許我轉校是她一直等待的結果。可是轉校要得到父母的簽名，這卻是一個不可能的任務了。我腦中一直思考著如何擺脫吳老師的操控。想著想著，眼皮上的陽光似乎沒有那麼猛烈了，我揚起左手，瞄了一眼錶面，接近六點，是時候回去了，要趕在六點半前回去才不會惹人懷疑。

晚飯的時候，大家都你一言我一語的，好不熱鬧，只是我頭頂上長了一朵烏雲，沒心情跟他們鬧著玩，只低下頭，機械式地把白飯送進口裏。

完成家務後，我坐在自己的床沿讓任由烏雲強行把雨點落在我面頰。嘉蔚走近我的睡床，我低下頭及時止住了滂沱大雨，在面上擠出一道彩虹，對上了嘉蔚明瞭的雙眸。

「你不舒服嗎？剛才看你吃飯時格外安靜。」

嘉蔚試著裝作她沒有看到我在啜泣。

「我還好。」

我們倆都沉默了。

我先打開尷尬的氣氛：「嘉蔚，你能否代替監護人簽名？」

這兩個月的通告都是嘉蔚或是其他宿舍職員代為簽名的。

嘉蔚想了一想：「一般事務的通告我也可以代簽。」

她似乎猜到我口中的簽名是另有所指。

「那麼轉校的申請呢？」我試探性地提問。

嘉蔚難掩驚訝地說：「當然不可以了，這一定要由你父母決定。」

「怎麼了？你想要轉校嗎？」嘉蔚乘機追問。

「沒有，只是問問而已。」

楚瑩順利當上社會服務組的副主席，跟兩個沒有社會服務經驗的同學一同當上了副主席一職。這個副主席的職位成為了我和初瑩之間的囚犯與探監者中間的玻璃。隔著玻璃，她的話傳不到我的耳朵。她解釋午膳不能跟我吃飯原因時，我只見兩片嘴唇在抖動，我只能從旁人口中得知她跟社會服務組的人開會了。

每個人都攀到更高處，去看這片蔚藍的天空，而我卻在這幅懸崖峭壁底下找不到一個落腳點。我以為至少我和初瑩在社的層面上還站在同一平臺上，一同看著眼前的風景。到中五開學時，我才知道，只有我一人還站在原點。

開學禮上，有一個環節是各社社長於臺上介紹今年的社幹事。我坐在四樓樓座看著臺下黃社社長介紹她今年的團隊——體育隊長，穆初瑩。我才赫然發現，她沒有待在我的身旁，而是站到臺前去了。這是甚麼一回事？初瑩是跑步健將，可是我也是跳高、跳遠選手。我在陸運會裏為社取得的分數絕不比初瑩少了。可是，為甚麼我總是被丟下的一個呢？我沒有很在意在社裏的職位，只是只有我一廂情願地以為我跟初瑩在社裏還是當初的我們。這又是因為那該死的情緒不穩定嗎？所以，我跟初瑩、我跟世界愈走愈遠了？

中四還有最後兩個上課日，我收到了通知，我當上了地理及環保學會的秘書一職。學會裏的幹事會成員除了我以外，全都是盧老師班的學生，他們已經組成了一個自己的圈子，把我擠在外頭。他們的會議大多直接在班上開了，我只是於會後獲通知而已。盧老師是學會的負責老師，也是學校的輔導老師。聽說他跟吳老師的關係不太好，我的個案好像也交了給他負責。我想，也許是這個原因，才破例讓我這個外人插進了他苦心經營的學會了吧。這算是甚麼？這是讓我踩上了多個地雷後的一塊甜點嗎？我才不稀罕盧老師的嗟來之食。

終於來到中四的最後一天，我跟吳老師已經很久沒有聯絡了。她突然找我，說要邀請本年度傑出朋輩輔導員對下屆同學分享感受及經驗。這一屆有這麼多傑出朋輩輔導員，為何找上我了？我就像她手上的風箏，高興時任由風箏在天上自由自在地翱翔；失意時捲起風箏線轆，讓我從高處直摔下來，把我摔得體無完膚。經過多次重創，我也變得小心謹慎，沒有立刻答應她。我問了問焯言的意見，得悉他也會出席這個聚會。有焯言在，我便且看她甚麼葫蘆賣甚麼藥。

放學後，我跟焯言結伴到五樓的地理室，候任朋輩輔導員已經各就各位了，我和焯言及幾個應屆輔導員坐在最後列。

吳老師說了幾句開場白：「先感謝大家出席這次聚會。在座各位都是準朋輩輔導員……」

以往聽吳老師的說話，我必定聚精會神，把她所說的話一字不漏地錄進腦海，閒時在腦中一次又一次重播，回味她的聲線、回味她的溫柔。然而，現在的我卻偏要在她說話是跟焯言鬧著玩。

焯言是一個尊師重道的模範學生，他虛應了我兩句後，便把我甩在後頭。再跟他喋喋不休只會自討沒趣，我只好在桌子下獨自玩手指，表達對吳老師的不滿。

「現在有請去年表現出色的朋輩輔導員為我們分享。」

焯言一馬當先走在黑板前，說了幾句話。其他同屆朋輩輔導員也逐一發表偉論。我猶豫了一會，我沒有甚麼話要跟他們說的，又不想成為引人注目的一個。最後，我還是出去敷衍了幾句話。

當我以為這場聚會就此結束，我和吳老師之間可以慢慢放下仇恨時，吳老師就上演她預備好的劇本。

「感謝各位分享，這一年作為輔導老師我也有深刻的感受，也想跟大家分享一下。各位準朋輩輔導員，不要跟你的服務對象建立過於深厚的感情。當然，不是說你不能跟他們做朋友，而是要小心別投放過多的情感，不然當你泥足深陷時，事情便會變得難以控制。」

大家都似懂非懂地聽著吳老師的言辭，只有我知道，她這段話是衝著我而來的。她是要告訴我，她後悔投放過多的情感於我身上，所以現在才製造了我這個大麻煩。是嗎？她真的投放了很多情感嗎？那為甚麼她能馬上抽身，跟我撇清關係？更忍心把我關進密封的黑箱子裏，丟進海洋，讓我慢慢沉沒到海床？她現在反而裝作自己是受害者，是要大家同情嗎？還是要大家的掌聲，感謝她的偉大？我和她的僵持關係沒有在中四的最後一個上學日得到改善，沒有在中學時期緩解，也沒有在我畢業後的任何時間點解決。

暑假開始，標誌著我在烏托邦的度假正式結束。我坐在床沿，把我這兩個月的東西塞進我進來時的兩個背包裏，旁邊還放著兩大袋物品。我把狸狸留到最後，讓她享受在家舍的最後時光。我把睡衣折好，放進背包，輕輕抱起狸狸，讓她走進我的書包。一切收拾妥當，只等媽媽來宿舍簽下離舍文件，這場春秋大夢便告一段落了。

十

浮現

我雙手均挽著一袋沉甸甸的塑膠袋子、右手腋下夾著李媽送給我的離舍禮物——一隻半身高的米妮公仔，默默跟隨媽媽離開家舍。

「我幫你拿吧。」媽媽的右手伸向我左手上的膠袋。

我本能地把左手靠向自己，避開了她的右手。

「不用了。」

走了兩步，媽媽見我艱難地蹣跚前行，她一手搶過了我左手上的膠袋：「給我。」

我也清楚，我無法提著手上的物品順利走回家，我放開左手，任由她奪過我左手握著的膠袋。

又回到這個悶熱的人間錬獄。還在暑假回來更是雪上加霜。每一天起床，我就開始倒數著今天還有多少個小時才結束；睡前，我躺在床上倒數還有多少天就能離開這個所謂的家。

值得慶幸的是，自從博建事件後，哥哥再沒有親我的臉頰或是打我的屁股，因為他們清楚知道那是犯罪，那是非禮。天曉得這個瘋狂的細妹會幹出甚麼樣的事情，他們可不想像博建一樣被送上法庭。但是偶爾出來的性欲就像打開大門突然走失的小狗，管也管不住。大哥哥還是會走丟了小狗，忽然打開大門，探進熱氣蒸騰的浴室。

在這個百無聊賴的日子，姐姐不在家，其他人也出去了，家裏只剩下我和大哥哥。大哥哥坐在我房間的電腦前打遊戲，我坐在床沿看翻譯小說《別相信任何人》，看著看著，便睏了。我隨手拿起一張廢紙，卡在書本中間，把書放在一旁，便橫向仰臥床上，雙腳還踏在地板上。眼睛慢慢闔上，便進入夢鄉了。朦朧間，我的肩膀被按住了，我驚恐地張開雙眼，大哥哥就在我身上，襯衣的領口被扯到肩膀。我還沒反應過來，大哥哥便鬆開了壓在我身上的手，返回電腦前繼續打遊戲，就像剛才甚麼也沒有發生。我整理好肩膀的衣領，瞄了一眼專心打遊戲的大哥哥，便拿了書本離開房間。

我坐在客廳的椅子上，雙手扶著肩膀剛剛被壓著的位置，還未清楚剛才發生了甚麼事，心臟仍是噗噗地跳。我打開書本，眼睛掃過文字，可是腦海裏還是剛才大哥哥壓在我身體上的畫面。他剛剛是在幹甚麼呢？他要幹甚麼呢？我是在發夢嗎？眼睛來來去去還是第三行的文字，看了又看，還是沒有看明白。後來，我就懂了。只是他走失了他的小狗而已。

我如常坐在床上看書，媽媽突然走到我床邊，坐了下來。我瞟了她一眼，自顧自繼續看小說。媽媽哽咽地說：「為甚麼我生了這樣的女兒？」

她開始泣不成聲。

「我前生做錯了甚麼讓我生了這樣不孝的女兒？」

「你是來討債的，是不是？」

我睨了她一眼，便低下頭繼續看書。她預期我會給她怎樣的回應呢？跟她一起抱頭大哭然後道歉嗎？我做不到，我也不願意做，只是面無表情地看書。

媽媽哭了一會兒，看我完全沒有反應，只好幽幽地走開。我闔上書本，回想剛才的情境，冷笑了一聲。我怎麼了？我做錯甚麼了？我十六年來一直努力地活在你們的期望下，卻因為生命開了一個小岔而被你們步步進逼，推向懸崖。現在我掉進深淵，你卻坐在懸崖邊貓哭老鼠。是我讓你的生命變得難過，還是你令我活得生不如死呢？

我沒能當上社會服務組的幹事，我心裏很不甘心。為甚麼我那麼努力，一心希望可以在學校推廣社區服務，希望讓更多人瞭解弱勢社群，而不是像我媽媽那樣，對他們只有刻板的印象，覺得他們跟怪物一樣，在街上遇上便躲得老遠。這種不甘心甚至讓我不想再到唐氏綜合症協會了，反正世人不會欣賞你的努力，根本不會在乎你有多用心參與社區服務。我身處在協會中心，更是時刻提醒自己，我甚麼都不是，為何我還要那麼努力換取難受呢？然而，他們天真無邪的笑臉讓我知道，在這世界上，我也可以找到快樂。他們的快樂就是我的快樂。

也許是因為我的反叛，爸媽也不敢如我還未離家出走之前一樣，把我強行囚禁在家裏，只是沿用斷糧餉的手段逼使我留在家。烈性子的我當然沒有那麼容易就被他們幽禁了，我勒緊褲頭也要逃出這所深邃的牢房。

可是，在前往灣仔的那程巴士上，我還是無法接受自己不能成為社會服務組幹事的事實，控制不了簌簌落下的眼淚。我坐在靠窗的位置，假裝在看窗外的風景，偷偷抹拭滿佈淚痕的臉蛋。有時候，我抽鼻兒的聲浪引起了旁邊陌生人的注意，他們會不安地挪動身體。當車上有其他乘客下車，騰出座位，他們就像突然發現自己旁邊坐著一頭怪物似的，趁機遷離我方圓五米之外。我這才赫然察覺到，自己為大家帶來困擾了。他們不是社工，沒有義務去緩和你的情緒，他們只是恰巧坐在你身旁而已，他們也想享受一程安靜的旅程。你以為只有在不認識的人面前才能釋放憋住以久的情緒，其實你只是為身邊的人帶來麻煩，就算只是在一程巴士上坐在你身旁的陌生人。你學會了深深地坑葬自己的情緒，因為你知道，沒有人有義務去接收你釋放的負面情緒。

我永遠不知道吳老師甚麼時候玩膩了風箏，拋下線軸，任由風箏自由飛翔。她把臺灣義工交流團的報名表格交給我，提名我報名參加。這又是一個陷阱嗎？可是就算它是一個陷阱，我還是會踩進去。我不知道到底是我心底對吳老師還有一絲的寄望，還是我不甘中學參加交流團的機會從此被剝奪。毫無疑問，爸媽當然極力反對我參加如此「危險」的活動了，可是吳老師總有方法說服他們。這個計劃雖然得到政府資助，參加者仍要交五百元的團費。

「你有錢就去。」媽媽得意地對我說。

還是一貫的手段。這是兩年來，半盒飯盒省下來的血汗錢，很不捨得，但我非去不可。

我在學校梯間遇上吳老師，她突然對我說：「你的父母終於同意讓你參加交流團了吧？」

「對，自己交團費就可以了。」

吳老師皺皺眉頭：「這怎麼可以？你那來這麼多錢？」

我悼念著錢包裏的儲蓄，默不作聲。

「不行，讓我打電話給你父母，跟他們說說。」

我點點頭，匆匆走過，趕上下一堂課。

吳老師總有辦法把我父母收服得妥妥貼貼，前提是，在她願意幫忙的情況下。我才回家，媽媽便打開錢包，拿出一張五百元的紙幣，交到我手上。

一個月的服役終於完結，這是我離家自立的大日子。我心裏暗暗盤算：五點鐘入住，四點鐘踏出家門，兩點鐘開始收拾應該還有足夠的時間。一會兒要收拾牙刷、毛巾、校服……腦子擠滿一大堆物品，靜候一會兒爸媽午睡時，偷偷放進背包。

我打開《笑傲江湖》，作為掩護，眼睛忙碌地偷瞥時鐘同時觀察爸媽何時走進房間午睡。爸爸看我一副滿不在乎的樣子，忍不住破口大罵：「你不是要走了嗎？還不開始收拾行裝？」

我多麼想開始收拾行裝，腦子兩天前已經訂立了一會兒收拾行裝的計劃。我只是不想在你們面前晃來晃去，把家裏的東西一件一件地放進背包，就像你的女兒一點一點地在你們面前消失似的，所以才忍住了收拾行裝的衝動，冒著時間不夠的風險也要等你們都走進房間午睡才開始收拾而已，現在你們反而怪我了？不要緊，十六年來，你們都不曾瞭解我，也不差這次吧。

來到新的地方，再一次經歷當新人。只是，這一次沒有上次那麼幸運。新的宿舍是中短期宿舍，住宿期一般為六個月到兩年，不少人已經在這裏待了一年上下。他們建立了自己的規矩、他們有各自的勢力，我還是一貫的我行我素。我維持平日到唐氏綜合症協會的習慣；晚上及假日就走進宿舍內的自修室溫習。

中四的班主任三不五時就大聲喝罵我們的學習態度根本不是一個高中生應有的水平，她在暑假開始前千叮萬囑我們要善用暑假複習這學年所學的知識，不然下一學年開始，就像一幢地基沒有建好的危樓一樣，隨時倒塌。我的同班同學都在考試結束後馬上開動摩打，操練過往公開試的試卷了。我也不甘後人，回到宿舍便躲在自修室裏跟大家較勁。

然而，宿舍的自修室除了平日上學日前的晚上，大家趕忙完成一小時的強制自修外，便長期處於荒廢的狀態。我剛入宿時正值暑假，自修室更是門可羅雀。我每天闖進自修室的舉動引來宿舍裏惡勢力的不滿。他們認為我與眾不同的行為只是為了博取宿舍職員的好感才別有用心地躲在自修室裏一整個暑假。此外，一些本來在這裏表現較佳、得到社工委以重任的女孩也感到自己的地位受威脅。自此，我就是他們欺凌的對象了。

當我們吃過早餐，我正清洗自己的餐具時，阿寶丟下她的飯碗：「幫我洗碗。」便頭也不回地離開廚房。雖然我很不願意，但我新來乍到，不想到處樹敵才拿起她的飯碗，擦上洗潔精。可是弱者的形象只會一直強化，欺凌的情況只有每況愈下。阿寶每次都把自己的飯碗丟在我面前，讓我幫她善後。我凝視著眼前油跡斑斑飯碗猶豫不決：我又不是她的傭人，何需替她做牛做馬呢？然而，多洗一個碗也只是舉手之勞，又能息事寧人，何樂而不為呢——這只是我游說自己屈服的爛藉口。可是反抗總需要勇氣，尤其是你慢慢接受不公平的事實，你便愈是失去反抗的勇氣。當你衝破了心理關口，才發現其實反抗沒有你想像中困難。阿寶依舊在我面前丟下飯碗，可是，這一次，我沒有拿起它，任由它留在水槽裏，裝滿了清水，拂袖而去。阿寶回到廚房，站在水槽前，看到自己的飯碗被遺留在裏面，從此我便樹立了一班敵人。

把你洗到一半的衣服從洗衣機裏取出、把鞋子扔到你床上、挑剔你做的家務……我也可以承受，可是無形的欺凌卻是漂浮在空氣中的慢性毒藥，它像是不存在，但它又確實存在，並一點一滴地消磨你。我們是同桌吃飯的，當你嘗試跟他們打開話匣子時，他們無視你的存在，更經常說一些只有她們才知道的梗，讓你覺得你不能融入。她們甚至發展出一套語言溝通，把所有的字詞改為相同的聲母來溝通。縱然你很快就能聽懂她們的對話，但她們的這種姿態還是讓你感到被隔絕，意識到自己被孤立。我清楚自己來這裏不是為了交朋友，但也沒有預想到這種難堪。經歷過入住協青社的順利，便沒有預期會在這裏遇上人際間的麻煩。這種日夜不停的煩擾甚至讓我懷疑自己是否該到這裏來。為何離開了家還比以前更不開心了？我從協青社回家也能挨上一個月，待在這裏將就將就，日子總會過去的。

幸好，這樣的情況只維持了兩三個月，幫派隨著核心成員的離開而瓦解，欺凌行為也慢慢不存在了，我的生活才安穩下來。

九月一日，是開學的日子。529號巴士是住在筲箕灣至北角一帶學生的校巴。我遲疑地走向巴士總站，找了一會529的巴士站牌，再三確認沒有錯上巴士，便登上七點五十分從總站開出的這一輛校巴，在上層靠近樓梯、設有下車按鈴的座位坐下。巴士各站停靠，從樓梯上來的每一張熟悉面孔瞪著我，露出奇異的目光。我頓時把我好奇的視線收回來，把頭轉向街道，盯著一個個準備上車的黑頭頂。

「你現在住哪裏了？」下車時，同班同學寅瀚趨上前搭訕。

我假裝沒有聽見，加快腳下步伐，把他甩在後頭，徑自回到課室，坐在自己的座位上，把頭上的一層神秘面紗蓋過面龐。

放學的時候，為避過乘車的人潮，我經常在學校多留一會兒。當我放心一個人在巴士站等候時，同是住在筲箕灣的盧老師慢慢從學校步出。他站在我身旁，等候同一班回家的529。

「盧老師。」我點點頭，禮貌性地打招呼。

「你近來好嗎？」盧老師試探式的問候。

「還好。」我低調地回應。

529從山下費勁地拖著笨重的身軀，載著車上幾個過重的中學生，狂嘷不止，彷彿隨時拋錨的樣子。它吃力地拐過彎兒，出現在我們面前，為我解困。我從書包拿出錢包，挪動腳步，準備上車。

我的答案似乎還未滿足現時負責我個案的盧老師。

「你現在住哪？」盧老師跟著我上了上層，在我身旁坐下。

「筲箕灣——」我頓了一頓，把聲線壓低：「宿舍。」

盧老師很滿意我的答案能讓他繼續他的話題。

「在那裏過得怎樣？」

我知道「還不錯」這個答案不能符合輔導老師眼中問題少女的形象。他要聽的是我生活艱難，但又不是需要他跟進的麻煩。

我輕描淡寫地跟他講解了宿舍欺凌的情況，強調自己有能力處理，以防他跟吳老師一樣，褫奪我僅有的地理及環保學會幹事一職。

盧老師理解地點點頭，他又跟我分享了以前一個住宿舍的學生。顯然盧老師沒有跟那個學生很熟稔，我們的話題也不怎麼深入，但他的說話讓我稍微寬心一點，至少，他跟林老師不一樣。

這天放學，我收到了一通沒有來電顯示的電話，我遲疑了一下，按下接聽的按鍵。

「喂。」電話擴音器傳出久違了的聲音。

我手臂僵硬，喉嚨無法發出聲音。

「我是博建，你近來好嗎？」

「不好。」我強忍著在眼眶打轉的淚水，衝口而出。

「你怎麼了？」博建以他那帶點驚訝及半分溫柔的聲線說。

我忍著心裏的怒火，沒有耐性地說：「沒事，你打電話來有何貴幹？」

「我想你了。我們很久沒見了，想知道你最近如何了。」

我翻了翻白眼，等待他說重點。

「我判刑了，你知道嗎？」

「不知道。」我慶幸自己沒有按下結束通話的按鍵。

「不用擔心，我承認了所有罪行，加上我義工導師、中學老師、大學老師的求情信，沒有判得很重。」他像是安慰我的口吻。

「我被判了一百二十小時社會服務及定期見感化官。我今天才見過感化官。只要表現得很歉疚、很有誠意改過就能過關。我們約在早上十點鐘見面，見面後我還能施施然吃一個大家樂早餐呢。」博建眉飛色舞地說。

「恭喜你。」我按下結束通話，把電話重重地摔進裙袋。

所以對他來說就是這樣了？這就是他應得的懲罰了？為甚麼我受到的懲罰遠遠超過他所承受的呢？

也許法官看過那段我在窘迫笑容下的錄影，便很同情博建只是跟他真心相愛的女孩親密互動，女孩卻因被父母發現而反過來控告博建。他心裏一定覺得博建很偉大：如果他不認罪，這案件大多判處無罪釋放，但他卻以認罪來保護女孩不用上庭作證。既然博建認罪了，又不能判處無罪，法官只能在他職權內判處最輕的刑罰了。

半夜醒來，額頭上全是豆大的小水珠、心臟暴跳如雷，連呼吸都沉重得快要撐破胸骨——還是那個博建壓在我身上的夢。我在夢中嘗試推開他、錘打他，卻沒有改變在現實中我沒有反抗的事實。那通電話後，同樣的夢幾乎出現在每一個閉上眼的晚上。大概是我的潛意識把記憶滲進夢境，讓記憶跟夢境混和，讓我無法分辨現實與夢境。也許，一切所謂的經歷都是虛假的，全都是我憑空捏造的；也許，只有不去承認自己的經歷，心裏才感到舒坦一點。

雖然筲箕灣與太古只有兩個地鐵站的距離，但我還是不敢走在太古的街頭。有一回，我罕有地從北角沿著英皇道走向筲箕灣。踏進太古的範圍，我便全神貫注，盯著眼前出現的每一張臉。從遠處瞥見身材瘦削、寬闊肩膀的身影，我就以為我遇見博建，嚇得馬上低下頭，以手上的書本遮掩自己的臉，等到那個身影走近，我再瞄他一眼，才舒一口氣，把書本放下。我已經忘記了前往博建家的道路，可是當我走到英皇道與基利路的交界，心頭仍會一震。我曾經站在那個十字路口上，疑惑著為何行程突然由看電影變成了前往博建家時，腳掌卻等不及腦子的結論便拐了一個彎，踏上基利路。如果我當時能察覺到事情沒有我想的那麼簡單，沒有跟上博建的步伐，轉上基利路，現在會否不一樣了？

自從入住新的宿舍，生活、情緒開始穩定以來，我再沒有見過劉姑娘了，大概她也明白一直糾纏也不會有好結果，她知道我現在過得不錯就足夠了。中五學期末，我突然收到劉姑娘傳召的字條。我仍是一言不發地坐在社工室的小沙發上。

「我知道你仍是很討厭我，你還是不願意跟我分享你的想法、你的生活，但我還是希望在我離開學校前見你一面。下一學年，我被調派到另一間學校工作，這是機構的運作模式——社工不會一直待在同一間學校，過幾個年頭就會調動一次。你不用擔心，你的個案將會由接替我工作的黃姑娘繼續跟進。或許是我讓你關上了通往你心房的那道門，希望新的社工能讓你敞開心扉、放心跟她溝通。」

我們倆也沒有再出聲，大家都在等待對方：劉姑娘在等待我的回應；我也在等待她的結束。

終於，由劉姑娘打破這漫長的沉默：「這一次可能是我們最後一次見面了，雖然你還是不願意跟我作出深入的交流，我還是希望能祝福你，為你祈禱。讓我們以禱告的方式來結束我們最後的會面吧。」

劉姑娘低下頭、緊閉雙眼、雙手合十：「親愛的天父，這次是我和莉旖最後一次會面。莉旖在過去一兩年面對了很多不如意的事情，她已經努力走過很多崎嶇的路，現在住在宿舍裏總算讓她有一個喘息的空間，讓她安穩地繼續她的學習。來年我將不能在這所學校繼續陪伴她，希望祢能保守她能有穩定的情緒繼續她的學業，也希望新的社工……」

我聽著她的禱告，心裏便不好受——難道她不知道她是罪魁禍首嗎？難道她不知道一切都是因她而起嗎？如果她沒有多管閒事，我要經歷這一切嗎？現在她是貓哭老鼠嗎？她以為自己嘴上說很在乎我、很關心我就等於她實際上很在乎我嗎？然而，我是否誤會了她？其實她不用大費周章把我轉介進宿舍、也不用安排這次會面說一些違心的說話來博取我的信任。不是的，我沒有誤會她，她就是萬惡之源。

我忍受不了她的假仁假義，右手抓緊裙袋裏的鎅刀，奪門而出，把自己鎖在廁格裏，拉起白色的校服裙，推出纖薄的刀片，狠狠地把剛才的怒氣發洩在大腿上。

「莉旖，你在洗手間嗎？」劉姑娘焦急地在洗手間門外叫喊。

我馬上把鎅刀藏在裙袋裏，從廁格出來，站在水槽前洗手。

「你嚇壞我了！你在我祈禱中途突然走了，我還以為你有甚麼事，原來只是上洗手間而已。」劉姑娘鬆了一口氣。

我虛應了一句，便側身，以左邊身體正對著她，從她右側走過，回到社工室，側身坐在小沙發上，劉姑娘也坐下來了。她沒有繼續她的禱告，可能她以為是她的禱告過於冗長，才害我半途出走。她對於我們之間的僵局已經沒有任何的期望，便草草收結，放我離開。我立刻抓起我的背包，側身離開社工室。看來她沒有留意到我由大腿一直流到右邊襪子上血跡，我趕緊走進洗手間洗去血痕。

畢業前，我見過一次那個新來的社工一次，是林姑娘，還是黃姑娘？我也記不清楚。我們的交談就像國家元首會面般客套。

「最近好嗎？」

「挺好。」

「學習情況如何？」

「不錯。」

「有遇上甚麼問題嗎？」

「沒有。」

「你有甚麼問題可以隨時找我喔！」

「好的。」

在新的家舍住了幾個月，熟習了家舍的運作，還是不習慣她們刻板的規矩。以前住在協青社時，主要講求互信——那時候他們知道我喜歡到自修室溫習、課後又有辯論訓練、田徑隊或上小提琴班，只要我在六點半吃晚飯前回到家舍就可以了。可是新的家舍規定在放學時間一小時內要回到家舍，一分鐘的遲到也算是遲到；遲到便要接受相應的懲罰——扣減一周的外出時間。雖然入住兩年來，我從來沒有使用過這些外出時間，可是我不喜歡遲到。我只好把遲到括免申請書隨身攜帶，當練習或補課結束後，把申請書交給負責老師簽名作實。

補課結束，大家都忙於收拾書包，我也忙於把數學書收進書包、放回抽屜，眼睛卻落在忙於回答同學問題的數學老師身上。剛才上的課有那麼難懂嗎？為甚麼他們的問題總是問不完的呢？終於等到大家都返回自己的座位收拾書包，遺下老師一人在教師桌收拾課本。我把握機會，捏著申請書及原子筆，小步跑到教師桌旁，放下遲到申請書。歐陽老師瞪大眼睛，仔細閱讀申請書，並偷偷瞥了我一眼。我心裏祈求他別向我發問，不然我不知道要如何說起，更何況我不想向任何人解釋我的情況。幸好，沒有字句從歐陽老師嘴裏溜出來，但他還是猶豫了一會才在「簽名」一欄簽下自己的名字。是他不相信我？還是他害怕要負上甚麼責任？

成年人都是明白事理的，雖然我不知道他們在我背後打聽了些甚麼，但後來大家似乎都習慣了簽這張申請書，我遞上這張紙時也沒有初時的突兀了。

縱使我隨身攜帶這張護身符，但也免不了我在宿舍唯一一次的遲到記錄。中五開始，我深知自己的英文差強人意，大抵會因為英文不及格而進不了大學，因此開始在大型補習社補習。補習老師上課總是長氣過人，課後卻又日理萬機，每次下課後找他簽遲到申請總得等上半天。然而，這些阻撓也不足成為我遲到的原因——宿舍不近人情的規矩才令人痛恨。

不管甚麼原因，只要在晚上十一點後進門就當作遲到；半夜十二點後踏進宿舍就是深宵遲到，深宵遲到是違反犯嚴重舍規，犯了兩次嚴重舍規便會被終止住宿。可是，在文憑試前的最後一堂課，補習老師滔滔不絕地把考試要訣硬生生地塞進我們的腦袋。我看著手錶——十點十五分，現在還不走就必然遲到了。我內心一輪交戰：文憑試重要，還是毫無瑕疵的宿舍紀錄重要？

十點二十分，現在走，狂奔回去，還能趕上十一點鐘踏進宿舍大門。可是，辛老師現在才開始新的課題。我脫下手錶，專心致志把他說過的每一句話抄寫下來，要讓這次遲到遲得有價值。

「各位同學再見，祝你們考試順利。」我再次戴上手錶——十一點十分。我把小桌上的書本、文具丟進書包，拉上拉鏈，背上書包，把遲到申請書及原子筆捏在手中，在門口焦急地等候辛老師出來。最後一課，大家都把握最後的機會發問。我站在一個穿著白色校裙的女生後面——她似乎有十萬個問題，就像一個沉睡千年的睡火山突然爆發一樣。女生終於發問完畢，我匆匆讓辛老師簽名後，便把紙張扔進書包。十一點二十分，我避過排隊等候電梯的長龍，雙腳像跨欄訓練一樣，收緊小腿的肌肉，踏在梯級便馬上彈跳起來，頻率急速而節奏鮮明地把一個個同學甩在後頭。終於抵達平地，但繃緊的小腿肌肉沒有放鬆，而是全速前進。接近十二點的彌敦道沒有了日間熙來攘往的行人，筆直的道路更適合作短途衝刺。然而，旺角道的行人過路燈顯然沒有參與這場賽跑比賽，只是悠閒地數著拍子。

「噠噠噠噠」賽跑比賽繼續進行，我腳下半點也不敢放慢。「A1」的地鐵燈箱出現在我面前，終點在望了。我純熟地拉開背包拉鏈，抽出錢包，在閘機刷一下。電梯是我的助跑器，這條穿越兩層的電梯底部終於露出黃竭色的月臺地板，可是列車的透明閘門也正在關上。透明閘門催逼出肌肉的潛力，然而列車的閘門還是在你面前不近人情地合上。

我看了看頭上的電子廣告板，右下角出現「8分鐘」的字眼。我把一直握著的錢包放回書包，站在閘門前焦灼地跺腳。終於登上開往柴灣的列車，我走到第三卡列車的第二道閘門前，計算著到站時間——十一點五十六分，我有四分鐘時間跑回家舍。列車準時到站，我的雙腿也得到足夠的休息，開始最後一輪賽跑。

「叮噹。」家舍職員瞥了瞥時鐘：11：58，皺皺眉頭，按下開門按鈕。

「為何這麼遲？」職員難以置信地看著我，在我完美無瑕的紀錄上寫下遲到。

「補習。」我遞上辛老師簽下的遲到申請書。

「你知道你差點就深宵遲到了嗎？」

我點點頭。不然我拼了命跑回來幹嗎？

「你吃飯了沒？」

我搖搖頭，我以為我要聽到她連珠爆發的教訓，沒想到竟然是一句窩心的問候，眼睛頓時紅了一圈。

也許是因為在學校被吳老師連番打壓，我很想掙脫吳老師的擺佈，只能在學校以外的地方獲得別人認同。我報名參選香港青年大使，先被三位評審一輪質問，沒想到我會收到第二輪面試的電話。

我穿上套裝，預早到達會場，把面試通知書及身份證遞給接待處人員，他在面試名單上找出我的名字，在旁邊打了一個勾。我瞄了一眼那張名單，大概有四五頁，上面寫滿了密密麻麻的人名。我倒抽了一口涼氣，第一輪面試已經篩選過了，還有過百名競爭者跟我一起面試，看來這次參選只是多承受一次挫敗感而已。我取回文件、接過印有我名字的貼紙，黏在自己胸前，坐在椅背貼著「D5」的椅子上。

在我的座位前坐了兩排等候面試的人，他們的樣子成熟，看似大學生，只有一兩個跟我年紀相若。不一會兒，一個穿著綠色馬球衣、上面印有「青年大使」的職員從遠處走來，把第一排的候試生帶到走廊盡頭的房間。過了大約三十分鐘，前面一排又被帶離等候區。一場三十分鐘的面試，是要查家宅嗎？我擦了擦掌心的汗水，調節呼吸，嘗試讓自己放鬆一點，可是我的心臟還是卜卜亂跳。不要緊張、不要緊張，反正也不會成功，就以平常心對待吧。雖然我如此游說自己，可是我心底裏還是希望透過他們的肯定來重建自己粉碎了的自信。綠色的馬球衣晃到我們面前，一排六人跟著他走進房間。

房間正中坐著五位評審，他們年紀五十上下，桌子上各自放了一個名牌——名字底下印著一個個我看不懂的名銜，大概是一些很有分量的社會賢達。中間的男人先開口：「請根據自己的號碼就坐。」

候選人一個個面向評審坐下，把袋子挪到椅子旁。三十分鐘內，五花八門的社會時事問題；龍爭虎鬥地搶著發言；兩文三語的對答。面試環節結束，我把最後一絲希望打包，挫敗感是一排灰色的海浪，把我整個人淹沒在絕望深處。我知道我從來都比不上別人，外語相形見絀、時事只能拾人牙慧，更沒有其他人搶著發言的主動性，再多的希望只會讓自己跌下來傷得體無完膚，只要相信自己沒有才能便不會被現實的落差打垮。我沒有把這次面試告訴任何人，只把相關的文件塞進抽屜底部，把它埋葬在雜物下，保留自己最後的自尊。

一星期後，我收到一封來自香港青年大使的電郵，說我入選了。我反覆閱讀這封電郵，一字不漏地讀了三遍，才真正相信自己入選了青年大使。我馬上把這個消息告訴我的宿舍社工鄧姨姨，跟她分享我的喜悅。她表現得毫不驚訝，就像她一早就知道結果似的。也許在她心中，我是宿舍裏的模範生，當上青年大使是理所當然的事；但對我來說，卻是幾經艱辛後得來不易的果實。我列印了參加表格，填妥個人資料，翻開最後一頁，底下卻寫著「家長簽署」四個大字。

我難為情地走到鄧姨姨面前，讓她代為簽名。

「你知道規矩的，我不能為你簽這份文件。你必須得到父母的同意，由他們來簽署。」

我回到房間，拿起電話，找到那個在通訊錄底部的電話號碼，猶豫了許久，終究撥下這通電話。

「不行。」爸爸直截了當地回應。

「我求你，我真的很想參加。」

我是一個烈性子的孩子，想要的就想辦法自己爭取，從來沒有哀求過父母為我做些甚麼，這是我人生中唯一一次乞求爸爸。

爸爸放軟了態度，搬出了一大堆理由：中五要專注學業、外間機構舉辦的活動不三不四的、我已經參加了太多課外活動……最後，還是同一個結論。

「好的，再見。」

我按下結束通話，在房間裏嚎哭，哭得頭昏腦脹、眼前的景象被黑色蠶食，到後來眼裏只剩下漆黑一片。我驀地停止哭泣，眼前的景象也慢慢回來了，所有的情感被剛才驟然而至的黑暗捲走。我平靜地從書包暗格取出剁刀，走進廁所，掀起短褲褲管，機械性地在大腿上來來回回地割，就像工廠女工在縫紉機上為衣服縫上一行行紅色的線。

「咔嚓。」806室的房門被打開，我才赫然停止縫紉，卻發現兩邊大腿的血沿著大腿外側一直流到浴室的瓷磚地板上。我慌忙地把剁刀藏在褲袋裏，用廁紙堵著傷口，再沾一點水，把地上的血跡擦乾淨。我看進鏡子，確認自己看起來還是平日的那個莉旖，便離開了廁所，跟剛回到房間的宿友打招呼。

我隨手拿起床上的參加表格，毫不猶豫地把它撕成碎片，放進垃圾箱，就像街上接過的宣傳單張一樣，不帶半點情感。

雖然在這裏生活沒有了家的束縛，但還未成年的我仍處處受到父母的掣肘。我知道，只有我踏進十八歲、考上大學、離開家舍，才能徹底擺脫父母的枷鎖、從宿舍一成不變的規矩中抽身，享受真正的自由，感受解脫的滋味。

爸爸最近堅持要搬到上水，說甚麼方便二哥哥上大學；媽媽卻說大家的生活圈子全在港島，怎樣也不願跟他搬到大西北。他們倆因為搬家的事，幾個月以來僵持不下。我突然接到媽媽打來的一通電話，說有重要的事情宣佈。

我到達酒樓，在這張十二人大桌上的唯一的空位上坐下，掃視半桌新年才見面的親戚。

我一坐下，媽媽率先擊起戰鼓：「我跟你們爸爸離婚了。」

她從手袋取出離婚證明書，交到大哥哥手上。大哥哥略略看了幾眼，便傳到二哥哥手上；二哥哥看了看，又交給姐姐；我從姐姐手上搶過文件仔細閱讀。這份離婚證明書是以英文寫的，上面寫著他們於 1996 年離婚，四個孩子的撫養權歸媽媽所有。

我輕聲地問姐姐：「你們都知道了？」

「媽媽跟我們說過了。」姐姐耳語。

這頓飯，他們每一個都清楚今天這個兩軍對壘的局面，只有我一人被蒙在鼓裏。

嫲嫲握著媽媽的右手，試著當說客：「別這樣了，一家人有甚麼不能好好說的？」

談判失敗。媽媽縮回自己的手，冷冷地說：「我們沒甚麼好說的了。既然他要走這步，我也不怕撕破面了。」

細叔也加入戰團：「一家人嘛，在孩子面前別這樣吧。」

媽媽繼續凌厲的攻勢：「我忍了這麼多年，孩子都長大成人了，我再也不能忍下去了。」

大人們間烽煙四起，我們幾個已經不是小孩的孩子只是默不作聲，靜待熊熊烈火燒成灰燼。侍應把十二碗糖水送到飯桌上，他們仍是唇槍舌劍，互不相讓。我把最後一杓紅豆沙送進口，把父母離婚的消息吞進肚子。媽媽沒有跟爸爸搬到上水去，姐姐和大哥哥也沒有，只有二哥哥偶爾會到上水過夜。

1996 年，我只剛滿一歲。原來他們早已離婚了，難怪每次他們吵架都會問我們，跟爸爸還是跟媽媽。

我私下問姐姐他們當年離婚的原因，姐姐沒有解釋得很清楚，大概是媽媽為了償還爸爸的賭債，迫不得已跟爸爸離婚，免得債務牽連孩子。

他們整天吵吵鬧鬧的，離婚也許是最好的結果。然而，多年來在我心中的疑團也隨著他們離婚曝光而解開了。

每逢新學年，媽媽就會把填妥的粉紅色書簿津貼表格塞進我書包，要我交給班主任。明明我住在千多尺的豪宅裏，為甚麼每一年都要申請書簿津貼呢？我們為何合資格呢？當我向媽媽提出疑惑時，媽媽總是顧左右而言他，久而久之我也沒有再問她。可是，每一次我把這份表格交給班主任，臉頰都因為羞愧而漲紅。我不是因為家裏窮而感到羞愧，而是知道家裏不窮才感到羞愧。

現在我都明白了，書簿津貼是媽媽申請的，豪宅是爸爸的，互不相干，卻又住在同一屋簷下——多麼周詳的計劃，多年來都把我們蒙在鼓裏。戳破的謊言顯露出醜陋的真相，大人的爾虞我詐卻把我捲在這潭混濁的髒水之中。

這麼多年來，我成了他們騙財的共犯。為甚麼作為父母不能有一點是非之心，為子女立下榜樣，成為子女尊敬的人？他們是我最好反面教材，只要警惕自己不要成為他們，就能學會當一個頂天立地的君子。但願將來我們能走出兩條平行線，永遠不再出現交會點，為自己保留一點正義與良知。

住進宿舍其中一個條件是每月回家一次，目標是住宿一年後順利過度回家。中五快完結，住宿期也接近尾聲，鄧姨姨希望我能多回家，為不久將來回家長住作預備。經過近一年的嘗試，我還是很抗拒回家，每次不到晚飯時段，大家坐在飯桌上舉起筷子，我也不踏進家門。被媽媽嘟嘟囔囔了那麼多次，這次我終於提早了半小時出門。回到家時，媽媽仍在廚房炒菜，姐姐則剛從超級市場下班。她比我早兩步回到家，在客廳卸下店務員的名牌，走進浴室，把頭上的髮圈拆下。文憑試考試結束，她幾乎每天都到超級市場當兼職，只為了儲錢去一趟畢業旅行。

我坐在飯桌上漫不經心地滑著電話屏幕，聽著姐姐抱怨：「媽媽，你早上上班可以把房門鎖上嗎？大哥哥總是在你上班後睡在我身旁，又摟又親的，討厭極了。」

「哎呀，大哥，你都長這麼大了，就別這樣吧。」媽媽慣常的語句從廚房傳出。

「你上班後就不能鎖門嗎？」

「那麼麻煩，從房間外頭鎖門要用鑰匙的。大哥你收斂一點不行嗎？」

大哥哥依舊在房間裏打電腦遊戲，這場無結果的爭論只有她們兩人參與，關鍵人物卻置身事外。

咔嚓，二哥哥從大學宿舍回家，媽媽端上最後一道菜，剛才的話題便擱了。姐姐在飯桌上仍是喋喋不休地分享一天下來發生的大小事，就像每一個細節都儲存在她的腦海，就是為了成為晚上吃飯時段的演說材料。我依舊像一個旁觀者般坐在別人的飯桌上吃晚飯，只有料理臺擱下的工作才讓我有熟悉的感覺。我逕自走進廚房，拿起海綿，擠出一坨洗潔精，拿起水槽上疊在最高的一隻飯碗。料理臺擦乾後，我把放在一旁的水果切成五等分，捧到飯桌上。我叉起了水果盤上最後的幾塊水果，便背上手袋離開。

我走上巴士上層，坐在我一貫的座位上，腦海重播著姐姐剛才的說話：大哥哥總是在你上班後睡在我身旁，又摟又親的。原來只是我沒有看見，不代表它不再發生，它就像清晨的噪鵑叫聲一樣，每天準時上演，習慣得你把它當成背景音樂。當我見識過這個世界的謐靜才意識到原來日常的噪鵑叫聲那麼吵耳。

我毅然掙脫了奴隸的腳鐐享受世界的自由，卻留下姐姐一人承受哥哥的滋擾。一直以來，不論家裏發生的事情多麼荒謬，我們也有對方作為大家的支柱，跟對方一起面對這個扭曲的家庭，現在我卻獨個兒逃離了煉獄，只剩下她承受不合理的待遇。現在，她變成了哥哥唯一的欺負對象、媽媽唯一的奴役對象，更要面對自己從小相依為命的妹妹離去。

我的離去是自私的置身事外，但受苦的不是別人，正是跟我同舟共濟的姐姐。就像小時候一次洗澡，我先走進浴室脫光衣服，等待姐姐進來跟我一起，卻只聽到她在外面尖叫——兩個哥哥抓住她，把她按在自己大腿上逼她跟他們一起看成人電影。我明明知道他們在做甚麼，自己卻只留在安全的浴室隔岸觀火。

我回到宿舍，眼圈通紅，一言不發。我沖了一杯茶，坐在餐桌旁，心不在焉地看明報港聞版。鄧姨姨善於觀眉説眼，她看出我的沉靜跟平日不太一樣。她坐在我身旁，輕輕地問我：「剛才回家怎樣？」

「還不是這樣。」我敷衍地回答。

「你好像不太好，今天有甚麼事發生嗎？」鄧姨姨關心地說。

我攪了攪杯裏的茶葉，一根茶葉豎起來了。聽說，豎起的茶葉代表好運。我想，姐姐杯中的茶葉大概倒下來了。

我覆述了姐姐的說話，為自己不能幫她而感到難過。

「甚麼？」鄧姨姨驚訝得目瞪口呆。

「你哥哥這樣是犯法的。你媽媽也不能這樣。」
「他們就是這樣。」我從容不迫地說。
「你平常在家也是這樣嗎？」
「對，他們平日就是這樣。你有方法幫我姐姐嗎？」
「她今年十八歲，對嗎？」
我點點頭。
「不行，我們只收留十八歲以下的，更何況她也畢業了，上大學申請宿舍看來是最適合不過的了。
可是，我現在更擔心你，我們不能讓你這樣子回家！」
「你要告發他們嗎？不行！」我詫異地瞪大眼睛。
「不是，別擔心，我們只想保護你。我看能否延長你的住宿期，讓你的住宿期順利與大學接軌。」

十二

歷史只會不斷重演

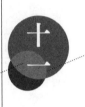

中三那年，綜合科學拆了三科，我對著物理一頭霧水，只知道物理老師總是說「全內反射」及「能量流失到四周」。每一堂實驗的結果永遠跟標準答案有很大差距，再運用一些不明不白的算式，總之每一課物理課都是噩耗。

下學期快完結，考試臨近，物理還是我恐懼的敵人。團契完結後，閒聊間我們提到讀書的問題。團契的副團長競信是學校的風雲人物——會考九A的尖子、風紀總隊長、社長，好像也是學生會的成員。競信輕佻地說，物理很容易而已，他可以教我；我也很高興學長願意抽出寶貴的時間教我，於是我們相約了星期日在麥當勞溫習。相約過幾次，我們也變得熟絡。後來，我們發現大家都喜歡走路，又相約了幾次步行港島，由杏花村到小西灣、西灣河到小西灣、西環到小西灣，最後他還是會把我送回家。

這是物理考試前的最後一個周末，競信跟我本來相約在藍灣半島的麥當勞溫習，可是這天餐廳裏坐滿了人，沒有一張空的桌子。競信便提議我們移師到附近的運動場。我們坐在運動場看臺，偌大的青青草地被紅彤彤的跑道圍繞，遠眺更看到湛藍的海洋。海風徐徐拂面，在這溫習別有一番韻味。

書本後的練習完成了，競信跟我開始沒頭沒腦地聊起來。

「你的腿也算是挺長的。」競信若有所思地說。

「是嗎。」我也不知道要回應甚麼。贊同聽起來好像很自大；否認又有點違心。

競信似乎對身體的話題意猶未盡。

「你怎麼不會長胖？我的小肚腩都長出來了。」競信低下頭擠擠自己的肚腩。

我的目光仍然落在微風片起的層層海浪上，緩慢而平靜。

「我也胖，只是你沒看見而已。」我想起小時候盛著內藏而凸出來、經常被哥哥取笑的小肚子。

我的視線落在一層層的海浪，一層海浪拂過我的大腿，擱淺在我的胃上方。我收回視線，競信的手已經從我身上退去。我不太清楚剛才發生的事情，整個過程太快了，快得我不確定真的發生了。

競信繼續他的話題，可是我還停留在剛才那瞬間，只能沒頭沒腦地回應。競信看了看手錶，也差不多該回家了，競信先去一趟洗手間，只剩下我留在看臺。我趁著他離開的空檔，手模仿著剛才他的手滑過大腿，停留在胃上方，再三確認剛才不是我的幻覺。

回到家裏，我還是不能相信剛才發生的事情。競信是學校的模範生，他怎會這樣做呢？可是他剛才的話題一直環繞著我的身體，這不是有預謀的嗎？懷疑與憤怒交織在我腦海，我整個人都不自覺地發抖，心臟的跳動也脫了軌。我雙手按著不住顫動的大腿，深沉而緩慢的呼吸仍不能穩住敲響戰鼓的心臟。

平日的我一攤在床上便呼呼大睡，可是這個晚上輾轉反側都不能入眠。我不敢跟任何人提起今天發生的事情，不希望毀壞他絕好的名聲，於是我便說服自己——今天的事情從未發生。就算我騙過了自己，也再不能跟競信保持以往的關係了。暑假剛開始時，他曾嘗試相約我再次步行港島，我卻以各種理由推搪，跟他慢慢疏遠。也許競信以為我過橋抽板，取得了物理全級第一就徹底把他忘記，但我只想好好保護自己。

學長的事件是我第一次意識到自己被侵犯，然而侵犯的行為就像山丘上的微甘菊一樣，種子無聲無色地飄到楓香身旁，攀滿了整株瘦弱的楓樹，遮蔽了她的陽光，吸收她的養分，慢慢把她絞殺，只是她沒有在意而已。

中二的時候，因為長得高，所以永遠坐在班房最後排，旁邊總是那個整天吱吱喳喳惹人討厭的男生偉濤。我們總是被安排一起坐在班房窗邊的角落，他的椅子總是拉得很近，像是要把我硬夾進簿架。他的手總是要放在我的椅子上，像是他的椅子不夠坐，要霸占我的一樣，害我只得半張椅子的座位，半邊臀部懸在外頭。

他嘴上總是惹人討厭的句子：「你的奶罩有C杯嗎？」、「再吵，我用紅毛泥堵著你下面的洞。」

我不知道奶罩的杯如何計算，不清楚甚麼是紅毛泥，也不明白他說的洞是甚麼洞，我只知道他很討厭。

有一次上數學課的時候，麥老師神色凝重地說：「偉濤，你可以坐開一點嗎？」

我從來不知道偉濤的行為有問題，只是不喜歡他這樣做，直到麥老師出言聲討，我才乍然知道他僭越了我的界線。就像一個不懂中國象棋的人從來都不知道象棋棋盤上楚河漢界的南面是自己的地盤，對方的炮在棋局開始前已經放在自己的半邊。對方就是利用我的無知，一直控制著整場棋局。圍觀的人只是抱著看熱鬧的心態作壁上觀，只有麥老師挺身而出，指正這場不公義的棋局。在這個教育制度上，從來沒有教授兩性象棋的遊戲規則，於是大家都以自己的方法去下這盤棋。從其他渠道看過別人棋局的同學，便利用這種優勢把對方壓倒。

中二時的男生特別討厭，就像我家裏的哥哥一樣。上英文課時，一隻不速之客從窗外飛進來，在我耳邊嗡嗡的拍翅聲嚇得我厲聲尖叫。看到牠黑黃相間的身體，我的尖叫聲就從未停止。

蜜蜂被老師趕出班房了，男生的竊竊私語卻無法停止。我還不知道這隻蜜蜂為我帶來了甚麼樣的夢魘。從那天開始，他們就在班房裏惡意刁難我，我也不明所以。他們全都有著相同目標——嚇得我尖叫。後來聽班上的人說，我的尖叫聲像他們從成人電影上聽到的呻吟聲，所以他們就樂此不疲地欺負我。我咬著下唇，封著喉嚨，也無阻他們達到目的的決心。

我們的中文老師請假了，於是我們多了一課自修課。我從書包拿出最近在看的《許三觀賣血記》，沒有察覺到這群男生的首領已經悄悄調到我的前座。他搶過我的書本也沒有達到目的，於是舔了一下自己的掌心，把手伸到我面前，作勢要印在我面上，我嚇得哇的一聲哭了出來。代課的老師見狀只得讓我調位，化解了這場危機。也許是他們玩膩了，也許是他們怕玩出火，後來，他們再沒有嚇唬我，可是這個時期卻讓我留下一道陰霾。從此，我習慣把認識的人抹去性別，這樣就能忘記男性帶來的恐懼。

或許是長大了，大家更懂得兩性之間的界線，也可能是我的憂鬱把大家嚇跑了，總之升上高中，同學間的騷擾便絕跡了。然而，日漸成長的身體卻引來陌生人的覬覦。

博建事情發生不久，一次放學回家，我如常在巴士上打盹，朦朧間，左邊大腿癢癢的，我以為是校服裙子沒有放好，裙擺豎起來了。我張開眼睛，看到鄰座陌生男人的手指搭在我大腿上。非禮的事件常有聽說，可是我卻從沒想過自己要面對。我害怕大吵大嚷一頓後，他會說他不是故意的，胡混過去，就像甚麼事也不曾發生，卻換來旁人對自己側目。我闔上眼睛，想著媽媽常掛在嘴邊的說話：就摸一摸而已，又不是割了你的肉，犯不著大呼小叫。你不作反抗就是默許，正如法官所說。他的手指鑽進裙子裏，愈爬愈高，可是我已經選擇了裝睡，只能繼續裝下去。我偷窺了一眼窗外的風景，祈求巴士快點到站，那我就能正當地張開眼睛，離開這個威脅。

巴士終於靠站，車子還未停定，我便迫不及待站了起來，可是他沒有要讓開的意思，我只能在他面前硬擠過去，冷不防屁股又捱上一掌。我轉過頭去，他卻站了起來，跟我在同一個車站下車。他是故意的！心裏愈想愈氣，卻不知道能告訴誰。

那時候，吳老師還是我最信任的人，我打開了聊天室，找了吳老師的賬號，跟她說了事情的始末。可是，她卻敷衍了事，說甚麼，你又不能找上他。對，這件事情跟博建一事相比只是小巫見大巫，不足為外人道，別小題大作了。

中五開始上旺角大型補習社，更是劉姥姥進大觀園，才見識這個世界的荒謬。

住進了家舍看過其他女生的衣著打扮才知道媽媽買的衣服有多土。我開始學著大家穿著時髦的迷你裙、背心、熱褲。這天不用上課，我穿著最近的新寵——全黑的掛頸連身褲配上厚底波鞋前往補習社。我早到了，便走進附近的商場晃晃。我站在旺角中心的小店前，拿起一件背心，想像它套在自己身上的模樣。一隻溫熱的大手印在我左邊的屁股上一直往右邊掃。我轉過頭，那隻手繼續隨著他的移動，掃過我旁邊的衣服，一件件地掃過去，就像我也是掛在店鋪前的一件衣服。

我回到家舍，把身上的連身褲脫下，驚覺衣服背面印上了「蕩婦」二字，只是我沒看見而已。我把它揉作一團，塞進房間裏的垃圾桶。

這一陣子，我又穿回媽媽買的土衣服——寬邊牛仔褲、長袖汗衣。然而，非禮沒有就此絕跡。為甚麼我已經犧牲了喜愛的衣服，卻沒有換取一絲安全？被非禮與否跟衣著沒有必然關係，我的犧牲也是徒然。既然我不能控制別人在我身體上做甚麼，至少在衣著上我也要捍衛這副身體的最後自主權。

六點半上課的補習班已經讓我習慣夾在六點鐘從中環開往荃灣的列車裏面。在這班列車上被非禮就像是披薩批上面的菠蘿片一樣——如果沒有碰上，只是幸運而已。

久而久之，我對他們的手法已經很熟悉了。他們最常的目標是大腿或屁股，假裝人多擁擠時，把手或下體輕輕碰著你，讓你不在意或以為那只是不小心。他們經過一輪的試探，發現你沒有反抗，就會慢慢跟你貼得更緊、手一直摸上去。列車每次停站就是一個大調整——他們的攻勢更進取；或是你能找到空位躲避。有時候，他們的目標是胸部，他們就會假裝手拿著東西或緊握扶手，可是手臂一直壓在你胸前。

每一次，我心裏默默念著：就摸一摸而已，又不是割了你的肉。念著念著列車就靠站了。後來，我學會了把自己收起來——每次走進列車總背靠著玻璃，把書本握在胸前。但更多的時候，擁擠得像沙甸魚罐頭的車廂不容你挑選站立的位置；有時候，他們就是乘著這種擁擠把你擠進去，成為他們的「手下敗將」。

你很厭倦為自己預告星期五的列車上發生的事情，多得讓你懷疑自己有問題。為甚麼別的女孩都沒有遇上，唯獨你遇上了？多得你開始為他們找理由開脫。他們是否病了所以不能自制？就像抑鬱症病人無法停止思考自殺一樣。

然而，你仍是無法當場指控他們，你只能繼續催眠自己——身體不過是一個臭皮囊，只要我切斷情感的開關，縱使他們百般蹂躪，也不能對我造成傷害。就算這副身體成為了男性的洩欲工具，他們也不能玷污我的靈魂，我仍能假裝一切如常。只要足夠豁達，便不會再介懷這些小事了。

是世界太扭曲才讓人接受這種荒誕，還是人們一直默許這種荒誕，世界才一點一點地扭曲？

姐姐今天回家以來，手機就一直在她耳邊，她以她那高八度的聲線說個不停。過了半晌，她的手機終於能休息了。

「怎麼了？」我趴在床上，闔上手上的書本，抬起頭看著正在卸妝的姐姐。

她悻悻然地把手上的化妝棉丟進垃圾桶，尖聲地說：「剛才我乘地鐵回家時，後面的男人把手印在我的臀部，真嘔心！他怎麼可以這樣！」

「是嗎。」我低下頭繼續走進我的文字世界。

「你不覺得很過分嗎？」姐姐難以置信地盯著我。

「嗯。」我被書本上的文字吸引，對她說的話顯得一點也不感興趣。

姐姐沒有從我身上得到她想要的安慰，於是她撥出下一通電話，重複她剛才的說話。看來她的朋友能表現出她預期的憤怒，跟她一起咒罵，讓她發洩內心的不滿。

聽著她的抱怨，我翻了翻白眼。有必要這麼大驚小怪嗎？這不是很普遍嗎？還是她那麼幸運才第一次遇上呢？

當時的我很不能理解她的小題大作，為甚麼她不能像我那樣成熟，接受這個世界的荒謬，成為被坦克車輾斷的一根小草，化為土地的養分。

後來我才回想起我首次把家裏發生的性騷擾說出口卻換來初瑩的不理解的難受。我對姐姐遇上非禮表現出冷漠對她來說也是另一種傷害。明明我是最明白這種傷害的人，現在卻把自身的痛苦加諸他人身上。

是否每個女孩都曾以身體來交學費，才一點一點地學會洞悉男性的企圖？

中五時，一個師兄約我到戲院看剛上映的《哈利波特》大結局，我以為看電影真的只是看電影，他預先買了戲飛也不是剛巧多了一張。這張戲飛是他觸碰女孩的入場券，讓他在漆黑的環境下抓起你的手、摟你入懷。你從博建身上學懂了要把手握成拳頭，可是你還是不懂得如何掙脫擁抱。又不是割了你的肉——世上沒有免費的午餐，你也再沒有見過他了。

大學的時候，我剛開始接觸酒精，也不知道原來酒精是性的邀請。大學一年級，十二月二十四日，你單純得以為宿舍學長邀請大家一起到他的房間嚐嚐他的新酒，你沒有為意聖誕前夕的含義，你以為只是自己先到了，你也不知道原來喝一口烈酒也足以讓你醉倒。幸好，你還能勉強逃離房間，保著褲子沒有失守。

聽說酒量可以訓練。我以為朋友不會在你醉倒時占你便宜，原來手上的滿足才是他們照顧醉倒的你的基本酬勞。後來，你便學會了跟大家說自己不喝酒。

愛情這個課題一直在我的人生裏是空白的一頁。我從小就沒有要找男朋友的想法，也沒有留意身旁的男生，總覺得大家是因為投契才成為朋友，是男是女都一樣。高中的時候，焯言、英治跟我是好朋友，但大家都知道英治不只想跟我成為單純的朋友。我跟焯言進了同一所大學，大家還能保持中學時的關係。但英治去了外國留學，我發現我很想念大家以前的關係，於是我跟他開始了新的關係。我不知道愛情是不是這樣，也不知道這是不是愛情。只能走一步算一步，探索這個未知的領域。

一開始的時候，我們分隔兩地，訊息來往、視像通話讓這段關係重新接軌。然而，我們的關係才開始了幾天，這段讓英治期待已久的關係使他不顧在加拿大的學業，買了一張單程機票飛回香港。

我還未準備好要面對一個實體的男朋友，他飛回來的這個決定讓我揣揣不安。我試著扮演一個稱職的女朋友，跟他約會，然而當他牽起我手的一刻，我就知道我還未預備好要開始一段男女關係。

英治抓著我的手，就像博建、就像師兄抓著我的手一樣嘔心。那嘔心的感覺就像手心裏的一隻八爪魚，一直沿著手臂向上爬，爬到你的後頸、爬到你的腳底。雖然手心的八爪魚一直在動，但身為他的女朋友，又不能就此縮回自己的手。他一直拖著我，八爪魚的粘液沾滿我全身，嘔心的感覺愈來愈強烈。終於挨到這次約會結束，我回到宿舍，在床上輾轉反側，反覆思考這段關係。我喜歡他嗎？我不太確定。我的確喜歡跟他的交流和互動，但這是純粹朋友間的喜歡，還是伴侶間的喜歡呢？我不太能分得清。可是，我卻是很討厭跟他牽手的感覺，他就像在侵犯我的身體。聽說，你不會抗拒跟一個自己喜歡的人的身體接觸。對著一個喜歡的人，身體應該有親近的欲望，住在你身體的小狗會很想跑出來。如果沒有那種感覺，大概是你不喜歡那個人了。

或許我真的不喜歡他了。然而，要開口提出分手又是一個難題。一個喜歡你那麼多年的男生，終於有機會跟他一直喜歡的女生在一起，但兩星期後，她又告訴他，她不喜歡他了，這不是玩弄他嗎？如果不喜歡卻一直拖著對方，這不才是玩弄他嗎？想了一整夜，兩害取其輕，我決定以一個短訊來結束這段不倫不類的戀愛。

他收到訊息後，打了十多通電話給我，我沒有接聽。我很討厭傷害別人，我知道對他來說，這是一個很大的打擊，但我不想面對，我害怕面對。

翌日早上，英治一大清早就站在大學舍堂對出的馬路上，想跟我面對面說清楚。中午十二點，我穿過舍堂大門悠悠然走在回學校的道路，才橫過馬路，英治的身影出現在我眼前。我很是錯愕，下一秒鐘是本能地逃跑。我使勁地邁開腳步，後腳提向前跨步出去。跑至只容許一人通過的窄路，我跳下行人路，跑向迎面駛來的巴士。巴士司機皺起眉心，雙手忙著轉動手中的方向盤。巴士微微挨往右邊，避過這頭狂奔的獵豹。終於來到西閘大門口，還要跑上樓梯才能躲進黃克競樓的電梯裏。進入學校範圍，我雙腳也沒有鬆懈，一直在學校奔跑，像是一個趕著上課的學生。

英治沒能追上田徑隊的我，學校縱橫交錯的格局對於不熟悉校園的他更是不利。他在學校裏像一隻沒頭蒼蠅一樣四處亂碰也沒有找到我，於是他站在黃克競樓外的天橋上等了一整個下午，他還以為我會走同一條路回去。夜幕低垂，英治只能落魄離去。

英治希望在離開這個傷心地前得到一個清楚交代，我也覺得我欠他一個解釋，於是我們相約在西環海旁作一個了斷。縱然我萬般不願意，但他應得這個交代。我拖著沉甸甸的步伐、帶著忐忑不安的心情，走到西環海旁。英治轉過身來，看到我慢騰騰地移動。我看見英治逐漸變大的身影，腳下便愈趨遲緩。走到英治二十來米的距離，雙腳實在不能再往前踏。我站在原地遲疑了兩秒，便使出我的看家本領——拔腿就跑。一個轉身，我躲在兩輛停泊在巴士總站的巴士中間。英治突然失去了眼前的目標而感到錯愕，但這是一個空曠的巴士總站，他逐一檢視每一輛巴士，我很快又出現在他線視內。

我又開始狂奔，跑過了幾條亮著紅燈的馬路，沿著士美菲路，倒帶出一排關了門的商鋪，轉進吉席街。凌晨時分，這條空無一人的寬闊大街一覽無遺。我轉進了街上一間仍然營業的酒吧，可是酒吧的玻璃外牆還不足夠讓我隱沒於燈火通明的黑夜裏。我在酒吧裏拐了幾個彎，闖進了洗手間，把自己鎖在狹小的寧靜。

英治再次失去了目標。這次他沒有在西環這個迷宮裏東竄西跑，而是在手機上瘋狂按下撥打。可是，當他把電話放在耳旁，便發現電話連響起的希望也幻滅，直接跳回主頁界面。他知道他再也不能像幾天前一樣拖著自己喜愛的女孩，在大街上漫步。他再度拖著丟失魂魄的身體，踏上開往東邊的巴士。

我瑟縮在床上一隅，驚魂未定。我痛恨自己的懦弱，我討厭自己為別人帶來傷害，因為我知道一個人可以為別人帶來怎麼樣的創傷。當你迷失在猛獸四伏的原始森林後看到了輛開往市區的卡車，你竭力跑到卡車旁，伸手要抓住車邊的扶手，這一抓卻落空，卡車突然疾馳而去，廢氣噴在你面上，旁邊的獅子向你蠢蠢欲動，遺下毀滅性的創傷。

英治回到加拿大，我永遠失去這個朋友。

大學一年級的暑假是最忙碌的暑假，我既是舍堂高中生宿營的籌委，又是學系學會的幹事，一連籌備兩個營也夠忙的。恰巧大學舍堂大裝修，所有堂友要搬遷，暑假要繼續住宿就只能搬到醫學院附近的紫舍堂了。高中生宿營完結，剩下學會的事務主要在學校範圍，所以我離開了這所遠離主校園的舍堂，在原來的舍堂完成裝修前的一個月空窗期住進學會室。

舉辦高中生宿營時跟鈞鴻混熟了，我們相處時也有點火花。高中生宿營完結後，鈞鴻還要負責新生迎新營，要邀請堂友幫忙測試迎新營的活動。測試當天我有空，也願意幫忙，只是活動開始的時間太早令我卻步。鈞鴻便提議我前一夜偷偷混進紫舍堂，翌日便不用如此早起床了。我從未試過在大學舍堂「屈蛇」，這應該是一個挺刺激的體驗，我借了一個堂友的學生證混了進去。鈞鴻說，晚上他要開會，但我可以待在他的房間裏。我跟他的室友聊著聊著便睡著了。

鈞鴻的會議近天光才結束。他回到自己的房間，在我身旁躺下。在舍堂裏，男女同睡不是稀奇事。

我們之前籌備高中生宿營時，大夥兒晚上一起喝酒，醉倒後也都是這樣睡在一起，所以我也不以為然，也再次進入夢鄉。然而他躺下來後卻全無睡意，雙手也沒有閒著。他的手一開始搭在我的大腿上，我驚醒了。又不是割了你的肉，也只是大腿而已，況且我現在躺在他床上，只能肉隨砧板上了。我告訴自己，這也沒甚麼大不了的，就像遇上巴士上的色狼一樣，只要繼續裝睡就能蒙騙自己。我很快又睡著了。

可是鈞鴻沒有就此滿足，他的手指只是繼續往上爬，鑽進內褲。我再次醒來，可是我還是紋絲不動地繼續裝睡。你不能揚聲，因為你知道不能讓別人知道，不然博建事件會重演，你會再次陷入痛苦的輪迴，所以你要忍耐，不管他對你如何，你只能忍氣吞聲，因為你知道這是保護自己的最佳方法。創傷是一個鐘擺，當你在一端受傷，你就會設法把自己擺去另一個極端。我自以為這樣可以把自己拯救，卻只是把自己推向更深的懸崖罷了。

鈞鴻的手指重複上下移動，顯然他沒有找到那個讓他垂涎三尺的入口。他的手指從內褲抽出，安分地貼在他身旁。看來他終於放棄了，我也終能安然入睡。鈞鴻一夜默默耕耘讓他錯過了起床的鬧鐘。作為活動負責人的他沒有出現，也沒有回覆大家的訊息，於是另一個活動籌委走到他房間找他。她打開608室的房門，看到床上一男一女，驚訝得目瞪口呆。

經過這一夜後，我刻意跟鈞鴻疏遠，我們也不怎麼聯絡了。我繼續住在學會室，一天到晚躲在房間裏準備學會的迎新營。校園的設備可以滿足我所有需要——飯堂買外賣、學生會大樓洗澡、學會室的沙發上睡覺。這樣的生活過了大半個月也安然無恙。

直到一天晚上十點多，我穿著吊帶背心睡衣，雙手捧著洗澡用品，從學生會大樓穿過邵逸夫平臺，打算走回學會室。一個肥碩的中年外籍男子從莊月明樓方向把我截停。

「請問怎樣前往東閘大門？」洋漢以英語提問。

「從你剛才過來的那邊走過小路一直走到梁銶琚樓，乘電梯下去就可以了。」我亦以英語回應。

「哪裏可以乘巴士呢？」他似乎對這裏的地理環境不太熟悉，大概是首次來到大學，應該是遊客吧。校園範圍經常會遇上問路的遊客，我也會一盡地主之誼，盡量解答他們的問題。

「從東閘離開，橫過馬路便是巴士站了。」

「我要前往灣仔，那個巴士站有我要的巴士嗎？」

「對，就在那兒。」

「是那一號巴士呢？」

我開始顯得不耐煩：「我也不清楚，你可以在巴士站牌上找。」我挪動腳步，準備離開。

他也挪了挪身體，擋住了我的去路：「等等，我還是不太清楚要怎樣去東閘，你可以帶我去嗎？」

我伸出手，指向左邊：「那邊直走，我前往明華綜合大樓，我們不同路，恕我未能幫忙。」

我往右踏出一步，他伸出雙手抓住我的雙臂。

「別走別走。我知道莊月明大樓二樓有一個噴泉，我們可以坐在那兒聊聊天。」

「不了，我沒有興趣。」

他剛才還裝作不熟悉大學，現在卻比我更清楚了？我向後退了一步，嘗試掙脫他。

他放開了雙手，噘嘴往我面上襲來。我別過臉避開了他的吻，睜大眼睛瞪著他。

「我們來一個再見的擁抱吧。」

他馬上張開雙臂，用力把我擁入懷。我躲避不及，被他摟住了。如果這個擁抱能讓我擺脫他的纏繞，就由他吧。他終於緩緩地放開了手，我馬上急步逃回學會室。

我坐在學會室裏，仍是膽驚心顫的，久久不能平復。我回想剛才的對話，我好像告訴了他我去哪，他會否到這兒來？我愈想愈害怕，在通訊錄裏找找能幫忙的人。這個時候，有甚麼人仍在校園裏呢？名字一個個在眼前掠過，鈞鴻的電話號碼出現在我面前。我猶豫了一會，鈞鴻總算是個認識的人，他總比那個陌生洋漢安全吧。

「如果你需要我，我可以過來。」

鈞鴻乘了一程巴士從紫舍堂到主校園，走到學會室陪我。過了凌晨，洋漢也沒有出現，我便婉轉地請鈞鴻離開。然而，鈞鴻此行似乎另有目的。

「現在都已經凌晨了，沒有巴士回去。」

「乘的士吧，這麼近，二十多塊而已。」

「暑假沒有收入，很窮。」

「走路，也只是半小時左右。」

「我洗澡了，走路回去大汗淋漓的。還是明天一早才回去吧。」

「你要怎樣？我這兒沒有地方，我也只是睡沙發而已。」

「我睡椅子就可以了。」鈞鴻挪動幾張椅子，排成一線，逕自在椅子上睡了。

雖然我不想收留他，孤男寡女的。更何況經歷了那個晚上，我更不想他留下，但他似乎睡著了。也許他今晚很累，我就能安然度過這個晚上。我躺在沙發上，漸漸入睡。

半夜，魔鬼的爪又伸到我雙腿中間，我醒來了，卻又繼續裝睡。是我引狼入室，自找的，我沒有資格抗議。我全神貫注，留意他的動態。他只是跟上次一樣，沒有更進一步，上次捱過了，今次也不例外。我默默等到天亮，微弱的陽光從百葉簾子篩進來，鈞鴻也離開了。

自此，我更是避開鈞鴻。舍堂裝修完畢，我又搬回自己的房間。半夜，鈞鴻打開了我的房門，睡在我身旁。我睡得很沉，只是矇矓間感覺到旁邊多了一人，便又回到夢鄉了。翌日醒來，鈞鴻已經離開了。我害怕這樣的事情再次發生，於是睡覺時都鎖上房門。這天，鈞鴻半夜再次來訪，他發現房門鎖了上，便掃興離開。雖然我暫時擺脫了鈞鴻的騷擾，但只過了幾天風平浪靜的日子，房間另一頭住進了新人，我們晚上沒有再鎖上房門，卻讓鈞鴻半夜乘虛溜進來了。我不想煞有介事地鎖上房門惹來不必要的猜測，畢竟鎖了門的房間有另一重意義。我亦不想再受到鈞鴻的騷擾，只好搬回學會室睡覺了。鈞鴻連續幾個晚上進來也見我不在房間，慢慢也不再來碰運氣了。

我以為我們之間的事情能就此告一段落，我們還能裝作沒事發生，繼續做朋友，但僅此而已。然而，謠言是蒲公英的種子，我跟鈞鴻一起睡的消息傳遍整個舍堂，成為大家茶餘飯後的笑話。我能把委屈吞下，可是我卻不能承受別人的流言蜚語。謠言甚囂塵上，每一個舍堂的活動，大家總忍不住要訕笑幾句或是在我背後談論。只要把它變成真的，就不再是大家口中的閒言閒語。這只是一齣戲，這齣戲必須演下去，不然我就不是戲子，而是蕩婦。我跟鈞鴻在一起了。

十二

四個自己

這只是一場戲，只要好好地演，過一陣子，我們再以性格不合作分手理由，故事合情合理，我也能從此抽身，我跟他只會成為過去，從此互不相干。床上上演的戲碼是劇情需要，但點到即止，落幕後我還會是當初的我。

拍拖後的一星期、一個月，就像是情侶的紀念日，我都堅持不懈地向他提出分手。可是這次分手沒有我想像中那麼容易。

「我覺得我不喜歡你，分手吧。」

「不是，你喜歡我的。只是你不夠喜歡而已，你再努力一點就能改變的了。」鈞鴻以一副教訓後輩的口吻說。

我不夠努力，這是我的死穴，我害怕被指責不夠努力。從小到大，努力是我唯一可以掌握的事情，現在卻被他指控我不夠努力，於是我下定決心，要努力做一個稱職的女朋友。也許，只要努力一點就能讓自己喜歡上他了。

我試著每天煮早餐、準備手工禮物，令自己成為更稱職的女朋友，可是也沒有改變我不喜歡他這個事實。我還是每一個月像月經來潮一樣，準時提出分手——仍是被他以我不夠努力駁回上訴。我們沒有分手，我只是每天更努力成為他眼中的稱職女朋友、努力成為一個喜歡他的女朋友。

一天，我問了鈞鴻一個我埋藏於心良久的問題：「為甚麼我們還未一起時，你在床上侵犯我？」

鈞鴻沉默不語。

我再追問：「你知道我醒了嗎？」

鈞鴻說：「知道。」他頓了一頓，繼續道：「我以為你不反抗就是默許。」

跟他一起的日子，情緒很不穩定，明明知道自己不喜歡，卻要努力地讓自己喜歡他。為甚麼這跟我認知中的拍拖那麼不一樣？我聽說拍拖都是甜蜜、幸福的，為甚麼現在我卻一點也沒有幸福的感覺呢？

我沒法掙脫男女朋友這個身分，也沒法剪掉我床上的戲份。在我前往北京沉浸的前一天，鈞鴻不顧我的意願，假戲真做。我跟他表達不滿，但他只是輕描淡寫的說了句對不起，像是不小心打翻了水杯一樣。我很憤怒，可是我已經在家裏訓練得不懂得怎樣表達憤怒了。我只是默不作聲，就像我一直以來的反抗一樣，毫無作用。只能告訴自己，下不為例。

我到達北京，我仍不能原諒他不尊重我的意願。我們爭吵不斷，我堅持要分手，仍然被他回絕。

經過半年的相處，我清楚知道我不喜歡他，也不喜歡跟他相處。跟他在一起，我沒有被愛的感覺。他愛的方式是扮演一個嚴父，把你訓練成一個更好的人；而我喜愛被對待的方式是把我當成他的小貓般寵愛，彌補我多年來缺乏的被愛感。

都長大成人了，我走路仍是經常跌倒，鈞鴻卻總是用上媽媽責罵我時的嚴厲語氣來責怪我走路沒有看路，讓我感到再努力也達不到父母期望的沮喪。可是他不明白我只想要一隻會緊緊牽著我、讓我不再跌倒的手。

我跟英治冷戰了一年，我們又重新回到朋友的關係。相比鈞鴻，我更喜歡跟英治的相處，至少我不會整天都因為自己不夠努力去成為一個稱職女友而哭泣。我跟英治的關係也愈來愈好，好得讓他以為自己再次有機會跟我在一起。他買了一張前往北京的機票，我不置可否。

與此同時，一行三十人一起前往北京沉浸兩個月。我跟舒靜、震偉成了好朋友，經常三人一同行動。首次真正發展男女關係的我很是困擾，只能向經驗豐富的他們尋求意見。只是我沒法把我們開始男女關係前的瓜葛，或是前往北京前的不情願說出口，所以他們聽起來，我們之間的問題就像一般情侶間的小爭執。這些不可告人的委屈就像葡萄往酒瓶裏塞，輕輕一推，穿過了瓶頸，在酒瓶裏打滾，卻讓你無時無刻都感受到這些硬塞進你身體的葡萄，但他們卻不能再次穿過狹窄的瓶頸、宣之於口。只能等待它們在瓶子裏慢慢腐爛，變酸，發臭。

我跟鈞鴻惡劣的關係惹得震偉憐憫，處處對我照顧有加。他擁有一塊我一直缺少的、承載愛的拼圖，讓我很想擁有被愛的感覺。舒靜洞識我們之間瀰漫著粉紅色的空氣，她也識趣藉故離開。

我跟震偉走在師範大學的天使路上，他彎下身子，撿起一片秋楓落葉，說要摘下天上的星星。他把葉子舉過頭，陽光從葉片的孔洞篩下。他就是這麼一個浪漫的人。

雨後的晚上，我們走在勤奮路上。我小心翼翼地抬起腿，一步一步地走。然而，縱使我多麼努力、多麼小心，一腳踏在濕漉漉的雲石地面還是跌倒了。我坐在地上失聲大哭：「我很努力成為鈞鴻眼中一個更好的人，可是在他眼中，我仍是不斷犯同樣愚蠢的過錯，他總歸咎於我不夠努力，可是我已經很努力了。」

震偉伸出左手把我扶起來，一直牽著我走回宿舍。

班上也有幾個認識鈞鴻的，我跟震偉的事情很快就傳到他耳裏。

鈞鴻說，他買了機票，要飛來北京，就在英治飛過來的時候。

跟英治是我喜歡的相處方式；跟震偉是我喜歡被對待的方式；跟鈞鴻是內疚的責任，但我總不能任由自己陷進這四角泥沼中。

我回絕了英治，更跟他斷絕來往。可是，還有震偉和鈞鴻。震偉知道，他是第三者，他自動退出。當鈞鴻來到北京時，我跟鈞鴻就像一對普通的情侶，可是我確實清楚我不喜歡他，有的只是出軌的內疚。出於愧疚，我再沒有底線，把床上的互動當作身體探索的遊戲，只是在這場遊戲裏，我永遠都是輸家，以撕裂的痛作為懲罰，這場遊戲才算完結。我就像那隻在印尼被塗上紅唇膏、以鐵鍊鎖著的紅毛猩猩一樣，習慣了男性在自己身上獲取他們想要的東西，我也學懂要如何配合他們，符合他們的慾望。

從北京回來，我的情緒更不穩定了。我記不起我跟鈞鴻因甚麼小事吵起來了，我只知道我突然從宿舍房間走到休息室，從櫥櫃拿出廚刀，狠狠向自己大腿刺去，沒有半點猶豫。鈞鴻及時抓著我的手腕，刀鋒沒有刺進去。鈞鴻跟我說，後來，我嘗試爬出窗口，被他阻止了。他又說，我突然癱倒在沙發上，崩潰地哭泣。當他輕輕碰我時，我整個人都在發抖。我不太記得，都是後來鈞鴻告訴我的。他說，我需要見專業人士。

中學時，吳老師說，我需要見精神科醫生，我還以為她要羞辱我，但現在看來，也許我真的有需要了。我約見了大學的臨床心理學家，她說，這是創傷後遺症，還沒有到人格分裂的情況，她叫他們作不同的狀態。經過多次見面，我知道有四個不是這個平常「我」的狀態。

「孤立」是我第一個發現的狀態。他從我中一開始便一直跟著我。

中一下學期，媽媽煮了晚飯，我們幾個孩子幫忙盛飯、盛湯、擺放餐具。大哥哥突然用力地拍打我的屁股，我惱怒地大聲喊叫：「媽媽，大哥哥打我屁股！」

雖然我的投訴永遠都不如姐姐的那樣受到重視，但我仍期待媽媽會說出她平日敷衍的語句，讓大哥哥稍微收斂。

媽媽卻以潮州話說：「你真是一隻螃蟹，哥哥就這樣碰你一下，犯不著你在大叫大嚷。」

大哥哥、二哥哥馬上得意地附和道：「螃蟹！螃蟹！」

我瞪大眼睛，為甚麼大家都是非不分了？在這個家根本沒有是非之分，只有偏袒、溺愛和縱容。

從此，我發誓，對著他們我不會再多說一句話，除非是必要的回應，就一句「是」或「不是」。

過一陣子，媽媽說，我最近變得沉靜，她懷疑我在同學家中邪了，更說要到黃大仙求取符咒讓我喝下。我心裏清楚我才不是中邪，堅拒喝下他們所謂的符水。我若是真的中邪了，也是因為我十多年前投胎錯了，生在這個扭曲的家庭裏處處備受欺壓，連最基本的保護也沒有才是真正的中邪呢。

中學家長日，老師對我的評價總是樂於助人、活潑好動。

媽媽驚訝地問：「為甚麼她在家裏都不是這樣？她在家裏總是默不作聲，像啞巴一樣。」

中四是各個狀態成熟的時候，大家都跑出來以不同的形式保護我。初中的時候，孤立還未成形，他只是不說話而已。孤立是在惡言相向的飯桌上第一個跑出來保護我的。他不只是一個啞巴，他更能馬上把情感和情緒切割，把身體變成一個沒有生命的機器：接收資訊、運算、行動，不被情緒滯後，不拖泥帶水，把所有傷害留在皮膚上。

可是，中四這一年，我沒能把孤立困在家，他跟我回到學校，霸佔大部分時間，奪去我的主導權，讓我不至於失控人前。從此，我不再跟別人訴苦，也無苦可訴。在孤立主導下，我沒有感受，沒有情緒，只是理性執行任務的軀殼。

每次遇上變態色魔，孤立也會自動請纓，為我抵擋他們的污穢，讓這個臭皮囊去承受。他們撫摸的只是這條大腿，這個屁股，跟我毫無關係。他們結束了，孤立便自動離去，我就能重奪主導權了。

孤立是我受傷害的第一道防線。跟鈞鴻的那段關係，他便經常跑出來。當鈞鴻責罵我時，他也跑出來了。

「你說話啊！不出聲不能解決問題。」

我目光散渙，定眼看著前方，眼睛失去焦點。

「你想怎樣？」

孤立還是沒有出聲。

「回去還是繼續？」

我們站在灣仔天橋上，頭上掛著「書展方向」的標語。

繼續。孤立沒有讓我出聲，雙唇像塗抹了超能膠一樣，無法打開。

「你也得下一個決定。」

繼續。我雙眼放空，像是沒有聽見鈞鴻的說話。

鈞鴻也放棄了要從我的嘴巴上得到答案，他只跟著指示牌一直走。走著走著，孤立也走了，我能再次張開嘴巴：「我想看一看這本書。」

「驚恐」是我上了大學才發現的。我一開始覺得他跟孤立很像，以為他們是同一個狀態。驚恐不喜歡說話，但他不像孤立一樣毫無情緒，他很害怕。

驚恐首次出現在大學舍堂的迎新營內。舍堂為期十天的迎新營裏有一個認真嚴肅的活動——MO。MO沒有中文譯名，是舍堂迎新營的重點活動。所有人穿上西裝，發言前要尊稱主席、大會，並要遵守一大堆議事規矩。新人要站在臺上，讓房子裏五六十個現任堂友發問問題，問題通常是尖酸、苦澀的，有的是關於社會時事，有的是針對個人。這個活動旨在高壓的環境下摧毀新人的自尊心和自信，讓他們重建價值觀。兩年的辯論隊訓練也沒有讓我克服公開演說的心理關口，坐在房間裏，看著自己的同伴一個一個站在臺上，被罵至淚流滿臉，臺下的堂友仍是面不改容，甚至愈演愈烈。我坐在臺下，精神繃緊，很害怕下一個輪到自己上臺，但同時也很想快點讓自己的環節完結，結束這場漫長的煎熬，驚心動魄的輪候就像俄羅斯輪盤下的死囚。

終於輪到我上臺了。我根據他們給我的題目「尊重」作了演說。

「請問臺上堂友稱其中一位組爸為四號組爸是否一種尊重的表現？」一位組爸提問。

那只是迎新營首天，大家派發的組袋都破了，組爸幫大家把組袋扛上山，所以我戲稱他為四號組爸，絕無羞辱他之意。我沒想過只是一句無心之失的玩笑竟然被拿上這種場合公開批鬥。

我急於解釋：「我當時……」

「Order」臺下站著的五十多位現任堂友齊聲大喊，兩個音節的詞語化為一聲咆哮，臺下一個昏昏欲睡的新人從椅子上彈了起來。我看著一張張凶神惡煞的面孔嚇得全身顫抖，停止發言。

「黃堂友，請說明你 Order 的原因。」主席發言。

「多謝主席。主席、大會，臺上會眾沒有尊稱主席、大會。」黃堂友以不帶情感的語調說。舉手後要多謝主席。牢記：舉手、多謝主席，舉手、多謝主席。我舉起發抖的右手，等候主席叫名。

「陳堂友。」

「多謝主席。我當時……」

「Order」臺下站著的現任堂友再次齊聲大喊。這次怒號沒有上次那麼震撼，可能有些堂友不在狀態，但更多的是看到我在臺上不能自控地發抖也不忍再落井下石。但這十多把聲音的狂嗥也足以把我驚嚇得渾身不住抖動，戰慄得張大嘴巴。我左右掃視大家的面孔，有的流露出難以掩飾的怒氣，有的擺出一副難以置信的神情，就像看到一個大小二便也不能自理的成年人一樣不可思議，有的失望地低頭。在一個不足三百呎的班房裏擠滿了七八十人，或站或坐，目光全集中在我一人身上，目標一致。

我成為了房間裏唯一的攻擊對象，就像每個人都是衝著自己來的。我又做錯了，這麼簡單的事情我也沒有做好，我就是這麼一個無用的人。眼睛像沒關緊的水龍頭一樣流出線狀的淚水。

「陳堂友，請說明你 Order 的原因。」

「多謝主席。主席大會，臺上會眾沒有尊稱主席大會。都已經那麼多人上過臺了，你仍錯了好幾次，到底你有沒有認真呢？」陳堂友厲聲質問。

我點點頭，身體仍然不受控制地震顫，我費勁地舉起右手。

「陳堂友。」

「嗄……」我喉嚨因哽咽而發不出聲響，眼淚仍然不住落下。

「多謝主席。主席大會，請主席批准臺上會眾有十五秒的冷靜時間。」一名臺下會眾終於看不過眼，為我爭取了十五秒的時間。

「主席允許。」

十五秒過後，我仍是發抖、流淚的狀態，還多了抽鼻子的聲音，就是喉嚨發不出字來。我張大嘴巴，但喉嚨就像生了鏽的齒輪一樣，無法推動。

「多謝……主席……主席……大會……」終於吐出一些字詞。我草草說了兩句，也再沒有人逐問。

我只是呆呆地站在臺上，一直維持發抖、流淚及抽鼻子的狀態。後來，有一個堂友把我帶到洗手間，讓我整理一下。我躲在廁格，眼淚從未停止。我只想遠離人群，並開始在自己手臂開花。栽種是我陶冶性情的方法，每次栽種出大紅大紫的花朵，我便能冷靜下來，除了這次。我躲在廁格很久很久，久得他們進來敲敲我的廁所門，確定我是否安好。我很想停止哭泣、停止流淚，但我不能自制。醜死了，都已經是大學生，還哭得像一個幼稚園生一樣。我以為上大學是一個轉換環境的機會，讓我重新定位自己，不再是班上那個奇怪的同學。想不到大學還未開學，我就把自己的形象毀了。不論我怎樣開花，要自己冷靜，我都不能停止流淚。我在房間外面待得太久，他們又讓我坐回 MO 房間裏的位置。從我的環節結束後過了四五個小時，我仍不能控制淚腺和鼻腔分泌物，這種狀態一直持續至半夜 MO 環節結束。我恨自己在新認識的人面前這麼丟面，但我就是控制不了面上的肌肉。大概大家都以為我被嚇瘋了。

翌日，眼淚終於流乾了。早上，我們先到活動室操練舍堂口號，每一句口號配合特定的動作，我們就像紀律部隊一樣，每一個動作的角度、位置、幅度都要一致。兩三小時的訓練大概只能練到口號中的一句及兩三個動作而已。

這一句，右手舉高至平肩位置，手肘成直角，拇指指向胸口正中間。迎新營籌委便穿梭於新人之間，調整他們的動作。

昨天在臺下怒吼的陳堂友走到我跟前，輕輕托高我微微下沉的手肘。我的身體突然劇烈震動，眼淚又不自覺地流下來了。大概陳堂友也嚇到了，其他籌委馬上把我帶離活動室，讓我留在自己的房間裏，括免了我下午的MO環節。

我留在自己的房間，鎖起房門，把窗簾關上，坐在床上離門口最遠處的角落，屈曲雙腿，雙手把腿抱緊，一直在手臂上開花。驚恐很喜歡黑暗的環境，在北京時我突然半夜出走，一個人躲在沒有街燈、沒有人的黑暗角落。我知道，那是驚恐。

剛才，房門傳來敲門聲，驚恐更不安了，他很怕面對人，他把自己摟得更緊，在皮膚上亂抓亂挖。

我不知道驚恐的狀態維持了多久，只聽說我整天沒有應門，也沒有碰過門外的外賣飯盒。他們擔心我在房間裏會發生意外，第二天，他們便安排了宿舍導師跟我同住在一房間，以免我再次把自己鎖上。然而，驚恐離開了，我變回那個平時的我，但他們只以為我不能面對壓力，在後來的獨自夜行環節也安排了宿舍導師跟我走在一起。我不喜歡被當作異類，就像我還是初中生一樣，要成人陪同。我知道其他組員都感到我的「特別」，無論我怎樣表現得正常，我也不能抹去他們腦中的那個畫面。我知道迎新營負責人需要實行一些措施來顯示他們已經根據我的特殊情況作出調整，我只能配合他們，成為他們安排下的異類。加上我很怕黑，我也慶幸有人跟我一起走凌晨的山路。

大學一年級是接受新挑戰的一年，也許是中學一次又一次的挫敗感，讓我決意要上莊。我通過了院會學生會幹事的面試，成為候選幹事。我們十一位候選幹事要經過四日三夜不眠不休的模擬諮詢大會、歷屆學會幹事（上莊）車輪戰式的質詢，把我們訓練成有體面、有質素、能上大場面的候選幹事，才能踏上正式諮詢大會的平臺，接受大家提問。

在模擬諮詢大會開始不久，我表達了自己真誠的想法：對世事不聞不問的人無資格投票。這個想法跟在座歷屆幹事眼中一人一票投選出來的民主想法有所出入，因此我便成為大家重點攻擊的對象。不論我任何發言，大家均群起而攻之，是要在模擬諮詢大會裏把我嚇怕，讓我自動退出。我每次發言他們的評論總是說我錯了，厲聲喝罵我的答案、針對我個人的惡意批評。成為眾矢之的讓我的眼淚不能自控地流下，身體不停顫抖。被上莊孤立、針對，身邊其他幹事候選人都愛莫能助，我只能一人承受各位上莊的攻擊，誠心地接納他們對自己的「意見」，把所有的委屈都吞進肚子。可是他們愈不把我看好，我愈是不能在他們面前示弱，我要繼續回應他們的問題，我只能以手背不停拭擦眼底，讓眼淚不會在面頰這個舞臺演出。四天三夜的模擬諮詢大會過去，我不清楚驚恐何時離去，可是他似乎霸佔了這場諮詢大會大部分時間的控制權。

大學一年級，是剛開始可以喝酒的年紀。我們才認識不久的不同院會幹事喜歡聚在一起，喝酒、打發時間。那時候，我還未知道自己的酒量如此差勁，才喝了一杯半杯就醉倒了。我躺在旁邊的沙發上，不停哭泣，口中亂說一通：「很討厭哥哥」、「不要摸我」、「走開」……

房中各人雖是半醉狀態仍是面面相覷。他們隨意說些安慰的說話，哄我入睡。

翌日醒來，我還記得昨天溜了出口的說話。我赫然發現自己有多憎恨哥哥，原來喝酒能讓自己說出一直沒有在意，卻在心頭植根的感受。

我開始喜歡喝酒，喜歡把自己灌得爛醉，才能聽見自己內心的真實想法。然而，喝醉的這個狀態更容易讓「瘋狂」主導。瘋狂是一個很衝動、失去理智的狀態，他很享受徘徊在死亡邊緣的快感，他也很喜歡刀、嗜血，有強烈的自我毀滅性。他跟驚恐不同，他不是要自我傷害，他不會在身體上開花，他要的是自我毀滅，是要把我從水深火熱中救贖。很多時候，瘋狂只是我腦子的一把聲音，經常提醒我在馬路邊沿的快感，衝出馬路被車子輾過便能享受真正的快樂。他是住在腦袋裏的魔鬼，我大部分時間也能控制他，讓他乖乖留在腦袋裏，但當我不能控制他時，我也不太能記起他做了些甚麼。

我跟班上的同學不太融洽，因為在北京混亂的男女關係被排擠了。我打開了酒瓶，一個人在房間裏買醉。醉後在一個只有幾個同學的群組裏胡言亂語，結果其中一個同學在群組裏冷嘲熱諷，這惹怒了瘋狂。

我眼前是鄰近男宿舍的操場，我環顧四周，發現自己爬了出窗口，正站在七樓窗外的小平臺，向前一傾便會倒卧在操場上。我馬上從窗口爬回房間，躺在床上回想剛才的驚險畫面。

更多的時候，他們都不是獨自搶奪控制權，他們喜歡交替工作。大三的暑假，我到了西班牙讀書，鈞鴻剛好畢業，他也來了西班牙畢業旅行。我跟鈞鴻的關係仍是很不穩定。有一天洗澡後，他要我幫他清洗內褲。這是媽媽的口吻，要我做我最不願意為哥哥做的事情。他就像是媽媽跟哥哥的混合體，孤立馬上上場，他按照指示，安靜地清洗鈞鴻的內褲，可是嘔心、污穢的感覺一直在我手上，一整個晚上孤立都沒有離開。不管鈞鴻跟我說些甚麼，我也沒有回應。

翌日早上，孤立離開了，鈞鴻再次提起昨晚的情況，我跟他表達了我的感受。

「就只是洗一條內褲，也沒甚麼了不起的，你反正也要洗自己的，只是順便而已。況且你不喜歡也大可以出聲，我也不會勉強你。」

鈞鴻振振有詞地為自己辯駁，孤立再次出來。我們換了衣服，離開了公寓，我還是一聲不響的。我們走在巴塞隆拿的大街上，遊客色彩斑爛的衣服讓市集看起來更繽紛，他們高談闊論、肆意地大笑，洋溢著歡樂的氣氛。我緊閉的雙唇、毫無焦點的眼睛跟眼前的一切格格不入。

「我們現在去哪？」

「為甚麼不能放下執著，好好享受今天呢？」

「大好的天氣，氣氛都被你破壞了。」

「你可以說話嗎？」

跟空氣對話的鈞鴻語氣愈來愈重。

這是媽媽責怪的語氣，孤立離開了，換驚恐上場，他毫不猶豫拔腿就走。他穿過大街小巷，想找一個黑暗的角落，永遠躲在那裏。他跑進了橋底，經過幾個店鋪，看見一間專門售賣刀具的店鋪，瘋狂便忍不住了，手指爬在玻璃窗櫥上，尋找最鋒利的一把刀，他繞了店鋪一圈，沒有營業。

瘋狂失望地離開，驚恐奪回主導權，坐在店鋪前嚎啕痛哭。這是一個陰暗的走廊，店鋪大多沒開門，也沒甚麼人流。幾個外國遊客經過，他們看到我坐在店鋪前竭斯底里地嚎哭感到手足無措，最後他們也選擇帶著問號離開，沒有打擾我。

驚恐哭了良久，我的電話、錢包都放在鈞鴻的背包，鈞鴻只能到處亂碰亂撞，終於來到這個陰暗的走廊，把我接回去。

「對不起。」鈞鴻誠懇的道歉叫喚了我的第四個狀態——幼稚。

「幼稚」是我最後一個發現的狀態，因為她毫無傷害，所以我也沒有察覺到她的存在。幼稚是一個很喜歡玩，任何時候都很開心，也很喜歡身體接觸的女孩。她是那個住在我內心深處、在六歲時已經離家出走的女孩；那個永遠停留在六歲的女孩一直保留了她最珍貴的童真。她只會在感到安全或被愛時才出來。在床上遊戲的時候便是她跟鈞鴻肢體互動，只有這個時候鈞鴻才表現出幼稚長久渴望的愛。

跟鈞鴻分手後，跟下一任男朋友雷克相處時，我才經常看到她的蹤影。她任何時候都需要擁抱，不管是人多擁擠的車廂、等待行人過路燈轉綠燈，還是站在扶手電梯上，只要站著，她就不會放過任何一個擁抱的機會。如果身邊人不多，她更會直接跳上雷克身上，像一隻樹熊一樣附在他的軀幹上。當雷克坐著的時候，她最愛雙腿分開坐在他的大腿上，雙手圍著他的脊背，下巴抵著他的肩膀，就像在巴士上慈愛的父親抱著女兒，讓她靠在他身上睡覺的樣子。她這樣摟著他一整天，便心滿意足了。

然而，雷克經常抱怨：相比拍拖，他更像在照顧女兒。當幼稚在街上一蹦一跳地走路、在地鐵車廂捏雷克的肚子或是坐下來時偷偷拔他的腳毛時，雷克便會發怒，幼稚很害怕，就像一個做錯事的小孩。孤立便會第一時間出來保護她，換來一段長時間的沉默。

雷克難以適應我的各種狀態，這段關係最後亦以「你太幼稚」作結。

有時候跟辯論隊學生開會時，幼稚也會偷偷跑出來，在學生的手臂上印上日期印、在他們的本子上亂畫、把橡皮屑偷偷放進他們的筆袋裏，就連學生也厭棄這個幼稚的老師。

十三

我不需要憐憫

大學是自由奔放的時代，沒有了宿舍墨守成規的限制，也沒有監護人的阻撓，是鳳凰浴火後重生。面對短暫的大學生涯，我更不能錯過任何一個大學體驗。沒有了硬性規定，我一學期也只回家一次半次，敷衍他們。然而，愈久沒有回去，回家的心理壓力就愈大了。

當我離開這個家後，媽媽每一年都記得我的生日。為我慶祝生日是一個能多見我一面的藉口。當我離開這個家夠久了，媽媽便發現她從不認識自己的女兒，她從來沒有了解過任何一件關於我的事情，也抓不住任何一片跟我相關的記憶。每年生日是她跟我的唯一連繫。也許她以為成年後的生日蛋糕能補償童年忘記慶祝生日的遺憾。然而，這種補救無濟於事。我不要她內疚的施捨，再多的生日蛋糕也不能撫平被遺忘的傷痛。每一次他們表現得很重視我的生日更讓我反感。每一年的生日都在提醒我，他們以前有多「重視」自己的女兒。每一次回家慶祝自己的生日總得壓抑著憤怒的情緒。我只想大家遺忘我的生日，遺忘我的存在，讓我能無拘無束地建立自己的小世界，締造自己的快樂。

我抬起這條沉重的腿，踏出升降機門，走到家門前，打開擱在肩上的手袋，窺了一眼，才想起沒有鑰匙，也從不需要鑰匙。於是，我舉起右手，在半空凝住了兩秒，輕嘆一口氣，指骨還得落在厚重的大門上。

「來開門了，這麼晚才回家？不是提醒了你要提早回來嗎……」連珠炮發的咆哮聲隨著大門開啟而湧出走廊。我警戒地掃視這斗室，鎖定了姐姐身旁、位於一角的空椅子，一個箭步走到這個安全區域悄然坐下。

大家的視線從家門折回飯桌旁滔滔不絕地訴說上班趣聞的姐姐。聽著聽著，原來媽媽早幾天到了東莞旅行、二哥哥上月被辭退了、姐姐公司來了新同事……我忽然驚覺，他們之間形成了一個無形的圈子，而我則像一個拼桌的竊聽者，坐在圈子外靜靜吃飯。這是一道銅牆鐵壁，把我擋在這個家庭的外頭，讓我意識到自己不曾屬於這個圈子。

媽媽拆出蝦殼，把蝦肉放在我飯碗裏。有一次回家時，我隨口說了一句，我喜歡吃蝦。現在每一次回家吃飯，桌子上必定有一盤白灼蝦。

「我自己來。」我放下筷子，從鐵盤子抓來一隻鮮紅的基圍蝦，純熟地拆下蝦殼。從我有記憶以來，媽媽不曾為我拆蝦殼，她突然的疼愛反而讓我感到不自在了。

我拉開食道，白飯混著基圍蝦倒進肚子，便匆匆離開飯桌，走進媽媽和姐姐的房間，隔絕了外面刺耳的歡笑聲。我站在梳妝桌前，仔細打量桌上每一件物品：姐姐的胭脂、媽媽的口紅、姐姐的乳霜……眼睛從左邊慢慢向右移動，彷彿在尋找一件屬於自己的東西——半點也沒有我存在過的痕跡。

咔嚓，房門被打開。

「細妹，很久沒見。」姐姐扯高嗓子，用力抱緊我，就像在離境大堂即將分別的情侶一樣。

姐姐是我唯一回家的理由。每一次回來，我們總有說不完的話題，從上莊、舍堂，到社會、政治，天南地北無所不談，除了中四的那一年。

那一年是我們之間的大裂谷，我們的關係從那時開始變得不一樣。以前，我會毫無保留地跟她說在我身上發生的每一件事情，我們就像連體嬰一樣，思想同步；現在，我們的話題還是嘵嘵不停的，只是她再沒有從我口中聽到任何負面的消息。她只能看見在陽光下的燦爛笑容，卻沒有看到我身後長長的影子。我總覺得我要保護姐姐，我不想她為我擔心，我喜歡看到她為我感到高興的樣子。在短短的一小時內，我只想看到她的笑臉而已。

罕有地造訪自己的家讓我成為家裏的客人。媽媽再沒有讓我洗碗碟，也沒有要我切水果了。我回到客廳，吃過生日蛋糕，在媽媽切好的水果盤中刺了一塊蘋果，忍受著子彈在頭上掠過。

「你現在了不起了，自己能養活一家人了。我在廚房裏煮一點東西也不行了？」

「你煮的那點東西給誰吃了？爐頭只有兩個，你霸佔了一個，一個熬湯，我怎能煮飯炒菜給大家吃呢？」

「也不是把熱騰騰的鍋砸在我床上吧！」

這幾年，爸爸頻頻搬家，從天后、小西灣、上水到大埔，後來，我才聽說爸爸破產了。他把所有財產壓在股票市場上，大屋搬小屋、從買屋到租屋，整副身家一元不少地倒進股票市場。他現在走投無路，只能回來依靠媽媽，住在媽媽名下的公屋裏。他一直以來都以經濟壓榨大家，讓大家服從。我們還是孩子的時候，逼於無奈只能屈服於他淫威下，可是他現在潦倒落魄還是一副頤指氣使的模樣，孩子都出身了，沒有人再願意受他的氣。爸爸就像寄居在這裏的蟑螂，人人喊打。

身處這個塞滿怨氣的客廳，我只能把水果吞下，穿上鞋子，為大家騰出空間。我打開門，吸入一口平和的空氣，輕輕把門帶上。

「等一等，我也回去。」爸爸右腳套上半隻鞋子，左手拿起手機，右臂夾著皮包，從屋子跑出來。對了，單身人士宿舍就在西環，我們也是同路人。

爸爸不可一世的態度挑起了家裏一場又一場的戰爭。他自從無法負擔大埔的租金便搬到媽媽那兒住。他孑然一身回來，唯獨不能放下一家之主的自尊。他早上起來，媽媽已經上班了，他命令姐姐為他煮早餐，姐姐只能敢怒不敢言，翻熱媽媽出門前煮好了的早餐，便上學去。姐姐是當時住在家裏唯一在學的孩子，也就成為了他的隨從。

雖然二哥哥已經出身了，但他從事的實驗室工作只換來爸爸的訕笑——洗碗工的人工比你還高呢，大學生。

大哥哥跟他仍維持著蘇聯與美國的關係。他對爸爸仍是懷恨在心——大學時期，他因為公然與爸爸頂撞而被經濟封鎖，往後的大學生活，他只能靠媽媽接濟了。

爸爸跟媽媽是美國跟敘利亞，他想盡辦法要摧毀媽媽的主權。從不回家過夜的我就像瑞士一樣長久排除於戰爭以外。

爸爸跟家裏每一個人相處充滿稜角，他不能指望別人，只能自己動手煮飯了。這天他們又上演了一場世界大戰，爐頭是他們的戰場。爸爸為自己煮了一鍋薯仔番茄湯，媽媽把鍋拔起來，隨手放到料理臺上。可是她沒有放好，手一離開鍋柄，鍋子便倒在地上，滾燙的湯灑在爸爸的腳掌上。爸爸暴跳如雷，從客廳取了一張餐椅，扔到媽媽身上。打鬥的聲音跟平常的罵戰不太一樣，二哥哥從房間探頭出來，看到爸爸手執廚刀，作勢要砍媽媽。他馬上擋在媽媽身前，大聲喊房間裏的大哥哥和姐姐。他們也感到事態不妙，姐姐拿起電話報警，大哥哥把爸爸趕出門口。自此，爸爸便住在單身人士宿舍了。

然而，他不習慣那裏的夏天沒有冷氣的生活，也不喜歡那裏有床蝨的褥墊，因此，他常常跑回家過夜。

後來，聽說美國空襲敘利亞，媽媽換了門鎖，我也再沒有在家見過爸爸了。我沒有經歷姐姐在家裏作他傭人的日子，也沒有她對爸爸的恨意。可能我也經歷過爸爸現在這種被大家孤立的情況，我反而有點同情他了。

媽媽隻身跟爸爸來到香港難免有一種孤獨感，她總是喜歡以對抗共同敵人的方法來凝聚大家。以前我是火爐裏的助燃劑，保持著家庭溫暖，現在，爸爸是裏面的木炭，在水深火熱中讓大家靠得更近了。我們都是同路人。

爸爸跟大家交惡，只有我偶爾還會接聽他的電話、跟他吃一頓飯，有時候替他從家裏拿回他的東西。二十年來，我從來沒有聽過他表達自己的感受，但這天，我們吃過飯後，跟他坐在西營盤的小公園裏，爸爸開始說起從前他跟媽媽之間的爭執。爸爸以前都不會說這些，只會對他的孩子自吹自擂；現在，他大概感到絕望了。

「我一輩子營營役役，努力養大了四個孩子，大家都是高材生、大學生了，我卻落得眾叛親離的下場。」爸爸鼻子一酸，眼淚徐徐落下。

我別過面，免得他感到尷尬。是甚麼把從前嚴肅、高高在上的爸爸摧殘得如此懦弱、萎靡不振？

是大家不懂得感恩，還是他的傲慢、不可一世才讓他落得如斯下場？

我大學讀的科目是五年制的，按舍堂慣例，只有對舍堂有巨大貢獻的堂友才有資格住第五年宿舍，我的第五年住宿申請被拒絕了。我提出上訴，進行第二次面試，面試由舍堂導師、宿生會幹事及去屆宿生會幹事組成的小組負責。

「請簡述你過去四年在舍堂的貢獻。」

「我參加了四年舍堂辯論隊、田徑隊，三年手球隊。大一的時候是高中生宿營的籌委。」

我交上隊伍負責人的求情信，寫出了我在隊伍的付出，但對評審小組來說，這些求情信如同廢紙。儘管我準時出席每一次練習、訓練，努力為舍堂隊伍爭取分數，但對他們來說，這不足夠，這些不是他們要的貢獻。他們在乎的是你有沒有擔任團隊負責人、樓主、迎新營的籌委或組爸媽。儘管你作為負責人卻經常失蹤、缺席練習，但在你的檔案上確確實實寫上這個職位，你對舍堂的貢獻就比寂寂無名的隊員來得更多，你就比其他人更為重要。

你看到身邊的堂友，明知道自己要在舍堂裏住上第五年，就會拼命爭取這些職位，讓自己的檔案看起來漂亮一點。我以為只要你足夠努力，不管你有沒有名份，大家都有目共睹的。我總覺得自己能力不足，也比不上別人，所以一直以來也沒有爭取甚麼名銜。但原來到面試時，大家都不會在乎你在隊伍裏有多努力，大家只看到你的個人檔案上寫著毫不顯眼的「隊員」。

「你有甚麼必要原因住在舍堂嗎？」去屆幹事提問。

我遞上入住舍堂前，宿舍為我寫的住宿申請書，舍堂導師接過後快速閱讀一遍。

「我看你在隊伍裏沒甚麼貢獻，你不能住在大學一些住宿書院嗎？」舍堂導師輕蔑地說。

我無言以對。對他來說，我多住一年只會霸佔舍堂的宿位，浪費舍堂的資源。信件裏沒有提及我入住宿舍的原因，他們也不能草率否定我的住宿需要，於是我第五年住宿申請的決定權便落在舍監手上。

這次會面只有舍監、舍堂高級導師及我的三人面談。這是我的最後機會，他們要知道我住舍堂以前入住宿舍的原因，這個原因會直接影響我的申請結果。如果我不能成功申請，我下一年只能露宿街頭了。我思考了很久，不能跟他們說我跟父母的關係惡劣，這種情況很普遍，理由不夠牢固，他們很可能會把我遣返回家。

「陳同學，你好。由於你提交了特殊原因作為住宿申請，我們也希望了解你的情況，讓我們能全面評估你的住宿需要。我們今天會面的內容也會保密。」

我點點頭，思考著要如何開口。明明我在會談前已經反覆練習，以簡短精煉的句子表達重點，但現在於這兩個經常在舍堂碰面的陌生人面前仍是開不了口。

「我們明白這是個人私隱，我們也不是迫你非跟我們說不可，然而，讓我們清楚你的狀況會讓我們有一個更適切的決定。」

他們在施加壓力，我不能有思考的時間，必須立刻把它吐出來，不然他們便覺得你在拖延時間。

「我被哥哥非禮。」這六個字就像在胃部翻滾的胃酸，你把它們吐出來了，咽喉還留著一陣令人作嘔的酸臭。

舍監及舍堂高級導師面面相覷，兩個成年男性對於窺探我的私隱感到尷尬，房間五秒鐘的靜默就像過了一小時。我是否需要說些甚麼來緩和氣氛？還是他們預期我要多作解釋？我還拿不定主意時，舍監便開口：「謝謝你告訴我們，我希望這個會談沒有讓你感到難受。我想，我們已經得到必要的資訊，謝謝你的配合，你可以離開了。」

如果我過去四年為自己爭取一些名銜，現在就不用以自己不堪回首的過去向他們搖尾乞憐。我的第五年住宿申請被接納了，然而，這一年，每次在舍堂大堂或是電梯遇見舍監或舍堂高級導師，腦海便出現會面的那一幕情景，我知道在他們的腦海也出現同一個場景，同一句說話。假如在遠處看到他們的身影，我會刻意放慢腳步，讓他們先乘電梯離開，才步進舍堂大堂；如果不幸打個照面，我只能別過面，佯裝對舍堂大堂十年如一日的海報深感興趣，避過跟他們的眼神接觸，避過我們之間的尷尬。

有一次，我偶爾看到一篇關於在香港爭取天體沙灘的新聞報導——原來也有人跟我一樣不喜歡穿衣服的呢。住中長期宿舍時，日間不能開冷氣，可是香港的夏天卻是熱得令人受不了，尤其是下午四五點從街上回來，西斜的房間困住了蒸騰的熱氣，房間簡直是一個大蒸籠。室友從街上回來後總會脫掉上衣，坦蕩蕩地在房間走來走去。一開始住進來時我仍是很不習慣，看到赤裸的同房總是撇過頭去，假裝沒有看到，也避免了眼睛對上的尷尬。可是沒過幾天，我從外頭回來，汗水就像膠水一樣，把上衣緊緊貼在我的軀幹上。我站在床邊，把濕透的上衣脫下，扔進污衣籃，翻開被子及枕頭，尋找我離開前脫下的睡衣——找不到。微風從窗外徐徐拂來，帶走我身上黏黏的臭汗——原來不穿衣服是這麼舒爽的呢！反正我也找不到睡衣，不如再多等一會才穿上衣服吧。我便坐在自己的床上，在這個四下無人的小空間裏閱讀。

咔嚓一聲打破了我的寧靜，我下意識地拉扯手邊的被子，蓋在我胸前。

佩兒粗暴地打開房門，目光被我迅速的動作吸引。她錯愕地愣住了，再是一聲嗤笑：「怎麼了？害羞嗎？大家都是女人，怕甚麼呢？」

自此，我們的房間成了長期不穿衣服的房間，宿舍的社工更收到來自對面大廈的投訴電話，然而社工的突擊巡查也沒有改善我們不穿衣服的情況。衣服只是身體的一層遮醜布，當你習慣了坦蕩蕩的感覺，你便發現其實沒甚麼需要遮掩的，也沒甚麼不能讓人看的，就像習慣了換衣服的時候，哥哥總是會走進來一樣。可是不同的是，哥哥的「鑒賞」是出於不自願的，是為勢所迫；在宿舍裏裸體是我的選擇。

我以為只要我能根據自己的意願行事便能重奪自己身體的主導權，於是我翻閱了相關團體的資料，原來他們也聘請裸體模特兒——一個能大方落落地脫衣服、一絲不掛地展現人前卻又不容別人侵犯自己身體的機會。雖然我還不清楚自己是否敢於在陌生人面前裸露，但我還是想了解一下再作決定。我聯絡了團體的負責人，造訪他們的會址。

會長一打開門，一幀六尺的巨型會長裸照映入眼簾，搶眼地掛在對著門口的牆壁，在不足二百呎的房間裏顯得格外礙眼。我下意識地把視線挪開，卻又不自覺地偷偷瞄了幾眼照片——會長巧妙地以大腿遮擋了生殖器官，卻毫不掩飾地呈現肌肉的線條，這種照片也許就是我想要的。

會長替我搬了一張塑膠椅子，對著投影機投射出來的畫面。看著眼前放大的簡報，我坐在這張孤獨的塑膠椅子上，不自在地扭動身體。簡報上出現一大個「完」字，會長的文字介紹完結，我點點頭，忙著把剛才一大堆資訊塞進腦袋。文字的殘影還在眼前漂浮，會長的衣服已經落下，準備示範模特兒的動作。我有點反應不過來，尷尬地別過面去。會長卻只是自顧自地示範動作要點及注意事項，我只能唯唯諾諾地虛應著。

「好了，我剛示範了，現在換你嘗試一下，站著、半蹲及坐下的動作，每組嘗試想出三個動作，每個動作維持一分鐘。我先離開，免得你在我面前脫衣服感到尷尬。」

我還沒聽不明白會長的說話，他便離開了這個空間，剩下我一人發呆。他剛才是甚麼意思？他是要我脫得光光，像他一樣擺出彆扭的姿勢，讓他評頭品足嗎？可是我不是來看他的裸體，更不是現在就要裸露於一個相識不到半小時的人前。然而，他離開了，他預期回來就會看到赤裸裸的我站著，況且我剛看過了他的裸體，佔了他的便宜，看來我是非脫不可的了。我先把最不相干的襪子脫掉，接下來的是上衣、短褲、胸罩。我頓了頓，還是把我身上最後的掩體——內褲脫下。我把脫下的胸罩及內褲藏在上衣裏，藏起僅餘的羞恥感。捱過 9 分鐘的動作指導後，我以為這次簡介就此結束。

「我們要為模特兒拍照，讓客人選擇他們想要的身體，就像這些照片一樣，只是正面、背面各一張而已。」會長向我展示其他模特兒的全身裸照。

我點點頭。客人需要根據照片決定選擇哪個模特兒，拍攝裸照也很合理吧。閃光燈在我身體上閃灼了兩下，拍攝結束，我的身體就像櫥窗裏的精品一樣留在照片冊裏，等候客人揀選。

為甚麼剛才的簡介跟我預想的有那麼大的差別？我以為了解一下真的只是了解一下，讓我回去能認真思考究竟這是不是我真的想做的事情。為甚麼我好像已經成為了他們團體的一個裸體模特兒，等待一份工作似的。

我才離開了會址沒多久，會長便傳來信息，說他已經為我找到客人了，星期二晚上擔任攝影模特兒。我禮貌地回覆了他，我還未決定是否成為裸體模特兒，仍需要時間考慮。電話又傳來他的信息：不要緊，我們星期四也有拍攝，你有空嗎？

為甚麼他那麼焦急？這是一個陷阱嗎？面對他的步步進迫，我很是猶豫，加上剛才一直不太情願的經歷，我更是退縮了。我封鎖了他的電話號碼，斷絕了自己跟他的關係，然而，重奪自己身體自主權的想法卻一直縈繞不去。

臨近畢業，前臂上陪伴我成長的疤痕將會成為我工作的絆腳石。每一個剛認識的人的視線都不能從我手臂上移開。他們縱有著千萬個疑惑，卻不敢開口。有時候也有些壓不住好奇心的人問了出口，我也不知道要如何解釋這洋洋十萬字的故事，只輕輕一笑帶過。我很愛這些傷疤，他們承載著我的過去，是我身體的一部分。有時候，我真的以為發生在我身上的一切只是自己幻想出來的。只有看到它們，我才知道一切都曾真實發生過。然而，他們卻會引起別人無謂的臆測，他們就像紋身一樣，是不成熟、不理智的標誌，我要把它們從我身上移除。我從網上找了一些移除疤痕的資料，到訪了一家號稱能移除疤痕的美容公司。她們說，先要以激光破壞皮膚組織，讓他們長出新的皮膚。這個過程就像以一萬根針刺破你的表皮，不要緊，你能吃痛。然而，手上的皮膚就是一個個窟洞。

那一陣子，我會穿著長袖上衣，蓋著傷痕，然而，打手球時，便不能再穿長袖上衣了。我知道隊友都看到了這一片鮮血淋漓的傷疤，但大家都不敢問出口。我寧願他們問我，讓我大大方方地解釋，總比大家誤會我自殘更好。然而，成年人的世界總覺得他們眼見的便是事實。

後記

大學畢業以後，從事教育工作，才發現自己一直被過去羈絆。每一次處理跟自己過去相關的事情就會被觸動神經，整個人都脫了軌，陷進情緒的深淵，不能繼續手頭上的工作。有學生有剔手行為，我不懂得處理。自己也是這麼一個人，如何能成為他們的榜樣呢？在學校帶辯論隊，辯題剛好與非禮有關，過去的片段一直在我腦海浮現，我整個星期都被負面情緒淹沒。當你從一個受害者的角度跟學生分析受害者的心理時，學生不認同你的說法就像在你身上插了一刀，否定你受到的傷害。當我開始這份對人的工作，便發覺不去處理自己一直未能處理的情緒會很影響自己對學生的態度。過去發生的事千絲萬縷，一直左右自己的判斷，我不想跟它們糾纏，於是下定決心要以寫作這種儀式訣別活在陰霾下的自己。

回憶就像老式相片，放進藥水裏，慢慢浮現，時間勾勒出線條細節，使自己長時間浸淫在痛苦之中。寫了出來的故事，就是放下了的過去，把她從過去的自己分割出來，她就像是一個獨立的女孩。可是寫她的故事時，卻又為她所經歷的事情感到很難過。在寫作的時候，彷彿再次經歷她所經歷的傷痛，情感跟她的情感交織在一起，我再次變成了她。很痛苦，每寫一段回憶都將我整個人拉回過去，經歷當時的事件、感受當時的情緒。每一天都活在痛苦之中，把創傷的每一個細節在我身上重現。我分不清楚我還被困在過去，或是只是寫作的頃刻讓我短暫重歷過去而已。

把過去寫出來是一件很痛苦的事情，每一天都處於回憶每一個我竭力忘記的細節；把每一個細節、每一道創傷都以文字再次呈現在自己面前；沉溺回憶帶給自己的傷害；像以前一樣蜷曲在床上，摟緊狸狸、嘗試把傷害從現實分割；情緒崩潰得淚流滿面；腦海不斷倒帶過去發生的事情；直到凌晨半夜腦袋也不能停止播放；終於疲累突襲大腦，腦袋像被突然切掉電源般睡去；在腦海裏受傷害的片段再次在夢中以另一種形式呈現，可能是跟其他創傷的場景調換了場地、改變了人物，但痛楚卻確確實實、一點不減地印在腦海。

連續三個月陷入崩潰的循環，讓我每一天起床都很想把整個文件刪除，不想再被困於這個走不出的死胡同。很想放棄，明明自己現在正過著幸福快樂的生活，為甚麼要把已經忘記了的過去像考古學家般滴水不漏地從千尺深的地底挖掘出來呢？然而，另一方面，我卻很想完成寫作，很想告訴那些故事中的人物，我當時的難過。很想讓大家知道在二十一世紀的香港，看似荒謬的事情每一天都在上演。每一天都處於這樣的掙扎，卻每一天仍打開電腦，繼續昨日的文字。

每寫完一段故事，就會催眠自己，那只是一個故事，從未發生過。我很怕故事面世，大家都會質疑故事的真確。為甚麼大家都不幫你？為甚麼不報警？不如先說服自己，你寫的只是一個虛構的故事，等大家批評故事不真實時，你就再也不會感到受傷害了。

在寫書前，我絕少跟我身邊的人提起書中的經歷，因為我害怕他們就像吳老師、就像初瑩一樣不理解我，讓我覺得是自己做錯了。可是經歷了一次又一次的創傷，你就像便秘一樣，頂著肚子，讓你走每一步都感覺到它們把你的肚子撐開。你很想把身體積聚的宿便排出體外。你醞釀了很久，可能是十年、二十年，久到你終於有把它宣之於口的勇氣，把它赤裸裸地呈現在自己親密的朋友面前。可是你得到的回應卻是婉轉地詢問，你是否讓他誤會了？也許是他以為你跟他是曖昧關係吧。你的朋友似乎跟你站在兩個山頭上，他感覺不到你身邊凜冽的寒風，你也看不到圍著他打轉的蚊子。

坍塌的樂園

作　　者：陳麗儀
責任編輯：黎漢傑
封面攝影：王詩莉
法律顧問：陳煦堂 律師

出　　版：初文出版社有限公司
電郵：manuscriptpublish@gmail.com

印　　刷：陽光印刷製本廠

發　　行：香港聯合書刊物流有限公司
香港新界荃灣德士古道 220-248 號
荃灣工業中心 16 樓
電話 (852) 2150-2100 傳真 (852) 2407-3062

臺灣總經銷：貿騰發賣股份有限公司
電話：886-2-82275988 傳真：886-2-82275989
網址：www.namode.com

版　　次：2021 年 7 月初版
國際書號：978-988-75758-5-6
定　　價：港幣 128 元 新臺幣 390 元

Published and printed in Hong Kong

香港印刷及出版